瓦尔登湖

[美] 亨利·戴维·梭罗 著
肖箴 译

北京联合出版公司
Beijing United Publishing Co.,Ltd.

图书在版编目（CIP）数据

瓦尔登湖 /（美）亨利・戴维・梭罗著；肖篋译 .—北京：北京联合出版公司，2018.1（2023.10重印）

（随时的修养 . 2. 自然与诗）

ISBN 978-7-5596-1005-8

Ⅰ . ①瓦… Ⅱ . ①亨… ②肖… Ⅲ . ①散文集—美国—近代 Ⅳ . ① I712.64

中国版本图书馆 CIP 数据核字（2017）第 236322 号

瓦尔登湖

作　　者：(美) 亨利・戴维・梭罗
译　　者：肖　篋
责任编辑：牛炜征
产品经理：严小额
特约编辑：黄川川　杨　凡

北京联合出版公司出版
(北京市西城区德外大街 83 号楼 9 层 100088)
三河市恒升印装有限公司印刷　新华书店经销
字数 227 千字 787mm×1092mm 1/32 印张 9.5
2018 年 1 月第 1 版 2023 年 10 月第 4 次印刷
ISBN 978-7-5596-1005-8
定价：36.00 元

目录

经济篇（一）/1
经济篇（二）/17
经济篇（三）/36
经济篇（四）/51

我的居住地，
我的生活为了什么/74
读书/91
声音/102
孤独/118
访客/128
种豆/141
村子/153
湖/159
贝克农场/183
更高的规律/192
动物为邻/204
木屋生暖/217
昔日的居民，冬天的访客/233
冬天的动物/246
冬天的湖/256
春天/270

结束语/288

经济篇（一）

当我写后面那些文字，那些长长的篇章的时候，我是很孤独的。我在森林中，在马萨诸塞州的康科德城，瓦尔登湖的岸边，在我亲手搭建的木屋里，任何邻居都距离我有一英里[1]以上，我靠着双手劳动，养活自己。在那里，我住了两年又两个月。眼下，我又在文明生活中旅居了。

要不是有人曾特别仔细地打听我的生活，我本不会这般鲁莽地，拿私事来引起读者注意。有些人说我这个生活方式怪僻，虽然我根本不觉得。我那些境遇，我只觉得非常自然，而且合情合理。有人竟然问我吃什么、是否感到寂寞、害怕吗，这些问题。另有些人还好奇得很，很关心我的哪一部分收入捐给慈善事业了；还有一些人，自己有一大家子人，他们也想知道我赡养了多少个穷苦小孩。所以，这本书在回答这一类问题时，请那些对我本人没

1　英里：英美制长度单位，合1.6093千米。

有特殊兴趣的读者谅解。有许多书总是尽力避免使用第一人称——我，而这本书是用第一人称来叙述的，对于“我”的尊敬，是这本书的主要特点。其实，我们常常忘记这点：任何书都是在以第一人称发言。如果我对别人的了解比得上我的自知之明，我就不会花那么多文字来谈我自己。不幸的是，我阅历浅陋，只得局限于这一个问题。但是，我对于每一个作家，都不仅仅要求他写他听来的别人的生活，还要求他迟早能简单而诚恳地写出自己的生活，写得好像是一封信，由他从远方寄给亲人似的；我觉得一个人若生活得诚恳，他一定是生活在一个遥远的地方了。后面的这些文字，特别合乎贫穷学生的心境。至于其他的读者，我想他们就取其所需吧，再说，没有让人去讲衣服尺寸的道理，衣服只有合乎人的尺寸，才是对这个人有用的。

我愿意讲述的事，不是关于中国人和桑威奇岛[1]人的，而是和你们——阅读这些文字的读者有关，生活在新英格兰的人们，关于所有人的遭遇的。特别是关于正在这里生活的本地居民环境。你们生活在这个人世之间，过着什么样的生活呢；你们生活得如此糟糕是否必要呢；这种生活是否还能改善改善呢？我在康科德曾到过许多地区；在商店，在办公室，在田野，我所看到的是，这里的居民仿佛都在赎罪一样地生活，从事着成千种惊人的苦役。我曾经听说过婆罗门教的教徒，坐在火焰之中，盯着太阳，或在火上倒挂着；或侧转了头望着天，“直到他们无法恢复原状，更因为脖子是扭转的，所以除了液体，别的食品都不能流入胃囊中”，或者终生用一条铁链，把自己锁在一株树下；或者，像毛毛虫一样，用他们的身体来丈量广阔的土地；或者，他们独脚站立在柱子顶上——然而啊，便是这种有意识的赎罪苦行，也不见得比我天天看见的景象更不可信，更使

1　桑威奇岛：指的是夏威夷群岛。

人心惊肉跳。赫拉克勒斯[1]的十二桩苦役跟我的邻居们所从事的苦役比起来，简直不值一提，而且他只有十二桩苦役，总有做完的时候，可是我从没有看到过我的邻居们杀死或者捕获任何一头怪兽，也没有看到过他们做完任何苦役。他们也没有伊俄拉斯这样忠实的朋友，用一块火红的烙铁烫那九头蛇的颈部，那可是被割去了一个头，还会长出两个来的蛇。

我看见青年人，我的乡邻，他们不幸地生下来就继承了田地、庐舍、谷仓、牛羊和农具；得到它们容易，舍弃它们困难。他们不如诞生在空旷的牧场上，让狼来给他们喂奶，他们倒能够看清楚了，自己是在何等的环境中劳作。谁使他们变成了土地的奴隶？为什么有人能够享受六十英亩田地的供养，而更多人却命定了只能啃食尘土呢？为什么他们刚生下地，就得自掘坟墓？他们不能不过人的生活，不能不推动这一切，拼命做事，尽可能地把日子过得好些。我曾遇见过多少个可怜的的灵魂啊，几乎被轧死在生命的重负之下，他们无法呼吸，他们在生命道上卑微地爬动，推动他们前面一个七十五英尺[2]长四十英尺宽的大谷仓、一个从未打扫过的奥吉亚斯的牛圈，还要推动上百英亩土地，锄地、芟草，还要放牧和护林！可是，另一些并没有继承产业的人，固然没有这种上代传下的、不必要的磨难，却也得为他们几立方英尺的血肉之躯，委屈地生活，拼命地做工哪。

可是，人们是被一个错误笼罩着在劳作呢。人们健壮的身躯，大半截儿很快就被犁进了泥土中，化为滋养土地的肥料。正像一本经书中所说的，一种看似真实的，通常称之为“必然”的命运支配着人们，他们积累

1　赫拉克勒斯：希腊神话中最伟大的英雄，是主神宙斯与阿尔克墨涅之子，神勇无比、力大无穷，后来他完成了12项被誉为“不可能完成”的任务。

2　英尺：英美制长度单位，1英尺等于12英寸，合0.3048米。

起来的所谓的财富，很快就会被蛀虫和铁锈腐蚀，被盗贼偷走。这是一种蠢人的一生，他们生前可能不清楚，直到生命的终点，才会领悟。在希腊神话里，丢卡利翁和皮拉是拿石头往背后扔才创造出了人类：

Inde genus durum sumus, experiensque laborum,

Et documenta damus quâ simus origine nati.

雷利[1]用响亮的韵律将它译成这样的两句：

从此人心变得坚硬，任劳任怨，

以证明我们的身体，原本就是铁岩铸成。

这真是在盲从错误的神示，把石头从头顶扔到背后去，至于它们落到什么地方去了也不看一看。

大多数人，甚至在这个比较自由的国家的人们，也因为无知和错误，满心里是人们自寻的烦恼，干的也尽是浪费生命的粗活儿，这让他们无法采摘到生命的美果。他们的手指因长期的劳作而变得粗糙笨拙，颤抖得又太厉害，不再能采集那生命的美果。的确，长期辛苦劳作的人，会找不到闲暇来一天一天地完善自己：他无法保持人与人之间那种高尚的关系；他的劳动一进入市场就会贬值。他除了充当一架机器之外，他没时间来做别的。他经常运用他的知识，又怎么会觉得自己是无知的呢？——他正是靠着他的无知才活下来的。在对这种人做一番评价之前，我们还得免费地供他吃饱穿暖，并用提神的饮料来使他保持旺盛的精力。我们天性中最优良

1　雷利（Walter Raleigh, 1554—1618）：英国诗人、军人、政客、探险家、历史学家、科学家。

的品质，就好比果实上的粉霜一样，只能轻手轻脚才得保全。然而，我们待人待己都不会如此温和体贴。

读者朋友，你们都知道，有些人是穷困的、生活艰难的，有时候，甚至被生活压得气都喘不过来。我毫不怀疑，阅读本书的人，有一些人连吃饭的钱都不够，或者衣服都穿破了却还没能力偿还买这身衣服的钱，好容易从债主那里偷点时间，才能读上几页文字。你们许多人都过着非常卑贱的生活，我那靠阅历磨炼出来的眼力一眼就能看清。你们时常没有回旋的余地，要想做点什么生意来还清债务，你们就这样深陷在一个十分古老的泥沼中，拉丁文所说的 aes alienum——别人的铜币，因为那时候有些钱币是用铜来铸成的；你们就这样仰仗别人的铜钱生活、死亡，最后被埋葬；你们总是答应明天还债，明天还完债，可直到死亡，债务还是没有还清；你们老是讨好别人、求得人家的怜悯和照顾，用了多少方法总算没有因犯罪而坐牢；你们撒谎、阿谀奉承、投票，让自己缩进一个文质彬彬的硬壳里，或者就吹嘘自己，让自己笼罩在一层浅薄浮夸的慷慨和大度之中，这才使你们的邻居们信任你，允许你们给他们做鞋子、制帽子，做衣服、造马车，或者允许你们给他们代买食品杂货；你们则把钱财藏进一只旧箱子里，或者藏在一只涂了灰泥的袜子里，或者为了更加安全，把钱物藏进一间用砖头砌成的银行库房里；不管藏在哪里，藏了多少，也不论钱财的数目是多是少，因为你们以为这样就可以应对患病的那一天，其实，这样反而会把你们自己累病了。

有时我感到奇怪的是，何以我们竟然如此轻浮——我几乎可以说——竟然都在身体力行那种罪恶的、从外国带进来的黑奴从事的苦役。有那么多残酷而精明的奴隶主，把南方和北方统一起来进行奴役。南方的监守人是狠毒的，北方的监守人则更坏，可最坏的是，你自己成了自己这个奴隶的监守人。还谈什么人的神圣啊！你看那大路上赶马的人，他昼夜兼程奔向市场，在他的内心里，难道还有什么神圣的思想在激荡吗？他的最高职责就是照顾驴马吃饲草、喝水。和运输的赢利相比较，他的命运又值什么呢？难道是因为他所服务的主人还不够声名煊赫吗？他有什么神圣、有什么不朽可言呢？你看他那副提心吊胆、唯唯诺诺的样子，一点也不神圣，一点也没有不朽的意味，他倒是能看清自己的身份，确认自己就是一个奴隶或者囚徒。和我们的个人主见比较起来，公众舆论其实只是一位软弱无力的暴君。正是一个人的命运由他自己的主见来决定，这主见也决定了他最后的归宿。在西印度地区提倡心灵与创造力的自我解放，可是没有一个威尔伯福斯[1]（英国政治家，主张废除奴隶贸易和奴隶制）来实现。再想一想那片土地上的妇女们吧，她们编织着梳妆用的坐垫，以便临死之日用到它，她们对自己的命运却一点也不关心！仿佛她们编织坐垫就是为了消磨时间而又不会损害永恒。

大多数人在过着逆来顺受的绝望的生活。所谓听天由命，正是一种对绝望的肯定态度。你们总是从绝望的城市走到绝望的乡村，以水貂和麝鼠的皮衣来安慰自己。在人类的所谓游戏与消遣的背后，甚至都隐藏着一种程式化的、不易察觉的绝望。在这类游戏中往往没有娱乐可言，因为娱乐必须在工作之后才能有。要知道，智慧的特征就是不做绝望的事。

当我们用教学问答的方法来思考问题，思考着什么是人生的目标，什么是生活的真正必需品和手段时，仿佛人们是经过特别的谨慎选择才过上这种共同的生活方式，他们不想要任何别的生活方式。他们心里明白，他们其实是别无选择。清醒健康的人永远知道，太阳每天都是新的。抛弃

1　威尔伯福斯（William Wilberforce，1759—1833）：英国国会下议院议员（1780—1825）、慈善家、废奴主义者。

我们的偏见永远都不会来得太迟。世界上无论怎么古老的思想与行为，如果得不到确证，就不能轻信它。在今天人人随声附和或众所周知的真理，很可能在明天就会变成虚妄的烟云，但有人认为这是乌云，会变成一阵甘霖洒落到他们的大地上。老年人认为办不到的事，通过努力，你却办成功了。老人有老的一套，新人有新的一套。古人不知添上燃料便可使火焰长明不熄，新人却把干燥的木头放在水壶底下。现在的人还可以绕着地球转，像鸟那样迅疾地飞翔，正如人们常说的："气死老头子。"老年人虽然年长，却未必能很好地指导年轻一代，甚至他们未必有资格来当年轻人的向导；因为他们在生活中虽获得了不少阅历，却也失去了很多。我们可以这样质疑，哪怕是最聪明的人，他活了一世又能学到多少具有绝对价值的东西呢。实际上，老年人并没有什么特别重要的忠告赠送给年轻人。

他们本身的经验也是那样残缺、破碎，他们的生活明摆着这样一场惨痛的失败，他们对此有自知之明；也许，他们的心中还保留着一些与他们的生活经验不相符合的信心，只可惜他们已经不够年轻了。我在这星球上生活了三十多年，还没听到过我的长辈们给我什么有价值的、诚恳的忠告，哪怕是一个字的忠告。他们从没有什么东西，也许是因为他们根本不能告诉我什么中肯的东西。生活就摆在我面前，它需要我去体验，虽然它的绝大部分我还没有体验过；老年人体验过了，但对我却无所帮助。如果我现在得到了什么我认为有用的经验，那一定是我的老师长辈们从没有提起过的。

有一个农夫告诉我："你光吃蔬菜是活不了的，蔬菜不能给你提供骨骼生长所需要的营养。"这样的他虔诚地从每一天中拿出一部分时间来获取那种可以供他骨骼生长所需要的营养。这农夫一边说着这话，一边跟在耕牛后面走，让这头正是吃蔬菜长出强壮骨骼的耕牛拖动着他和他的木犁不顾一切障碍地向前行进。某些事物，在某些特定的场合，例如对于某些病重的人，某些东西的确是生活的必需品；而在另一些场合，这些东西却变成了奢侈品；再换了别样的场合，又可能是人们完全陌生、一无所知的东西。

有人以为人生的全部境界，无论在高峰之巅或低陷之谷，都已给先辈们走遍，一切都已被前人所关注。按照伊夫林[1]的话："智慧的所罗门曾制定一些条令，规定树木之间应有的距离；而罗马地方官则规定，你可以多少次到邻居家的地上去捡拾掉落下来的橡实而不被判侵害罪，以及橡实中有多少是属于邻居的。"希波克拉底[2]甚至留下了剪指甲的方法，剪得不要太短或太长，要与手指头齐平。毫无疑问，这样一来，丰富多彩又充满欢快的人生就消失得无影无踪了，只剩下跟亚当一样古老的单调乏味和无聊。人的力量从未被衡量出来，我们不能根据人已经完成的事来判断人还能做什么事，因为迄今为止人所做的事还是很少的。不论你从前有过怎样的失败，"别苦恼，我的孩子，谁能指定你去做你还没做完的事呢"？

我们可以用一千次简单的试验来测定我们的生命，例如，太阳使我种的豆子成熟，这同一个太阳竟然还同时照耀着太阳系里其他像我们地球一样的行星。如果我记住了这一点，就可以防止若干错误。可是，当我为豆子锄地除草时并没有这样去想这一点。星星是何等神奇的三角形的顶点！在宇宙各种各样的星系中，有多少远远隔开的不同的物种的生命在凝望着同一颗星星，在同时思考着同一个事实！大自然和人生也正如我们的各种体制一样变化多端。谁又能预知别人的命运？难道还有什么比我们的目光一瞬之间的对视更伟大的奇迹吗？我们应该在一小时之内经

1　伊夫林（John Evelyn，1620—1706）：英国作家，英国皇家学会创始人之一。

2　希波克拉底（古希腊文：Ἱπποκράτης，前460年—前370年）：古希腊伯里克利时代的医师，被西方尊为"医学之父"，西方医学奠基人。

历这个世界的一切时代，嗯，甚至经历所有时代的所有世界。历史、诗歌、神话！——我不知道还有什么能比读别人的经验更令人惊奇和增长见识。

我的邻人说好的那些想法，我灵魂深处却认为这其中一大部分是坏的，至于有什么需要我忏悔的，那也许就是我太循规蹈矩了。是什么魔鬼迷住了我的心窍，让我的行为这样规规矩矩呢？老年人，你能够说出最聪明的话，你已经活了七十年，也在生活中有过好些荣誉，但我却听到一个不可违抗的声音，要求我不去听你说的那些经验。新的一代抛弃上一代的业绩，就好像离开一艘搁浅的船。

我想，我们可以相信更多的事物，比我们现在所相信的要多得多。我们对自己的关怀能少一些，给别人的关怀便可以更多一些。大自然既能适应我们的长处，也同样能适应我们的弱点。有些人成天感到焦虑，几乎成了一种不治之症。我们生来就喜欢夸耀我们所做的工作的重要性；可是我们没有去做的工作却有那么多！还要担心要是我们病倒了又怎么办。我们多么谨慎啊！要下决心不依赖信仰生活，如果能够避开它的话。我们从早到晚处于警戒之中，到夜晚就会不情愿地祈祷，把自己交托给玄之又玄的命运。我们被迫生活得这样精明周到，诚心崇敬我们的生活，而否定改变它的可能。我们总说没有办法、只能这样生活，可是生活方式多得就像从圆心可以画出的半径条数。一切改变都是值得思考的奇迹，不过，那是时刻都在发生着的奇迹。孔夫子曾说："知之为知之，不知为不知，是知也。"当一个人把他想象出来的东西当成他所知的东西时，我可以预见到，所有人最后都要在这个想象的基础上建立起他们的生活。

让我们思考一下：我前面所提到的大多数人为之焦虑和烦恼的事情又是些什么呢？其中有多少是必须为之焦虑的，或者至少应当小心对待的呢？虽然生活在物质文明的世界中，但我们如果能过一过原始性的、偏远地区的生活还是很有益处的，哪怕只是为了懂得什么是生活真正的必需品，以及人类过去曾怎样才能弄到这些必需品；甚至翻一翻商人们往日的流水账，看看商店里经常出售的是哪些东西，储存的又是哪些东西，也就是说，最常用的杂货究竟是一些什么。因为时代虽然在演进，人类生存的基本法则却基本上没有因此有多少改变，就像我们的骨骼跟我们祖先的骨骼没有多少区别。

所谓"生活必需品"，我的意思是指一切人用自己的努力所获得的那些东西，它们在一开始时就显得特别重要，或是在长期的生活中变得非常重要了，以至于即便有人试着不需要它（不管是出于野蛮、贫穷，还是哲学上的原因），这样做的人也是特别少的。对于许多人来说，具有这样重要意义的生活必需品只有一种，那就是食物。对于原野上的牛来说，生活必需品就是几英寸[1]长的可以咀嚼的青草和一些可以饮用的水，也许还要加上它们要寻求掩蔽的森林或山地。任何一种野兽都只需要食物和掩蔽它们的地方。但人类在同样的环境中，其生活必需品可以分为这些：食物、住宅、衣服和燃料；因为在获得这些之前，我们无法自由地思考人生的真谛，更无法展望自己的生活前景。人类创造出来的不仅有屋子，还有衣服、煮熟的食物；可能是偶然发现了火的热量，后来就将它加以利用（起先它还是奢侈品呢），到现在，烤火取暖也就成了生活必需品。我们看到猫狗也同样地获得了这个第二天性。合适的住所和穿着就能合理地保持我们体内的温度，但如果衣着和住所的温度过高，或火烧得太旺了，外边的热度高于我们体内的温度，这不就成了烧烤了吗？自然科学家达尔文谈到火地岛[2]的居民时说，他自己和同伴穿着衣服烤着火却还不觉

1　英寸：英美制长度单位，1英寸等于1英尺的1/12。

2　火地岛：南美洲最南端岛屿。

得热，那些裸体的野蛮人虽然站得远一些，却令人大感惊讶，他们"被火焰烘烤得竟然汗流浃背了"。同样，据说太平洋中间的土著人赤身裸体而若无其事地跑来跑去，欧洲人穿了衣服还直打冷战呢。这些野蛮人的强壮难道不和文明人的智慧一样重要吗？按照德国化学家李比希的说法，人体是一只火炉，而食物是保持肺部内燃的燃料。天冷时我们吃得多，天热时则吃得少。动物的体温是缓慢的内燃所造成的，而疾病和死亡则是内燃得太旺盛的缘故：而当燃料没有了，或者通风装置出了毛病，火焰就熄灭了。当然，生命的体温不能与火焰混为一谈，我们的这个类比就到此为止吧。从上面的列举来看，"动物的生命"可以作为"动物的体温"的同义词来用了，而食物则可以作为保持我们体内生命的火焰长久不熄的燃料——煮熟的食物也是燃料，煮熟的食物把体外的热量带入体内，从而也增加了我们体内的热量，此外，住所和衣服，也是为了保持上述方式所产生和吸收的热量。

所以，对人体而言，最必需的是保持温度，保持我们的生命的热量。我们不辞辛苦，不但是为了食物、衣着、住所，还有床铺——床铺就是我们夜晚的睡衣，我们从飞鸟巢里和飞鸟的胸脯上夺取羽毛而做成的住所中的住所，就像鼹鼠住在地洞顶端用草叶所做的床一样！穷苦人常常叫苦，说这是一个冰冷的世界；我们总是把身体上的病和社会上的病归因于寒冷。在很多地方，夏天给人们带来乐园般的生活。在那里除了煮饭之外，没有别的事需要燃料；太阳是人们的火焰，太阳的光线晒熟了果实；这种环境下，食物的种类更丰富，更容易得到，衣服和住宅则完全不必要，或者说有一半是用不到的。在目前，在我们这个国家，依照我自己的经验，我觉得只要有少数工具就足够人生活了，如一把刀、一柄斧头、一把铁锹、一辆手推车等，对于勤奋好学的人，则还需要灯火、文具，再加上几本书，这些已是次要的必需品，且只要少数费用就能购得。然而，有些不聪明的人，跑到地球的另一边，跑到那些野蛮、不卫生的地方，在那儿做十年二十年生意，就为了谋生——就是说，为了使他们自己能过得舒适而温暖，到最后还是回到新英格兰来，然后死在这儿。过着奢侈生活的富人所需要的就不仅仅是舒适和温暖了，他们要的是不自然的热；我已经在前面说过，他们是被烘烤着，而且自认为这样被烘烤着是很时髦的。

大多数奢侈品，以及大部分让生活变得舒适的东西，不但不是必需品，而且的的确确会妨碍人类的进步。关于奢侈与舒适，最明智的智者往往生活得甚至比穷人更加简朴。中国、印度、波斯和希腊的古哲学家都是同一个类型的人物，外表生活再贫穷，内心生活却异常丰富。我们对他们的了解还远远不够。然而可叹的是，这点了解对我们来说竟然很多了。近代那些改革家和各民族的救星，他们的情况也都如此。我们只有站在甘贫乐苦这样优越的地位上，才可能成为公正无私的、聪明的观察者。无论在农业或商业方面，文学或艺术领域，奢侈生活结出的果实也都是奢侈的。这是一个哲学教授满天飞而哲学家却一个都没有的时代。然而哲学教授这一职业是令人羡慕的，因为哲学家的生活是令人羡慕的。但是，要做一个哲学家不但要有敏锐的思想，甚至不但要建立起一个学派，还要真心热爱智慧，从而按照智慧的指示去过一种简单、独立、宽宏和信任的生活。他要解决生活中的一些问题，不但要在理论上解决，而且要去实践。大学者和思想家的成功，通常不是帝王式的成功，也不是英雄豪杰式的成功，而是朝臣式的成功。他们勉强应付生活，像他们的父辈一般生活，所以他们一点也不能成为人类高贵的祖先。可是，为什么人类会退化？是什么使得那些家族没落消亡？使国家衰败、崩溃的奢侈又是什么性质呢？在我们的生活中，我们能否确定在自己的生活里并未这样？哲学家甚至在生活的外在形态上也是走在时代前列的。他的吃穿住行以及取暖，都跟他的同时代人不一样。一个人如果没有比别人更好的方法来保持生命的热量，又怎么能是哲学家呢？

一个人如果已经在用我所描写的几种方式来过温暖的生活时，那他接下来要干些什么呢？当然不会是得到更多的同一类型的温暖。他不会去求得更多更丰富的食物，更宽敞华丽的房屋，更多更精美的衣服，更经久不息更灼热的火炉，等等。他在得到了这些生活必需品之后，就不会去求得同样的多余物品而是去寻求别的东西；那就是说它可以开始不再干卑微的苦力活儿的假期了，他要向生命的本真迈进了。土壤是适宜于种子的，因为土壤使种子的胚根向下伸展，然后它可以满怀自信地使它的枝干向上生长。为什么人在泥土里扎下根之后，却不能同样向天空伸展呢？——因为那些更高贵的植物是根据其远离地面的、最后在空气和阳光中结成的果实来评定其价值的，人们不是像对待卑微的蔬菜那样来对待这些高贵的植物的。蔬菜就算是两年生的植物，那也只是被培植到生好了根茎时为止，而且为了让它们的根茎长得更健壮，还常常把它的枝叶剪掉，使得许多人在开花的季节都认不出它们。

我无意给一些性格坚强勇敢的人制定什么规章，因为他们不论是在天堂还是地狱，都会好好干自己的事业，他们的房子甚至建筑得比最富裕的人的还要宏伟，他们也更加挥霍无度，却不会因挥霍而陷入贫困，我们不知道他们是如何生活的——如果确实像人们想象的，存在着这种人的话，我也无意给另一种人制定出规章，他们是从目前的处境中得到鼓励、得到灵感，像情人一样与现实情投意合，珍惜现实生活——我认为我自己也是属于这种人的。我这样说，并不包括那些在任何情况下都能安居乐业的人，这种人都懂得自己是否在安居乐业，那些人，我也不是向他们说话的。我主要是向那些不满现状的人说这番话的，他们在应该可以动手改善生活的时候，却偏偏只是怨天尤人地诉说艰难的命运和自己所处的时代。有些人对任何事情都叫苦连天，慷慨激昂地发牢骚，因为据这些人自己的说法，他们这就是在尽义务。我由此还想到这样一种人，他们看起来阔绰，实际却是所有人中最为贫困的；他们虽然已积攒了一些财富，却不懂得如何利用它，更不懂得如何摆脱它，因此他们其实是给自己戴了一副金银制成的镣铐。

如果我把自己过去这些年中希望如何度过生命的想法说一说，这会使许多略知我历史的读者感到奇怪，更会使对我的历史不熟悉的读者大感惊讶。所以，我只略谈一谈我一直放在心头的几件事就行了。

无论白天黑夜，无论在什么时辰、什么天气的情况下，我都希望能抓住关键的时刻来改善我当前的状况，并在手杖上刻下时刻；过去和未来的交叉点就是现在，我就站在这个起点上准备起跑。请原谅我说话有点晦涩，因为我这个职业比大多数人的职业有更多的行业秘密。不是我故意要保密，而是我这个行业有这种特点。我很愿意把我所知的和盘托出，我不会在自己的门口贴上"不准入内"的招牌。

很久以前我丢了一条猎犬、一匹枣红马和一只斑鸠，至今我还在寻找它们。我曾对许多旅行者说起它们的情况、它们的踪迹，以及它们对怎样的叫唤才有回应。我曾遇到过一两人，他们告诉我他们曾听见过猎犬的吠叫声、奔马的蹄声，甚至看到过斑鸠飞入云中。他们也急于要找它们回来，就像是他们自己失去的一样。

不只是期望着观看日出和黎明，如果有可能，还要观察大自然本身！在夏天和冬天，有多少个黎明，在邻居忙着料理他们的事务之前，我就出门忙我的事去了！毫无疑问，许多市民都曾在清晨见到我干完活儿回来，那些黎明时候赶到波士顿去的农夫，或者是去干活儿的伐木工人，都曾遇到过我。的确，我从没有在太阳升起时助过它一臂之力，可是，无可置疑的是，太阳升起时，我在场，这才是最重要的事。

多少个秋天，嗯，还有冬天，我都在城外度过，我试图听听有什么风声，一旦听到了什么就立刻把它传播开来！我在里面几乎投下全部资本，为这笔生意而迎着风奔跑，连气都快喘不过来了。如果这风声有关两个政党的政治，毫无疑问，它一定会被政党的报纸抢先发表。别的时候，我守望在高冈或树梢的瞭望台上，电告任何一个新到来客的消息，或者在黄昏的山巅上等候，等候夜幕降落，好让我抓到一点东西，我抓到的从来就不多，这不多的东西却好像是天赐的粮食一样，还会在阳光下消失。

有很长一段时间，我是一家销路不广的报社的记者，这家报社的编辑从来都不觉得我写的许多东西是可以刊出来的，作家们都曾遇到过这样的事，我辛苦劳动，换来的也就只是一番辛苦。在这件事上，辛劳就是它本身的报酬。

很多年来，我委任我自己为暴风雪与暴风雨的监察员，并忠实地履行自己的职责，我还自任测量员，不是测量公路，就是测量森林中的小径和所有的近路，并保证它们畅通无阻，以及峡谷上的桥梁一年四季都能通行，人们的足迹就证明了它们的便利。

我还守护过镇上的牧人，使他们免受野兽侵害，这些野兽总是要跳过篱笆，给忠于职守的牧人造成许多麻烦。我还照料过农场上人迹罕至的角落，虽然我不大知道约拿斯或所罗门今天是否在某一块田地上劳动，因为这可不属于我管的事了。我还给红色的越橘，沙地上的樱桃树、荨麻、赤松、柊、白葡萄和黄色紫罗兰等浇过水，在天气干燥的季节，不浇水，它们很可能会枯萎的。

总的来说，我一直这样做了很长时间，我可以毫不夸耀地说，我真心诚意而又认真地做我的这些事，直到后来，事情越来越明了，镇上的居民并不愿意把我列到公职人员的名单之内，也不愿意给我一份微薄的薪俸。至于我记的账，我可以发誓说我记得清清楚楚，然而却从未被查核过，更不用说有谁来付款、结清账目了。不过，我也未曾把心思放到这上面。

经济篇（二）

不久以前，一个流浪的印第安人到我的邻居——一位著名的律师家中叫卖篮子。“你要买篮子吗？”他问道。回答是“不，不要”。那个印第安人出门时发出惊奇的叫喊：“你想要饿死我们吗？”看到他勤奋的白人邻居生活得那么富裕——那位律师只要辩论起来，就像玩魔术似的，财富和地位都随之而来——因而这印第安人对自己说：我要做生意，我要编篮子，这是我能做的事。他以为编织好篮子就完成了他的分内事，接下来白种人就有责任向他购买这些篮子了。但他没有察觉：他必须使人觉得他的篮子是值得购买的，至少得使别人相信，购买这一只篮子是值得的，要不然他应该做点别的值得让人购买的东西。我也曾编织过一种结构精巧的篮子，但我并没有编得使人感到值得买。但在我看来，我一点不觉得我不值得去编织这个篮子，我不但没有去研究如何编织得让人们感到值得去买，我倒是琢磨了如何才能避免这种买卖的勾当。被人们赞美并认为成功的生活，只不过是若干生活的一种。为什么我们一定要抬高某一种生活而瞧不起其他的生活呢？

我发现我的市民同胞们不大可能在法院、教堂，或任何别的地方给我一个职位让我谋生，我必须另谋生路，于是，我比以往更专心地注意那片森林，那里的一切我都很熟识。我决定立刻就投入这项生意，不必像通常那样等待有足够的资本，我就动用我手上已经有的一点儿微薄的资金吧。我到瓦尔登湖上去的目的，并不是去过节俭的生活，当然也不是去过挥霍的生活，而是去麻烦少一些的地方经营一些私人业务，以免我因为缺乏经商的常识而做出悲哀又显得愚蠢的事情。

我常常希望自己学到严格的商业习惯，这种习惯是每一个人都不能缺少的。如果你是和天朝帝国做生意，那么，你在某个塞勒姆港的海岸上设立一个小小的会计室就够了。你可以把本国的出产——土特产，诸如许多的冰、松木和一点儿花岗石等用货轮运出去。这一定是一笔好生意。你亲自监督一切大小事务，既是领航员与船长，又是业主与保险商；买进、卖出还自己记账；收到的每封信件都亲自阅读，发出的每封信件都亲自撰写或审读；日夜监督进出口货的装卸工作；你几乎在同一时间出现在海岸上的许多地方——装货最多的船总是在泽西岸上卸货：你还自己充当电报员，坚持不懈地发出讯号，对所有向海岸行进的船只通报情况；稳定地售出货物，供给远方的一个永不满足的市场，既要熟悉市场行情，还要明了各地战争与和平境况，预测贸易和文明的趋向——利用一切探险的成果，利用最新的航道，利用一切改进的航海技术——还要研究海图，确定珊瑚礁和新的灯塔、浮标的位置，而航海图表是永远处在修改之中的，因为只要计算上有一点错误，船只就会冲撞在一块岩石上而致粉碎，无法到达一个友好的码头——此外，这里还有拉佩鲁兹（法国航海家，后在太平洋遇难）的未被人知晓的命运——还得步步紧跟宇宙科学，要研究一切伟大的发现者和航海家、伟大的探险家和商人，从汉诺（古代迦太基航海家）和腓尼基人直到现在所有这些人的生平，最后，还得时刻记录库房中的货物，你才对自己的境况一清二楚。这真是一个全面磨炼一个人能力的辛苦的劳役——这里有赢利或损失的问题、利息的问题、净重的计算问题和各种确切的数字，这真是需要特别广博的知识。

我曾琢磨，瓦尔登湖应当是个做生意的好地方，不但因为那铁路线和冰块贸易的可行，而且这里还有许多的便利，或许在这儿把这些便利条件泄露出来会显得不明智呢；这是一个优良的港口，也是一块好地基。没有那些好像涅瓦河上的沼泽让你去填，虽然到处都得你去打桩奠基。据说，要是涨潮的时候又刮着西风，再加上涅瓦河上的冰块，圣彼得堡会一下子被从大地的表面上冲得没了踪影。

由于我这生意缺乏通常的资本来进行交易，所以我不知道从什么地方能得到做这样的生意不能缺少的东西呢。实际点说吧，先是衣服，我们采购衣服，常常是由爱好新奇的心理所引导的，并且很在乎别人对衣服的意见，而不怎么考虑这些衣服的真正实用性。让那些有工作做的人回想一下穿衣服的目的吧：一是保持身体的体温；二是在目前的社会中，要把赤裸的身体遮盖住。这样，他可以做出判断，到底有多少必需或者重要的工作可以完成，而不必在衣橱中增添什么衣服。国王和王后的每一件衣服只穿一次，虽然由裁缝专门制作，但他们却不知道穿上合身的衣服所感到的愉快。他们不过是挂干净衣服的衣架子。而我们的衣服，却一天天更加和我们合为一体了，它们甚至有了穿衣人的性格，以至于我们舍不得把它们丢掉：要丢掉它们，正如抛弃我们自己的躯体那样，总不免感到恋恋不舍，心情十分沉重，乃至要看病吃药。其实，没有人因为穿了有补丁的衣服，我就看扁他，但我很明白，一般人则为衣服费了很多心思，人们希望自己的衣服跟得上时髦，至少也要干干净净、没有补丁，但他们从不在乎自己是否有健全的良心。其实，即使衣服破了不补，所暴露的最大缺点也不过是粗心大意罢了。我有时用这样的方法来观测我的熟人——谁会穿一条膝盖以上有补丁的，或者只是多了两条缝线的衣服呢？大多数人都好像认为，如果他们这样做了，从此就毁掉了一生的前程。他们宁可跛了一条腿进城，也不会穿着破裤子去。一位绅士如果出意外有了腿伤，这是很平常的事，是有办法让它痊愈的；但如果他的裤管破了，在他看来这是无法补救的。因为他关心的并不是什么东西真正值得尊敬，而是关心那些照习惯受人尊敬的东西。我们认识的人很少，我们认识的衣服和裤子却特别多。你给稻草人穿上你的最后一件衣服，然后你自己不穿衣服站在旁边，哪一个经过的人不立刻向稻草人致敬呢？前不久我经过一片玉米田，就在那头戴帽子、身穿上衣的木桩旁边，我认出了那个农田主人。他比我上一回看见他时多了些风吹雨打带来的憔悴。我听说过这样一条狗，它向所有穿了衣服走到它主人地盘上的人吠叫，却很容易被一个光身子的窃贼制伏得一声不响。这真是一个有趣的问题啊，如果没有衣服，人们能在多大程度上保持他们的身份？没有了衣服的话，你能不能在任何一群文明人中间，肯定地指出谁是最尊贵的阶层？法伊弗夫人在她周游世界的旅途中，当她走到俄罗斯的亚洲部分时，她说，她要去谒见当地长官，她觉得自己不能再穿旅行服装了，因为她“现在身处一个文明国家，这里的人是根据衣服来评价人的”。即使在我们这民主的新英格兰城镇中，人们偶然变得富有，穿得讲究，住得阔绰，他就会受尽众人的尊敬。可是，这些尊敬有钱人的人，人数很多，却都是些异教徒，所以应该给他们派去一个传教士。话说回来，凡是衣服都是要缝纫的，缝纫可是一种没完没了的工作；至少，妇女们的衣服是从来做不完的。

一个找到工作的人，其实并不需要他穿上新衣服去工作；穿那些长久地放在阁楼中、积满了灰尘的旧衣服就够了。一个英雄穿旧鞋子的时间，远比他的仆从穿旧鞋子的时间长——要是英雄有仆从的话；打赤脚的历史比穿鞋子的历史要悠久得多，而英雄是可以赤脚的。只有那些赴夜宴，或者到立法院去的人才必须穿上新衣服，他们的衣服换了一件又一件，正如那些地方的人换了一批又一批。可是，如果我的短上衣和裤子、帽子和鞋子都适合穿上去礼拜上帝的话，那么我有这些服装也就够了，不是吗？谁曾注意到他的破衣服——真的已经穿得破烂不堪了，破得现出了当初的原料，就是拿去送给一个穷孩子也算不得行善行为了呢？说不定那穷孩子还要拿它转送给一个比他更穷困的人，或者那人倒可以说是最富有的，因为他可以什么都不要就能活过来呢。我说，你得提防那些必须穿新衣服才能从事的事业，而可以不提防那些穿新衣服的人。如果没有新的人，新衣服怎么能做得合身？如果你有什么事业要做，穿上旧衣服试试看。人所需要的，并不是要利用这些事，而是去做什么，或者说，是要让自己去成为什么。也许我们永远不必想法添置新衣服，不论旧衣服已如何破烂、肮脏，直到我们经历了很多生活，或者一直经营下去，或者是向着目标一直航行，直到我们这古老的躯壳里焕发出新的生机，像是新人穿着旧衣，就像旧瓶装新酒。我们就像鸟类那样换羽毛的季节，必然是生命中一个重大的转折点。潜鸟到偏僻的池塘边去换毛。蛇也是这样蜕皮，蛹虫也是这样出茧，全都是由于体内机能扩展的结果；因为衣服不过是我们最表面的一层保护层，也算是尘世的一桩烦恼而已。不然的话，我们将发现自己在虚假的幌子底下前行，到头来必不可避免地将被人类的意见以及我们自己唾弃。

我们穿上一件又一件衣服，好像我们是一些外生植物一样，靠外加的东西才能生长。穿在我们最外面的，常常是很薄很花哨的衣服，那无非是我们的一层表皮，或者说，一层假皮，它并不是我们的生命的一部分，这里那里剥下来也并不会造成致命的伤；我们经常穿着的较厚的衣服，那是我们的细胞壁或者说是皮层；而我们的衬衣可是我们的韧皮，或者说是真正的树皮，剥下来的话，不能不伤害到身体。我相信所有的物种，在某些季节里都穿着有类似衬衣的东西。一个人最好穿得这样简单，以至在黑暗中都伸手就能摸到自己的身体，而且他在各方面都能生活得十分紧凑，有恃无恐，那么，即使敌人占领了城市，他也能像古代哲学家一样，空手徒步不慌不忙地走出城去。一件厚衣服的用处，大体可抵得上三件薄的衣服，而便宜的衣服可以用真正适合顾客财力的价格买到，一件厚厚的上衣花五元就可以买到，可以穿它好几年，一条厚厚的长裤两元钱，牛皮靴一元五角钱，夏天的帽子不过两角五分，冬天的帽子六毛两分半，或许还可以花上一笔微不足道的钱，自己在家里做出一顶更好的帽子，一个人穿上这样一套自己辛勤劳动赚到的衣服，哪里至于穷到没有一个聪明人来向他表示敬意呢？

当我要定做一件特别式样的衣服时，那个女裁缝郑重其事地告诉我，“现在他们不做这个样式了”。她说话时一点没有强调“他们”这两字，好像她是在引用跟命运之神一样的某种非人的权威所说的话，这一来，我就很难得到自己所需要的式样了，因为她不相信我说的话是真的，她觉得我有点草率。而我，一听到这神示般的话语，就陷入了沉思，我把每一个字都给自己单个地强调了一下，好让我明白它的意思，好让我找出他们和我有多大程度的血缘关系，以及在这一件与我如此密切相关的事上他们到底有什么权威。最后，我决定用同样神秘的方式来答复她，所以也不把“他们”两字特别强调——“的确，近来他们并不流行这个样式，可是现在他们又流行这个样式了”。于是她量了我的肩宽，但她没有量我的性格，好像我是一个挂衣服的钉子，那么这样量身又有什么用处呢？我们并不崇拜美惠三女神，也不崇拜命运三女神，我们只崇拜时髦女神。她威严十足地纺织、剪裁。巴黎的猴王戴上了一顶旅行帽，全美国的猴子也都会学样。有时我很失望，这个世界上，到底什么十分简单而老实的事是通过人们的帮助而能办成功的？必须先让人们通过一个强有力的压榨机，把他们的旧观念挤压出来，使他们不再能够马上用两条腿站立，到那时你看人群中，有的人脑子里长着蛆虫，不知什么时候在那里有了蛆虫的卵，又是何时孵化出来了，甚至连火也消灭不了这些蛆虫，你的工作都是徒劳。总之，我们不应该忘记，埃及有一种麦子据说是由一个木乃伊传到我们手里的。

整个说来，我不认为这个国家或别的国家的服装已到达了艺术那样尊贵的地位。目前，人们还是有什么就穿什么。就像失事船只上的水手漂到岸上，能找到什么就穿什么，他们还会彼此隔开一点，越过空间或时间距离，嘲笑彼此的服装呢。每一代人都嘲笑老式样，可又虔诚地追求新的式样。我们看到亨利八世或伊丽莎白女王的装束，就觉得好笑，仿佛他们是食人岛上的大王和王后一样。一切服装如果不穿在人身上，就会显得可怜和古怪。使人抑制住笑声，并且使任何人的衣服受到尊重的，是穿衣人严肃的眼神和穿衣人真诚的生活态度。一个穿着色彩斑斓的衣衫的丑角如果突然腹痛发作，他的衣服也会表现出痛楚的情绪。当士兵被炮弹击中，破旧的军装也宛如君主的紫袍。

男男女女对服装新式样的这种幼稚又原始的趣味使多少人转动眼珠，

眯起眼皮看着万花筒，好让他们来发现今天这一代人到底需要什么样的式样。制造商早知道人们的趣味完全是反复无常的。两种式样的差别只有九条丝线，而颜色多少还是相似的，一种式样的衣服立刻卖掉了，另一种式样的却还躺在货架上，但是，常常在过了一个季节之后，后者又成了最时髦的式样。比较起来，文身还真不算是人们所说的丑陋习俗呢。不能仅仅因为刺花是在皮肤上，无法改变就认为它是野蛮的。

我不相信我们的工厂生产是使人们得到衣服穿的最好的方式。技工们的情形正一天一天地变得像英国工厂里的样子，这是不足为奇的，因为据我听到或观察到的情况来说，工厂的主要目标，并不是为了使人类可以穿得更好更实在，毫无疑问，工厂的主要目标是赚钱。因此，长远看来，人们只能达到他们自己一时的目标。因此，我们应当把目标定得崇高些，尽管一时难免会失败。

至于住所，我并不否认现在这是一种生活必需品了，虽然有很多例子可以说明，比这里更为寒冷的国度里，有人没有住所照样能够长久生活下去，塞缪尔·莱恩说："北欧的拉普兰人穿着皮衣，头上肩上套着个皮袋，就可以一夜接一夜地睡在雪地上——那寒冷的程度足可以使穿着任何毛衣的人冻死。"他曾亲眼看到他们这样地睡着。不过，他接着说："可是他们并不比其他人更结实。"大概是人类在地球上生活没多久就发现了房屋的便利，以及家庭生活的舒适，这句话的原意，更多地表示对于房屋感到满足，而不是对于家庭。然而，在某些地方，一说到房屋就会联想到冬季和雨季，一年里有三分之二的时间不用房屋而只需要用到一柄遮阳伞。在这些地方，房屋令人感到满足的说法就极其片面，而且只是偶尔适用罢了。我们这一带的气候，以前在夏天的晚上只要有个遮身的东西就行了。在印第安人的记录中，一间棚屋就是一整天行程的标志，在树皮上刻下或画下的一排棚屋则代表他们已经露营了多少次。人类生来并没有强壮的四肢、魁梧的身材，所以他必须设法缩小他的世界，找到一个适宜于他的空间用墙垣来圈起。最初他是赤身露体生活在户外；虽然在天气晴朗温暖时都很愉快，可是到了雨季和冬天，更别说在炎炎烈日下了，要不赶快用房屋来作为自己的栖身之所，人类或许早就在萌芽的时候就被消灭了。按照传说，亚当和夏娃在穿衣服之前，先用枝叶蔽体。人类需要一个家，一个温暖或舒服的地方，但先是肉体的温暖，然后才是感情上的温暖。

我们可以想象那个时候，人类还在幼年期，有些进取心很强的人爬进岩穴去找掩蔽。每个小孩都在一定程度上再次重复了人类这种对世界的体验，他们喜欢待在户外，雨天和冷天也这样。他们出于本能，玩过家家、骑竹马的游戏。谁不想起自己小时候窥望一个洞穴或走近一个洞穴时的兴奋心情？这是我们原始时代的祖先的天性遗留在我们身上的表现。我们从洞穴，进步到用棕榈树叶、树皮树枝、亚麻织物做屋顶，又进步到用青草和稻草做屋顶，用木板和木瓦做屋顶，用石头和瓦片做屋顶。最后我们终于不知道露天的生活是什么样的了，我们的生活家居化的程度比我们自己所想的还要大得多。从壁炉到田野有了很大的距离。如果在我们更多的白昼和黑夜同天体之间并没有什么东西隔开着，如果诗人不是在屋脊下面说那么多话，如果圣人也不在房屋内住得那么长久的话，也许这世界就好了。鸟雀不会在洞内唱歌，白鸽不会在鸽棚里爱抚它们的纯真。

然而，如果有人打算造一所住宅，他应该像我们新英格兰人那样稍为精明一点才好，免得将来他会发现他自己住的是一个工厂，或在一座没有路标的迷宫、一座博物馆、一个救济院、一个监狱，或者是一座华丽的陵墓。首先请想一想：什么样的遮蔽才是绝对必需的？我看见过佩诺布斯科特河流域的印第安人，就在这镇上，他们住在薄棉布做成的营帐里，四周的积雪差不多有一英尺深，那时，我想如果雪积得更厚一些，可以替他们挡风的话，他们一定会更高兴。如何使我诚实地生活并得到从事我的正当追求的自由，从前这个问题比现在更让我烦恼，不幸的是，现在我变得有点麻木了。那时我常常在铁路旁边看到一只六英尺长三英尺宽的大木箱，工人们把他们的工具锁在里面过夜，我就想到，每一个生活艰难的人都可以花一元钱买来这样一只箱子钻几个孔，至少让空气能流进去，然后，下雨时和晚上就可以住进去了，盖合上，他可以自由自在地爱他所爱的，他的灵魂也得到了自由。这并不是多么坏的事，也绝不是一个可鄙的办法。你可以随心所欲地选择睡觉的时间，甚至长夜不眠；而当你起身外出时，会有什么大房东二房东来拦着你要房租。多少人要付比这个更大而更豪华的箱子的租金，因此烦恼到死，而他要是愿意住在这样一个箱子里也是不会冻死的。我绝不是说笑话。经济学曾经受到各种轻视，但它是一门不容轻视的科学。以前那些粗壮结实、大部分时间习惯过露天生活的人，他们曾经在这里盖过一所舒服的房屋，取用的材料几乎全部是大自然现成的。马萨诸塞州垦区的印第安人的总管古金曾于1674年这样写道："他们最好的屋子修得非常整齐、牢固而又温暖，屋顶用的是树皮，这些树皮都是在干燥的季节里从树身上脱落下来的，并在树皮还带着苍翠色泽的时候，用相当重的木材把它们压成大块的薄片。较蹩脚的房屋则用灯芯草之类编成的席子遮盖，也很紧密而温暖，只是没有前者那么好……我所看到的房屋，有的长六十英尺或一百英尺，宽三十英尺……我常常借宿在他们的棚屋里，发现它跟最好的英式房屋一样温暖。"他接着还说，这些房屋的室内通常还有嵌花的席子铺在地上或挂在墙上，各种生活用具一应俱全。印第安人已经发展到能够在屋顶上开洞，放上一张席子，然后用绳子拉动席子来控制通风设施。首先要注意的是，这样的棚屋最多一两天工夫就可以盖起来，只要几个小时就可以拆掉，并且重新搭建起来，每户人家都有这样一座房子，或者拥有棚屋中的一个小间。

在原始时代，每一户人家都有一座最好的住所，以满足他们的粗陋而简单的需要；可是我想，我可以毫不过分地说：虽然天空中的飞鸟有自己的巢，狐狸有自己的洞穴，野蛮人有自己的棚屋，然而在现代的文明社会里，只有半数的家庭是有房子的。在文明特别发达的大城市中，拥有房屋的人只是一小部分。其余的人若要有个住所，得每年付出一笔租金，使自己拥有一个无论冬夏都少不了的“外衣”，而这笔租金本来已经足够他买下一个印第安人的棚屋了，现在他却要在世上活多久就得承受多久的贫困了。这里，我并不是把租房子与拥有房屋之间做一番优劣比较，但显而易见的是，野蛮人拥有房屋是因为花钱很少，而文明人之所以租房子住，却是因为他财力够不上买房屋的花费。可是，也许有人会辩解说，你说的那个可怜的文明人只靠着付出这笔租金，就拥有了一个住所，这住所和野蛮人的棚屋比较起来简直就像宫殿。每年只要付二十五元至一百元的租金（这是乡村的价格），他就得到了经过多少世纪不断改进才造出来的实惠又宽敞的房子，这房子有干净的油漆和墙纸、拉姆福德式的无烟壁炉、内抹灰泥的墙、百叶窗、铜质的抽水机、弹簧锁、宽敞的地窖以及许多别的东西。然而，这究竟是怎么一回事：享受着这一切的文明人，通常是“贫穷”的；而没有这一切的野蛮人，却生活得那么富足。如果说，文明是人的生活状况的真正进步——我想这话是很对的，虽然只有智者才能真正利用好已有的有利条件——那么它就必须证明，文明能不提高价钱就把更好的房屋建造起来；而物价，则是用于交换物品的人的一部分生命，要么立即支付，要么以后支付。这一地区的普通房屋也许要八百元一幢，为了积蓄起这样数目的一笔钱，恐怕要一个劳动者花费十年以至十五年的生命，即使他是没有家累的。——这价钱是以每一个人每天的劳动价值为一元钱来计算的，如果有人收入多过这个数，就一定也有别的人收入少于这个数。因此，通常他必须花费他大半辈子生命，才能赚得他的那间棚屋。假定他依旧是租房居住的，那他还只是在两害之中做了一次可疑的选择。难道野蛮人会在这样的条件下，用他的棚屋来换得一座宫殿？

有人也许会猜想，拥有这样的多余的房产，可以未雨绸缪、防患于未然，但我认为，对个人而言，这样做的好处不过是可以够他在死后偿付他的丧葬费用罢了。但是，一个人也许用不着安葬自己。然而，这件事却显现了文明人和野蛮人的一个重要区别；人类给文明人的生活设计了一套制度，无疑是为了我们的利益，这套制度牺牲了个人的生活，为的是保存种族的生活并让这生活更趋于完美。可是我希望指出，为了得到这好处，我们付出了多大的代价，我还要指出，我们原本可以不做出任何牺牲就能得到所有这些好处的。《圣经》上说可怜的穷人和你同在，父亲吃葡萄，孩子的牙齿也发酸，说这些话有什么意思呢？

"主耶和华说，我指着我的永生起誓，你们在以色列中，必不再有用这俗语的因由。"

"看啊，世人都是属于我的，为父的怎样属我，为子的也照样属我，犯罪的，他必死亡。"

当我想到我的邻居，康科德的农夫们，他们的境遇至少同别的阶级一样富有，我发现他们中间的大部分人也都已辛苦劳作了二十年、三十年或四十年了，为的是他们可以成为他们农场的真正主人，通常这些农场是附带了抵押权而传给他们的遗产，或许是用借来的钱买下来的——我们不妨把他们付出的劳力的三分之一，作为房屋的代价——通常总是他们还没有付清这一笔购房的款项。的确，那抵押权有时还超过了农场的原价，结果农场自身已成了一个大累赘，然而到最后总还是有人愿意来继承它，正如这继承人自己说的，那是因为他很熟悉这个农场。我找评价估税官谈过话，惊诧地发现：他们竟然也说不出十来个在这城里拥有自己农场而又自由自在没有欠债的市民来。如果你要了解这些家宅的实况，你可以到银行去问一问这些房产被抵押的情况。真正能够用劳力来偿付他的农场债务的人是那么少，如果有的话，每一个邻人都能把他指出来。我看康科德这一带还找不出三个这样的人。据说商人中的绝大部分，甚至一百个中间大约有九十六个是肯定要失败的，对农民来说也是如此。不过，关于商人，其中有人曾经恰当地指出，商人的失败大都不是由于亏本，而只是由于不方便而没有遵守诺言；也就是说，信用道德被损毁了。这一来，问题就更加糟糕了，而且不禁使人想到那一百个人中成功的三个人，他们的灵魂，说不定将来也不能得到拯救，也许他们跟那些老老实实的失败的人比较起来，将会在更糟的情况下破产。破产和拒付债务是一条条跳板，我们的文明的大多就从这里跳起来翻跟斗、表演，而野蛮人却一直站在饥饿这条没有弹性的厚木板上。然而，这里每年举行的米德尔塞克斯耕牛展览会却总是那么盛大辉煌，好像农业的状况还特别好似的。

农夫们常想用比问题本身更复杂的方式来解决他们的生活问题。为了获得他的小额资本，他做起了牲畜的投机买卖。他用十分熟练的技巧做一个细弹簧制的陷阱，想捉到舒适和独立自由的生活，他正要拔脚走开时，不料自己的一条腿却掉进了陷阱里。这就是他贫穷的原因；而且由于类似的原因，我们全都是穷困的，尽管我们有那么多奢侈品，却比不上野蛮人有着上千种的安逸和乐趣。查普曼在歌里唱道：

这虚伪的人类社会——

为了所谓人世的伟大
把上天赐予的欢乐稀释得像空气。

等到农夫有了他自己的房屋，他也并没有因此就更富，反而更穷困了，因为那房屋占有了他。依照我所能理解的，莫摩斯在反对密涅瓦建筑的一座房屋时曾经说过一句千真万确的话，莫摩斯说她“没有把它造成可以移动的房屋，可以移动的话就可以从此避开恶劣的邻居了”；这里还可以加上一句：我们的房屋是这样宝贵的财产，它把我们幽禁在里面，而不是让我们居住在里面；至于那需要避开的恶劣的邻居，往往就是我们卑鄙的“自我”。我知道，在这个城里，至少有一两家，几乎一辈子都在希望卖掉他们近郊的房屋，以搬到乡村去住，却始终没有办到，看来，只能等将来死了，他才能获得彻底的自由。

即使大多数人最后的确能够拥有或者租赁那些装修很好且有种种便利设施的现代房屋，但是，文明只是改进了房屋，而没有同时改进居住在房屋中的人。文明可以造出皇宫，可是要造出贵族和国王却没那么容易。如果文明人所追求的并不比野蛮人所追求的更有价值，如果他们把一生的大部分时间只是用来获得粗鄙的必需品和舒适的物质享受，那么，他为什么一定要比野蛮人住得更好呢？

另外，那贫穷的少数人又过得如何呢？也许你会看到一点，一部分人的外部境遇相对于野蛮人越高，另一部分人的外部境遇相对于野蛮人就越低。一个阶级的奢侈全靠另一个阶级的贫苦来维持。一面是皇宫，另一面是济贫院和“默默无言的穷人”。筑造那些法老陵墓的金字塔的百万工人，他们吃的是大蒜头，他们将来要像样地埋葬都办不到。完成了皇宫上的飞檐的工人，夜晚回到家可能是在一个比尖顶棚屋还不如的草棚里。

在一个有一般文明的国家里，大多数居民的处境并没有低到像野蛮人的那么恶劣，这样的想法是错误的。我说的还是一些生活卑微的贫穷人，还没有说到那些生活卑微的富人呢。要明白这一点，我们不必往更远处看，只消看看铁路旁边，到处都是简陋的棚屋，这些就是文明没有改进的反映。我每天散步，看到那里的人住在肮脏的棚子里面，整个冬天门一直都是开着的，为的是可以放点光线进来，也看不到什么火堆，火堆只存在于他们的想象中，而老少的躯体，由于长久地怕冷受苦而蜷缩着，以致永久地变了形，他们的四肢和官能的发展也因此停顿了。自然应当去看看这个阶级的人：所有这个时代的卓越工程都是他们完成的。在英国这个世界大工厂中，各个工厂的技术工人，或多或少都是这样的情况。或许我可以把爱尔兰的情形在这里提一下，那地方，爱尔兰在地图上，是被看作一个白种人的开明地区的。把爱尔兰人的身体状况，跟北美洲的印第安人或南海的岛民，或任何没有跟文明人接触过因而没有堕落的野蛮人比一比吧。我一点也不怀疑，这些野蛮人的统治者，跟一般的文明人的统治者是同样聪明的。他们的状况只能反映出文明与卑劣有着紧密的关联！现在，我根本不必提我们的南方各州的劳动者了，这个国家的主要产品是他们生产的；而他们自己也是南方各州的一种主要产品。可是，不往远处扯开去，我这里主要谈的是那些据说境遇还算中等的人。

大多数人似乎从来没有考虑过一座房屋到底意味着什么，虽然他们原可以不必穷困，事实上却穷困一辈子，因为他们总想有一座跟他们邻居一样的房子。好像你只能穿上裁缝给你制成的任何衣服，你逐渐放弃了棕榈叶的帽子或者土拨鼠皮帽，你只能对这个时代生活的艰难地发几声感叹，因为你买不起一顶王冠！要发明一幢比我们已有的房屋更舒适、更豪华的房屋是有可能的，但大家必须承认，已有的房屋我们都还买不起。

难道我们老要研究怎样得到越来越多的东西，而不能满足于少得到一点东西吗？我们那些可尊敬的公民，难道一定要庄严地用他们的言传身教，来教导年轻人在老死以前就早早置备好若干双多余的皮鞋和若干把雨伞，并准备好空空的客房用来招待不存在的客人？我们的家具为什么不能像阿拉伯人或印第安人那样简单呢？我们把民族的救星尊称为天上的信使，给人类带来神灵礼物的恩人，当我想到他们的时候，我实在想不出有任何随从跟在他们后面，也想不起他们会有什么满载着时兴家具的车辆。有人说，如果我们在道德上和智慧上比阿拉伯人更为优越，那么我们的家具也应该比他们的更复杂。如果我认同这种说法，那会怎么样呢——那不是一种奇怪的认同吗？现在，我们的房屋正堆满了家具，都给灰尘弄脏了，一位好主妇宁愿把大部分家具扫入垃圾坑，也不愿让早上的工作放着不干。早上的工作啊！在微红色的曙光中，在门农的琴声里，世界上的人到底在早晨该做什么样的工作呢？在我的桌上有三块石灰石，让我吃惊的是，我一定得天天给它们拂拭灰尘，我头脑中的灰尘还来不及拂拭呢，我嫌恶地赶快把它们扔到窗外去。你想，我怎么拥有一间摆有家具的房屋呢？我宁可坐在露天的地方，因为草地上没有灰尘，除非人类已经在那儿破土开挖。

正是沉迷声色、放荡挥霍的人弄出了各种新花样，迷迷瞪瞪的人众则对此紧紧追随。那些投宿在最豪华的旅馆里的旅行者很快就会发现这点，因为旅店老板把他当作传说中奢侈的亚述国王来招待，要是他接受了他们的盛情，不多久他就会完全失去男子汉的气概。我想到火车车厢，我们宁愿花更多的钱用于奢侈的布置，而不太关注行车的安全与便捷。没有安全和便捷，车厢就成了一个时髦的客厅，里面有长沙发、土耳其式的榻凳、百叶窗，还有其他一百多种东方的花样，我们把它们搬到西方来了，那些花样，原先是为天朝帝国的六宫粉黛和成群的妻妾而发明的，约拿单听到这些花样的名称都会难为情的。我宁愿坐在一个南瓜上，一人独占，而不愿意坐在天鹅绒的垫子上。我宁愿坐辆牛车，自由自在地来去，而不愿意坐什么游览火车的豪华车厢入天堂，一路上呼吸着乌烟瘴气。

原始时代的人生活得简简单单、很少掩饰，但至少有这样的好处：它让人类仍然是大自然中的一个过客。当一个人吃饱睡够，精神抖擞，就可以再考虑他的行程。可以说，他居住在苍穹的帐篷下面，不是穿越山谷，就是越过平原，或是攀登高山。可是，你看！人类已经成为他们的工具的工具了。从前饥饿了就去采果实吃的人已经变成一个农民；而从前在树荫下歇息的人已经变成管家。我们再也不在夜间露营，我们在大地上建起了房屋，我们忘记了还有天空。我们信奉基督教，不过仅仅是把它当作一种改良农业的方法。我们在这世界建造好了家宅，随后又为来世建造家族的坟墓。最杰出的艺术作品都表现着人类从这种情形中怎样挣脱出来、解放自己，但我们的艺术效果不过是把我们这屈辱的境遇弄得更舒适一点，而那更高的艺术境界却被遗忘了。在这村子里，美术作品确实已没有了插足之地，即使有什么作品传到我们这里来了。因为我们的生活、我们的房屋和街道都不能为美术作品提供恰当的根基。挂一张画的钉子都没有，也没有一个陈列架来承受英雄或圣人的半身像。当我在思考我们的房屋是怎样建造的，是怎样付款或未付清款项，以及居住在房屋里的家庭的经济又是怎样安排怎样维持时，我不禁感到惊奇，在一位来宾赞美壁炉架上那些花里胡哨的小玩意儿的时候，为什么地板不会一下子坍下去，让这位来宾掉落到地窖中去，一直落到坚固可靠的基岩上。我不能不看到，世人所谓富有而优雅的生活其实是在向上跳跃超出他们的本分，我一点也不欣赏那些点缀生活的美术品，我密切注意着人们的跳跃，我记得人类肌肉能达到的最高的跳高纪录，还是某一些流浪的阿拉伯人创造的，他们从平地上能跳到二十五英尺之高的位置。没有东西支撑的话，跳到了这样的高度上也还是要跌到地上来的。因此，我要问那些不恰当产业业主的第一个问题是：是谁在支撑你？你是属于那九十七个失败者当中的一员，还是三个成功者当中的一员呢？回答了这些问题之后，也许我会去看看你那些花哨而没什么价值的玩物，体验一下它们的装饰风味。车子套在马前面，既不美观，也没有用处。在用美丽的饰物装饰房屋之前，必须把墙壁剥除一层，我们的生活也得剥除一层，这还要有美好的家务管理和美好的生活作为底子。要知道，美的趣味大多是在露天培育起来的，而户外既没有房屋，也没有什么管家。

老约翰逊在他的《神奇的造化》中说起和他同时代的那些最初移民到这个城镇来的人，他告诉我们说："他们在小山坡上，挖掘窑洞，作为最初的栖息场所，他们把泥土高高地堆在木材上，高的一边生起了冒浓烟的火以烘烤泥土。"他们并不"给自己造房子"，他说，直到"上天赐福，让土地上生产了足够的粮食喂饱了他们时为止"。然而，第一年的收成却不好，迫使"他们不得不在很长的一季吃很薄的面包"。1650年，新尼德兰州秘书长川荷兰文写过一段话，更加详细地告诉预备移居那里开垦土地的人，他说："那些在新尼德兰的人，特别在新英格兰的人，起初是无法按他们自己的愿望去建造农舍的，他们在地上挖个地窖一样的、四四方方的、六七英尺深的坑，长和宽则随意决定，然后在墙壁上安上木板，遮挡泥土，再用树皮在木板之间合缝，以免泥土落下来，当然也有的用了别的材料，还用木板铺了地板，做天花板，架起了一个圆木做的屋顶，再铺上树皮或绿草皮，这样，他们全家可以在很温暖很干燥的房子里住上两年、三年，或者四年，可以想象，这些地窖中，还隔出了一些小房间，这就要以家里人口数目来定了。在殖民初期，新英格兰的贵人、要人，也住在这样的房子里，这有两个原因：一是免得浪费时间来建造房屋，造成下一季的粮食不够吃；二是不希望他们从祖国大批地招来的苦工感觉到不平衡。三四年之后，当田野已适宜于农作物生长了，他们才给自己造漂亮的房子，花上几千元钱。”

我们的祖先所采取的这个做法，可以看出，他们至少是非常小心的，他们的原则似乎是首先要满足最紧迫的生活需求。而现在，我们最紧迫的生活需求满足了没有呢？想到要给我自己添置一幢奢华的住宅，我就感到心灰意懒了，因为在我看来，这一片国土上还没有培育起相应的人类文化，我们至今还不得不减少我们精神的粮食，减到比我们节省的祖先每顿吃的面粉还要少。这倒不是说所有建筑的装饰可以完全忽略掉，即使是在最原始的时代里。我要说的是我们可以让我们的房屋从一开始就从内部变得美起来，尤其是和我们生活密切联系的部分，就像贝壳美丽的内壁那样，而不是将外壳弄得过分的美。可是，哎呀！我曾经走进一两幢房屋，已经知道它们的内部是如何布置的了。

尽管我们还没有退化到住窑洞或者棚屋，或者穿兽皮就活不了的程度，但是，对人类的发明与工业提供的便利，即使要付出很高的代价来交换，也还是应该接受为好。在我们这儿，木板、屋面板、石灰和砖头都比较便宜，比起可以住人的山洞、整根的圆木、大量的树皮以及回火黏土或平坦的石板，也更容易弄到。我说得比较内行，因为我在理论和实践上都熟悉建造房屋这件事。只要再聪明一点，我们就可以用这些材料，使我们比现今最富有的人还要富有，使我们的文明成为一种祝福。文明人其实只是更有经验、更为聪明一点的野蛮人，可是，还是让我赶紧来讲讲我自己的试验吧。

经济篇（三）

一八四五年三月末，我借来一把斧头，走到瓦尔登湖边的森林中，在我预备造房子的地点附近，我开始砍伐一些箭式笔直高耸的尚属幼树的白松来做我造房子的木材。开始做事时不借用别的东西，似乎是很难的，但这也许还是一个好方法，可以让你的朋友们对你的事业发生兴趣。斧头的主人在把斧头借给我的时候说：这斧头是他最珍爱的东西；可是，我归还他时，斧头倒变得更加锋利了。我工作的地点是一片令人愉快的山坡，松树满山都是，穿过松林我能望见湖水，还能望见林中一小块空地，那儿丛生着细嫩的松树和山核桃树。凝结成冰的湖水还没有完全融化，只化了几处地方，呈现出暗黑的颜色，而且还被水浸着。在我那劳动的几天里，还下过几阵小雪，但大部分时间，当我走回家去，途经铁道的时候，看见路边的黄沙地一直向前延伸，在蒙蒙的大气中闪烁，而铁轨也在春天的阳光下闪闪发光，我听到云雀、小鹟和别的鸟雀都已经来到这儿和我们一起开始度过这新的一年了。那是愉快的春日，人们心上的冬天正和冻土一起解冻，而蛰伏的生命也开始舒伸身躯了。有一天，我的斧头柄掉了，我伐下一段青青的山核桃木来做成一个楔子，用一块石头把它敲紧，再把整个斧头浸在湖水中，好让那木楔子发胀一些，就在这时，我看到一条有条纹的蛇钻入了水中，它躺在湖水底，显然毫不觉得有什么不适应，有一刻多钟，它竟跟我待在那儿的时间一样长久；也许它还没有从蛰伏的状态中完全苏醒过来。照我看，似乎是出于同样的原因，人类还停留在目前这种原始、低级的状态之中；不过，要是人类能感到万物复苏的春天的召唤，他们就必定要上升到更高级、更升华的生活中去。以前，我在降霜的清晨的小路上看到过一些蛇，它们的躯体还有一部分处于麻木、不灵活的状态之中，还在等待太阳出来唤醒它们。四月一日下了雨，冰融化了，这天，大半个早晨都是雾蒙蒙的，我听到一只失群的孤雁徘徊在湖上，因迷途而哀鸣着，它像是雾中的精灵。

我就这样一连几天用那狭小的斧头伐木、砍削木料、门柱和椽木，我并没有什么可以宣告的或者学究式的思想，我只是随着自己的兴致在歌唱——

人们自认为懂得不少；
但你瞧！他们都已展翅飞翔——
艺术啊，科学啊，
还有各种工具；
只有那吹拂的风
才真的是什么都懂。

我把主要的木料砍成六英寸见方，大部分的门柱只砍两侧，而椽木和地板的用材则只砍一边，其余的地方都保留着树皮，所以，它们和锯子锯出来的相比，是差不多挺直的，而且更加结实。每一根木料都挖了榫眼，在顶上劈出了榫头，这时，我又借到一些工具。在森林中，白昼往往很短，但我还是常常带去牛油面包当午餐，在正午时我还读读包面包的新闻报纸。我坐在刚砍伐下来的青绿的松树枝上，面包也因此沾染了树枝的芳香，因为我手上有一层厚厚的树脂。在我结束这工作以前，松树成了我的亲密伙伴，虽然我砍伐了几棵，但没有和它们结仇，反而对它们更熟悉了。有时候，林中的闲游者给斧头劈木材的声响吸引过来，我们就隔着碎木片愉快地交谈。

我的工作干得不紧不慢，我只是想尽心去做而已。到四月中旬，我的屋架已经搭好，可以竖立起来了。我已经向在费奇伯格铁路上工作的爱尔兰人詹姆斯·柯林斯买下了他的棚屋，以便使用他的木板。詹姆斯·柯林斯的棚屋据说是不多见的好房子。

我去找他的时候，他不在家。我在他的房子外面走动，起先屋里的人没有注意到我，因为那窗户又高又深。屋子面积很小，有一个三角形的屋顶，别的没有什么可看的，四周积有五英尺高的污泥和沙土，像肥料堆。屋顶是这房子最完整的一部分，虽然被太阳晒得弯曲了，变脆了。没有门槛，门板下有一条可让家鸡随意进出的通道。柯林斯夫人来到门口，邀请我到室内去看看。我一走近，母鸡也给我赶进了屋。屋子里光线暗淡，大部分的地板很脏，潮湿，发黏，摇摇晃晃，木板这里一条那里一条，都是些经不起搬、一搬就裂的木板。她点亮了一盏灯，给我看屋顶和墙壁，以及那片一直延伸到床底下去的地板，又劝告我不要踏入地窖中去，那其实是个两英尺深的垃圾坑。用她自己的话来说，“顶上是好木板，四周也都是，窗户木板也不错”——原来是两个齐整的方框，只是最近有猫在那里进出。屋里还有一只火炉、一张床、一个可以坐的地方、一个出生在那里的婴孩、一把丝质的遮阳伞，还有一面镀金的镜子，以及一只全新的咖啡豆研磨机固定在一根小橡木上，这就是全部的家当了。我们的交易当时就谈妥了，因为那时候，詹姆斯也回来啦。当天晚上，我得付四元两角五分，而他则得在第二天早晨五点搬出去，不得在此期间再把什么东西卖给别人。六点钟，我就可以去占有那棚屋了。他说，赶早来最好，趁别人还来不及在地租和燃料上，提出某种数目不定的、无理的要求。他告诉我这是唯一的额外开支。到了六点钟，我在路上碰到他和他的一家。一个大包裹，全部家当都在内——床、咖啡磨、镜子、母鸡，只是少了一只猫，它逃进树林成了野猫，后来我又得知它触上了一只捕捉土拨鼠的夹子，终于成了一只死猫。

就在这同一天早晨，我把这棚屋拆掉了，我拔下钉子，用小车把木板搬运到湖滨，放在草地上，让太阳把它们晒得发白并且恢复原来的形状。一只早起的画眉在我驾车经过林中小径时，唱出了一两支小调。年轻人巴特里克却诡秘地告诉我：一个叫西利的爱尔兰邻居，在装车的间隙把那些还可以用的、直的、可以钉的钉子，U 形钉和大马钉都放进了自己的口袋，当我回来跟他打招呼时，他正一副没什么心思、满不在乎的样子看着那一堆废墟，他就站在那儿，正如他所说的：没有多少活儿可做了。他在那里代表观众，使这微不足道的事看上去更像是众神撤离特洛伊城的大事件。

我在一座向南倾斜的小山的边上挖我的地窖，有一只土拨鼠也曾经在那里挖过它的洞穴，我挖去了漆树和黑莓的根，一直挖到植物残存在最下面的痕迹，直到挖到一片细腻的沙地，范围约有六英尺见方七英尺深，土豆可以安全过冬，绝不会被冻坏了。地窖的地壁是渐次倾斜的，并没有砌上石块；但太阳从来照不到它，因此也没有沙子塌下来。这只需要两小时的劳动。我对于破土动工的工作特别感兴趣，因为几乎在所有的纬度，人们都会在挖掘到地下去时，得到均一的温度。在城市里，最豪华的房屋下面仍然可以找到地窖，他们像古人那样在里面埋藏植物的块根，将来即使上面的建筑完全消失了，后代人还能发现地皮上凹陷下去的痕迹。所谓房屋，无非就是地洞入口处的门廊而已。

最后，在五月初，我的一些熟人来帮忙，帮我把房屋的框架立了起来，其实这也没有什么必要，我只是想借这个机会来跟邻舍联络联络。竖立屋架，最大的功劳还是应当属于我。我相信，有那么一天，大家当然还是会树立起一幢更高的大厦。七月四日，我开始住进了我的屋子，因为那时屋顶刚装好，地板刚钉齐，这些木板都被削成了薄边组合在一起，防雨是没有一点问题的。我已经在屋子的一端砌好了一个烟囱的基础，所用石块都是我双臂从湖边抱上山的，约有两车之多。在秋天锄完地以后，我才把烟囱建造完成，恰好在必须生火取暖之前，而此前我总是大清早就在户外的地上做饭，这种方式我至今仍认为是，在某些方面比一般的方式更便利、更令人惬意。如果面包还没烤好就刮风下雨了，我就会拿几块木板挡在火上，然后自己也躲在下面凝望着面包，我就这样度过了很愉快的时刻。那些日子里，我手上工作很多，读书很少，但地上的破纸片，甚至单据或者一块端菜用的布垫，都会给我极大的乐趣，实在达到了跟阅读《伊利亚特》一样的目的。

要是人们比我那样建筑房屋更谨慎小心，也是很有好处的，例如，先考虑好一扇门一扇窗、一个地窖或一间阁楼在人性中间有着什么基础，也许，在你找出比目前需要更强有力的理由以前，你最好别建什么上层建筑。一个人造他自己的房屋，跟一只飞鸟筑巢是有着某些相同的情理的。谁知道呢，如果世人都自己亲手造他们自己住的房子，又简单老实地用食物养活自己和一家人，那么，他们的诗歌天赋一定会得到普遍的发展，就像那些鸟儿，它们在做同样事情的时候，歌声传遍了四方。可是，哎呀！我们倒是像牛鹂和杜鹃，它们跑到其他鸟儿的巢中去下蛋，传出来的就是些叽叽喳喳没一点音乐节奏的叫声，使路过的人听了一点也感觉不到快乐。难道我们永远要把建造房屋的快乐留给木匠师傅？在我们大多数人的生活经验中，建筑算得了什么呢？在我所从事过的职业中，还绝对没有碰到过一个人从事像建造自己的房屋这样简单而自然的工作。我们都是属于社会的，不单裁缝属于一个人生命的九分之一，还有传教士、商人、农民也是这样呢。这种劳动分工到底要分到什么程度为止？最后有什么结果？毫无疑问，别人可以来代替我们思想，可是，如果他这么做是为了让我自己没有思想，这就很不可取了。

的确，在这个国家里面有一种人叫作建筑师的职业，至少我听说过一个建筑师有这么一种想法：要使建筑上的装饰具有一种真理之核心、一种必然性，因此也会有一种美，好像这是神灵给他的启示。从他的观点来说，这是很好的了，而实际上，他并不比普通爱好美术的外行人高明多少。一个建筑学上感情用事的改革家，他不从基础做起，却从飞檐开始。仅在装饰中放进一个真理之核心，就像糖拌梅子里面嵌进一粒杏仁或者一粒贡蒿子——不过，我总觉得吃杏仁不用糖对健康更有益——他没有去想想居住在房屋里面的人，他们想的是如何把房屋建筑得里里外外都牢固结实，而不过多去想什么装饰。有理性的人哪会认为装饰只是外表的，仅属于皮肤层的东西呢？哪会认为乌龟获得有斑纹的甲壳，贝类获得珠母的光泽，是像百老汇的居民签订承包合同来建造三一教堂似的建筑呢？其实，一个人跟他自己的房屋建筑的风格没多大关系，就像乌龟跟它的甲壳上的斑纹无关一样：士兵不必无聊到非要在旗帜上画上准确体现他勇气的颜色。敌人会弄清这一点的。一旦到了紧要关头，他的脸色就要发青了。这位建筑师在我看来仿佛俯身在飞檐上，羞涩地向那住户悄悄地说他的那套似是而非的真理，住户实际上比他还要明白得多。我现在所看到的建筑学的美，我了解它是由内而外渐渐地生长出来的，是从那住在里面的人的需要和他的性格中生长出来的，住在里面的人是这房子的唯一的建筑师——美来自他的不知觉间的真实感和高尚的情操，至于外表他一点儿没有想到；要产生这样的美，那他也得先等他有了自己没有觉察到的生命之美。画家们都知道，在我们这个国土上，最有趣味的住宅一般是穷困的平民们的那些毫无虚饰的、简陋的木屋和农舍；使房屋别有一番风致的是外壳似的房屋里面的居民生活，而不是屋子外表上的什么装饰；市民们在郊外搭建的那些箱形的木屋也同样是有趣的，只要他们的生活是简朴的，他们的住所就与想象的一样，没有一点叫人费神的风格。建筑上的大多数装饰确实是华而不实的，一阵九月的风可以把它们吹掉而无损于房屋的主体，就好比吹落了借来的华服。不需要在地窖中窖藏橄榄和美酒的人，没有建筑学也照样生活。如果在文学作品中，也这样煞费苦心去追求体裁上的装饰，如果我们的《圣经》的建筑师也像教堂的建筑师这样把很多的时间花在飞檐上，结果会怎样呢？那些纯文学、美学和研究它们的教授就是这样矫揉造作。当然，某些人确实很关心这几根木棍子该怎样斜放在他的上头还是放在下方，他的箱子应该涂上什么颜色。当然，从认真的角度来说，这里头还是很有一点意思的，他把木棍斜放着，把那间箱子涂上颜色；可是在精神已经离开了躯壳的情况下，那这样就跟建造他自己的棺材属于同一性质了——这就是坟墓建筑学，而“木匠”只不过是“棺材匠”的另一个名称罢了。有一个人说，在你对人生失望时，或者对人生漠然时，抓起脚下的一把泥土，就用这颜色来粉刷你的房子吧。他是否想到了他最后那间狭长的房子？那就抛一个铜币来选择好了。他一定有非常多的空闲时间！为什么要抓起一把泥土来呢？还是用你自己的皮肤颜色来粉刷你的房屋好得多：让房屋的颜色变得苍白或者为你害臊变红。这真是一个改进村舍建筑风格的创举！等到你找准了我的装饰，我一定会采用它们。

入冬以前，我建了一个烟囱，并在已经不能挡雨的屋子的四周钉上一些薄片，那些薄片是从木头上砍下来的，粗糙而且还不太干的木片，我不得不用刨子把它们的边缘刨得光滑些。

这样我就有了一个密不通风、围上木片、抹了灰泥的房屋，十英尺宽，十五英尺长，柱高八英尺，还有一个阁楼和一个盥洗间，屋子每一侧有一扇大窗，两个活动天窗，顶端有一个门，正对着门的是个砖砌的火炉。我的房子的支出，只是我所用的这些材料的一般价格，人工不算在内（因为都是我自己动手完成的），总数我都记在下面了。我之所以写得这样详细，是因为很少数人能够精确地说出他的房子到底花了多少钱，而能够把组成房子的各式各样的材料和它们各自的价格说出来的人，如果有的话，也是非常少的。

木板	8.035美元（多属棚屋旧木板）
屋顶及墙板用的旧木片	4.00美元
板条	1.25美元
两扇带玻璃的旧窗子	2.43美元
一千块旧砖	4.00美元

两箱石灰	2.40美元（价格有点高）
毛丝	0.31美元（买多了）
壁炉架用铁片	0.15美元
钉子	3.90美元
铰链和螺丝钉	0.14美元
门闩	0.10美元
粉笔	0.01美元
搬运	1.40美元（大部分自己背）

共计28.125美元

全部材料都在这里了，我没写木料、石头和沙子，是因为这些材料我是用在公地上合法占地盖屋者应该享受的特权取来的。另外我还搭了一个木料间，主要是用建了房子之后留下来的材料盖的。

还想给我造一座房子，论宏伟与华丽都要超过康科德大街上的任何一座，前提是它要能够像目前的这座房子一样让我感到心情愉快，而且，造价也不比目前这座房子更高。

因此，我发现，想找个住宿地的学生完全能够得到一座终身受用的房子，所花的费用比他现在每年付的住宿费还少，如果我这么说听来有点夸张，那么，我为自己的辩护是：我是为人类而并非为自己来做一番夸张的；我的许多缺点和前后不一致的地方并不能影响我叙述的真实性。尽管我有不少虚假和伪善的地方——-那好像是很难从麦子上弄掉的糠秕，我也跟任何人一样对此感到遗憾——在这件事上，我还是会自然地呼吸，挺起我的腰杆，让心灵和身体都能舒服地伸展；而且我下定决心，决不顺从他变成魔鬼的代言人。我要试着为真理说一句好话。在剑桥大学里，学生们住的房子比我这幢稍大一点儿，光租金就每年三十美元，那家公司还在一个屋顶下造了相连的三十二个房间，住宿的房客因此邻居众多而且嘈杂，说不定还得住在生活不方便的四楼。我就不得不想着，如果我们在这些方面有更多的真知灼见，不仅不需要办那么多的教育——因为更多的教育工作早就可以完成了——而且，教育方面的花费也一定已经大部分都消减了。学生在剑桥或别的学校为了得到必需的便利，付出了他或别人的很大的代价，如果双方能得当地处理这一类事情，也许只消花其中的十分之一就够了。要收费的东西，一定不是学生最需要的东西。例如，学费在这一学期的账目中是一笔大的支出，而他和同时代人中最有文化修养的人交往，并从中得到更有价值的教育，这却是不需要付费的。成立一个学院的方式，通常是找到一批愿意捐款的人，弄一本写着捐了多少元多少角的册子，然后就盲目地遵从分工的原则分了又分，这个原则实在是非得审慎考虑才能遵从的——然后就招一个惯于做投机买卖的承包商来，他又雇用了爱尔兰人或别的什么工人，接着就真的奠基开工了，然后，住在这里的学生们得慢慢适应这房子。为了这一个失策，未来很多代的子弟都得付出代价。我想，学生或那些想从学校中得益的人，如果能自己来奠基也会比这做法好得多。学生根据制度，逃避了人类必需的任何劳动，得到了他贪求的空闲，可耻的、无益的空闲。而能使这种空闲变为丰富收获的那种经验，他们却一点也没有学到。可是，有人说："你不是主张学生不该用脑而应该用手去学习吧？"我不完全是这样的主张，我的意思比他说的要多得多：我主张他们不应该以生活为游戏，或仅仅以生活做研究，还要人类社会付出高昂的代价来供养他们，他们应该自始至终都真诚地生活。青年人除了立刻进行生活实践，他们怎能有更好的方法来学习生活呢？在我看来，这样做才可以像数学一样训练他们的心智。举例来说，如果我希望一个孩子懂得一些科学文化，我就不愿意按常规那样，把他送到附近某个教授那儿去，那儿什么都教、什么都练，就是不教生活的艺术，也不练习生活的艺术；用望远镜或显微镜观察世界，却从不教他用肉眼来观看；研究了化学，可就是不去学习他的面包如何做成，或者研究力学，而不懂得面包是如何挣的；发现了海王星的一些新的卫星，却发现不了自己眼睛里的微尘，更发现不了自己已经成了哪一个流浪汉的卫星；他全神贯注地从一滴醋里观察怪物，却要被他四周那些怪物吞吃掉。一个孩子要是自己开挖出铁矿石来，自己熔炼它们，同时把他所需要知道的都从书本上找出来，然后他照此做了一把自己的折刀，另一个孩子则一方面在冶金学院里听讲冶炼的技术课，另一方面用他父亲给他的一把罗杰斯牌子的折刀——试想过了一个月之后，哪一个孩子进步更大？又是哪一个孩子的手指会给折刀割破了呢？——令我吃惊的是，我离开大学的时候，据说是已经学过航海学了！——其实，只要到港口去兜一圈，我就会学到更多的航海知识。甚至贫困的学生也学习并且只学习政治经济学，而作为哲学同义语的生活经济学，在我们的学院中从没认真地教授过。于是就弄成了这个结果：因儿子在研究亚当·斯密、李嘉图和萨伊这些经济学家的著作，做父亲的却陷入了无法摆脱的债务中。

正如我们的大学，拥有诸多“现代化的进步设施”，人们很容易对它们产生幻想；但它们并不总是能带来肯定的进步。魔鬼老早就投了资，后来又不断增加投资，为此，他一直索取利息直到最后。我们的发明常常是些漂亮的玩具，把我们的注意力从严肃的事物上吸引开。它们只是提供一些改进过的方法，而对目标却毫无改进，其实这目标是早就可以很容易地达到的；就像直达波士顿或直达纽约的铁路那样。我们急忙忙要从缅因州筑一条磁力电报线到得克萨斯州；可是从缅因州到得克萨斯州，也许根本就没有什么重要的事情需要拍发电讯。正像一个男子，热情地要和个耳聋的著名妇人谈谈，要把自己介绍给她，可是，当助听的听筒放在他手里了，他却发现原来没有话要对她说。仿佛主要的目的是要说得快，却不是要如何说得更有理智。我们怀着急切的希望要在大西洋底下挖一条隧道，使旧世界到达新世界能缩短几个星期，可是传入美国人松软的大耳朵的第一个消息，也许是阿德莱德公主害了百日咳之类的新闻。总之一句话，骑着马，一分钟跑一英里的人绝不会带着最重要的消息，他不是一个福音教徒，他跑来跑去也不是为了像修士约翰那样找蝗虫和野蜜吃。我疑心飞童（十八世纪著名的英国赛马）曾把大量的谷子带到磨坊去。

有一个人对我说："我很奇怪你怎么不攒几个钱；你很爱旅行；你可以坐上车，今天就到费奇伯格去见见世面啊。"可是，我的做法要比这更聪明些。我已经懂得最快的旅行是步行。我对我的朋友说，要不我们试一试，看谁先到达那里。距离是三十英里，车票是九角钱。这差不多是一天的工资，我还记得，在这条路上做工的人一天的工钱只有六角钱。好了，我现在就步行出发，不到晚上我就到达了；我以这样的速度旅行了一星期。这期间，你将会挣到工资，在明天的什么时候你也到了，假如工作找得及时又碰巧，你可能今晚上就到达了。然而，你不是上费奇伯格，而是花了一天的大部分时间在这里工作。由此可见，要是铁路线绕全世界一圈，我想，我总还是会赶在你的前头；至于见见世面，多点阅历，那我早就该和你完全绝交了。

这就是谁也不能战胜的普遍规律，也从没有人曾胜过它，就连很广而且很长的铁路也是这样。我们要使全人类得到一条绕全球一圈的铁路，就好像是挖平地球的表面一样。人们糊里糊涂地相信，只要他们继续用合股经营的办法，用铲子这样不停地铲下去，火车最后总会到达某个地方的，几乎不要花多少时间，也不要花什么钱；可是，尽管成群结队的人奔往火车站，列车员喊着“旅客们上车啦！”在黑烟飘散，蒸汽凝结的时候，你将看到少数人上了车，而其余的人却被火车碾轧过去了，这就被称作“一个可悲的意外事故”，也的确是如此。毫无疑问，挣到了车票钱的人，最后还是赶得上车子的，就是说，只要他们还活着，可是说不定那时候他们已经失去了开朗的性情和旅行的意愿了。一个人把生命中最宝贵的一段时间用来赚钱，为了在生命中价值最低的一部分时间里享受那么一点可疑的自由，这情况使我想起了那个英国人，为了他可以回到英国去过诗人般的生活，他得先跑到印度去发财。

其实他应该立即爬进破旧的阁楼去才对。“什么！”一百万个爱尔兰人从全国所有的棚屋里大声喊道，“什么？我们已经建成的这条铁路，难道不好吗？”是的，我回答，比较起来，是好的，也就是说，或许很可能有搞得更糟糕的；不过，因为你们是我的兄弟，所以我希望，你们应当有比挖掘土方更好的打发时间的方式。

在建成房屋之前，我就想用诚实又令人愉快的方式来挣到十二美元，以偿付我的额外支出，我在两英亩半的屋边的沙地上种了点东西，主要是蚕豆，也种了一点土豆、玉米、豌豆和萝卜，我占用的十一英亩地，大都长着松树和山核桃树，上一季度的地价是一英亩八美元零八美分。有一个农民说，这地“毫无用处，只能养一些吱吱叫的松鼠”。我没有在这片地上施肥，因为我不是它的主人，我只不过是一个占用者，我不希望种那么多地，就没有一下子把全部的地都锄好。锄地时，我挖出了几“考德”的树根来，供我当柴烧了很长时间，这就留下了几小圈未开垦过的松软的沃土，蚕豆在夏天里长得异常茂盛的时候，这几块地是很容易辨别出来的。房屋后面那些枯死的卖不掉的树木和湖上漂浮而来的木头则给我提供了其余的燃料。我不得不租一组犁、雇一个短工，但掌犁的人还是我自己。我农场的第一季度支出，主要是工具、种子和工资等方面，总共14.725美元。玉米种子是人家送的。种子实在花不了多少钱，除非你种得太多。我收获十二蒲式耳[1]的蚕豆，十八蒲式耳的土豆，此外还有若干豌豆和甜玉米。黄玉米和萝卜种得太晚了，没有收成。农场的全部收入是：

23.44美元

减去支出14.725美元

结余8.715美元

除了我用掉的和手头还存着的产品之外，估计价值约为四美元五十美分——我手上的这笔款已超出了我自己不能生产的一点儿蔬菜的花费。从全面考虑，也就是说，我考虑到人的灵魂和时间的重要性，虽然这个实验只占去了我很短的一些时间，不，部分原因也是这实验本身非常短暂，我就确信我今年的收成比康科德任何一个农民要好。

第二年，我就做得更好了，因为我把自己需要的全部土地通通种上了，约三分之一英亩，从这两年的经验中我认识到一个事实，而没有给那些农业巨著吓倒，包括阿瑟·扬（英国经济学家）的著作在内。我发现，一个人如果生活简朴，只吃他自己种植的庄稼，而且种的不超过他自己的需要，也不贪婪地去交换更奢侈、更昂贵的物品，那么他只要耕几平方杆[2]的地就够了。用铲子整土地比用牛耕便宜得多，并且可以每次更换一块新地，以免要给旧地不断施肥。而一切农场上的农活儿，他只要在夏天

1　蒲式耳：计量单位，1蒲式耳 =27.216千克。

2　平方杆：计量单位，1平方杆 =25.3平方米。

有空闲的时候就能轻松完成，这样，他就不会像目前那样，和一头公牛或一匹马、一头母牛、一头猪捆绑在一起。在这一点上，我想说一句公正无私的话，我是一个对目前社会经济措施的成败都能超然看待的人。我比康科德的任何一个农民都更具独立性，因为我不定居在一幢房屋或一个农庄里，我能随我自己的天生意向行事，这意向也是变幻不定的。我的境况比他们的已经要好许多，而且，如果我的房子被烧掉了，或者庄稼歉收，我还是能过得跟以前一样好。

经济篇（四）

我常常想，与其说是人在放牛，不如说是牛在牧人，因为牛比人更加自由。人与牛是在交换劳动，如果我们只考虑必要的劳动的话，那么，牛要占强得多，它们的农场也大得多。人要割上六个星期的干草才能换来牛的劳动，作为交换劳动的一部分，这可不易呢。当然，没有哪一个方面都生活得很简单的国家，就是说，没有一个哲学家的国家，愿意犯这样重大的错误，叫牲畜来劳动。确实，世上从未有过，将来也未见得会有，就是有了这样一个哲学家的国家，我也不敢说它一定是称心如意的。然而，我也绝对不会去驯一匹马或一头牛，束缚它，让它替我干活儿，只因为我怕自己变成十足的马夫或牛倌；如果我们这样做了，社会就得到不少进步，那么，我们也能够肯定有人有所得，就一定有人有所失。难道你能肯定马房里的马夫跟他的主人是同样地满足吗？就算有些公共的工作没有牛马的帮助是无法进行的，因此就让人类和牛马来一起分享这种光荣，那么，是否能推理说，这一来，他就不可能用更加与“人”相配的方式来完成这种工作了呢？当人们利用牛马的帮助，做了许多不仅是不必要的和艺术的工作，而且还是奢侈无用的工作时，这就不可避免地要有少数人得和牛马做交换工作，换句话说，这些人就成了强者的奴隶。

所以，人不仅为他内心的兽性而工作，而且，像是一个象征，他还得为他身外的牲畜而劳动。尽管我们已经有了许多砖瓦或石头建造的坚固的房屋，但一个农夫的生活是否殷实，还得看看他的牲畜住的棚子在多大程度上超过了他自己的房屋。这个城镇据说有这地方最大的牲口棚供给这儿的耕牛、奶牛和马匹居住，在公共建筑方面也毫不落后；但在这个县里，可供言论自由与信仰自由所用的大厅反倒很少。国家不应该用高楼大厦来给它们自己竖立起纪念碑，为什么不靠抽象思维的力量来竖立纪念碑呢？东方的全部废墟，也比不上一卷印度教的《薄伽梵歌》更令人赞叹！高塔与寺院是帝王的奢侈品。思想单纯而且心智独立的人绝不会听从帝王的吩咐去奔走的。天才绝不是任何帝王的侍从，金银和大理石也无法使他们不朽，它们最多只能保留微不足道的一小部分。请告诉我，锤打这么多石头到底是什么目的呢？当我住在世外桃源阿卡迪亚的时候，我没有看到任何人在雕琢大理石。许多国家怀着疯狂的野心，想靠留下多少雕琢过的石头来使它们自己永垂不朽。如果他们用同样的力量来雕琢自己的风度，情况会怎样呢？明智的理性，要比一个高得能碰到月球的纪念碑更加值得纪念。我更喜欢让石头放在它们原来的地方。像底比斯那样的宏伟是一种庸俗的宏伟。一座有一百个城门的底比斯城早就远离了人生的真正目标，还比不上围绕着诚实人的田园的一平方杆的石墙那么合理呢。野蛮的、异教徒的宗教和文化倒建造了华丽的寺院，而称之为基督教的却没有建造这些。一个国家锤击下来的石头，到头来都用作了它的坟墓。它活埋了自己。说到金字塔，可惊奇的其实是有那么多人，竟能屈辱到如此地步，花费他们一生的精力来替一个笨蛋野心家建造坟墓。其实，对这个笨蛋野心家，要是把他淹死在尼罗河，然后把他的尸体用来喂野狗也要好一些。本来我可以给他们，也给他找一些掩饰之词，可是我没有这份闲工夫。至于那些建筑家的宗教和他们对于艺术的爱好，是全世界一样的，不管他们造的是埃及的神庙还是美利坚合众国银行。总是代价大于实际。虚荣是源泉，再加上对大蒜、面包和牛油的喜爱。一个叫巴尔科姆的年轻、有希望的建筑师，他追随在维特鲁威的后面用硬铅笔和直尺设计了一个图样，然后承包给布森父子采石公司。当三十个世纪开始俯视着它时，人类却要抬头仰望它。至于那些高塔和纪念碑，这城里曾有过一个疯子，他要挖掘一条通到中国去的隧道，并且已经挖得很深，据他说已经听到中国茶壶烧开水时的响声了；不过，我想我决不会鬼迷心窍地去羡慕他那个洞窟的。许多人关心着东方和西方的那些纪念碑，想知道是谁建造了它们。我倒很想知道，当时有谁不肯去建造这些纪念碑——谁有这种超然的理智，不去做这些无聊的事。不过，在这里，还是让我继续我自己的统计工作吧。

我在村子里居住时，靠着测量、做木工和各种别的零活儿（我会的行当有我手指头这么多），我挣了十三美元三十四美分。八个月的伙食开销我列在下面了。八个月，就是从七月四日到次年三月一日，即这些账目制订的日子，虽然我在那里一共过了两年多。这些账目里不包括自己生产的土豆、一点甜玉米和一些豌豆，也不包括结账日留在手上的存货价钱：

米　　1.735美元

糖浆　　1.73美元（最便宜的一种糖）

黑麦　　1.0745美元

印第安玉米粉　　0.9975美元（比黑麦便宜）

猪肉　　0.22美元

★面粉　　0.88美元（价钱比玉米粉贵，而且麻烦）

★白糖　　0.80美元

★猪油　　0.65美元

★苹果　　0.25美元

★苹果干　　0.22美元

★甘薯　　0.10美元

★一只南瓜　　0.06美元

★一只西瓜　　0.02美元

★盐　　0.3美元

（打“★”的都是试验，但结果都失败了）

不错，我的确总共吃掉了八美元七十四美分；可是，如果我不知道我的读者之中大多数人的罪过跟我的同样大，他们的清单若公布出来，恐怕还不如我的好呢，我是不该这样不害臊地公开我的罪过的。第二年，有时我会捕鱼吃，有一次我还杀了一只糟蹋我蚕豆的土拨鼠——像鞑靼人所说的那样，为了让它的灵魂转世，我吃了它，一半也是为了试试口味；虽然有股麝香味，它还是暂时给了我一番享受，不过我知道长期享受这口福也一定是没有好处的，即使你请乡下的厨师给你烹调这土拨鼠。

同一段时间，衣服及其他零用，项目虽然不多，却也有：

8.4075美元

油及其他家用器具　　　　　2.00美元

洗衣和补衣，多半是拿到外面去做的，但账单我还没有收到。除此以外，全部开销如下。这些是这世界上这个地方必需花费的全部开支，有可能比必需花费还是多一些：

房子	28.125美元
农场一年的开支	14.725美元
八个月的食物	8.74美元
八个月的衣服等	8.4075美元
八个月的油等	2.00美元
共计	61.9975美元

现在，我是向那些要谋生的读者在说话。为了支付这一笔开销，我卖出了农场的产品：

	23.44美元
做零工挣到的	13.34美元
共计	36.78美元

从开销上减去这个数，差额是25.2175美元——这很接近我开始所拥有的资金，以及原先就预备要负担的支出；另外，我除了得到的闲暇、独立和健康以外，我还得到了一座舒适的房屋，我想住多久，就可以住

多久。

这些统计资料，虽然看来很琐碎，似乎没有什么用处，但因相当完备，所以也就有了某种价值。凡是我的收成我都记上了账簿。从上面的列表来看，仅仅是食物一项，每星期我要花掉二十七美分。食物，在之后将近两年内，我的食物是黑麦、不发酵的玉米粉、土豆、米，少量的腌肉、糖浆、盐，而我的饮料则是水。像我这样爱好印度哲学的人，用米作为主食是合适的。为了对付一些惯于吹毛求疵者的反对，我还是先说明一下，如果我有时跑到外面去吃饭，我以前是这样做的，相信将来还是有不少时候要到外面去吃饭的，那我这样做是会损害我家里的经济安排的。我已经说了，到外面吃饭是经常的事，对于这一份比较性的列表，是没有一点影响的。

我从两年的经验中知道，甚至在这个纬度上，要得到一个人所必需的粮食是很容易的，容易到难以置信的地步；而且，一个人可以吃得像动物那样简单，仍然能保持健康和体力。我曾经从玉米田里采了一些马齿苋（学名 Portulaca oleracea L.），把它们煮熟再加盐，这一餐饭我吃得心满意足。我把它的拉丁文的学名写下是因为这种名称很俗的蔬菜实在很好吃。请问，在和平的年代，一个讲究理性的人在午餐时除了吃一些甜的嫩玉米，加上盐煮，还能希望什么别的食物吗？即使我稍稍变点花样，也只是为了换换口味，而不是为了健康的缘故。然而，人们常常挨饿，不是因为缺乏必需品，而是因为缺乏奢侈品；我还认识这样一位善良的女人，她认为她的儿子之所以送了命是因为他有喝清水的习惯。

读者当然明白，我是从经济学的观点，不是从美食的观点来处理这问题的，他是不会把我这种节食的生活勇敢地拿来做试验的，除非他是一个脂肪太多的人。

我焙制面包起先用纯玉米粉和盐，这是纯粹的玉米饼，我在户外一片薄木片上，或者是放在建筑房屋时从木料上锯下来的木条的一端上烤出来的；但这样容易把饼熏得带有松脂味。我也曾试过面粉，但最后发现黑麦加玉米粉最方便、最可口。在寒冷的日子，这样连续地烤几个小面包是很惬意的事，仔细地把它们翻转，像埃及人孵蛋一样。它们是我真正培养成熟的谷类的果实，我能让它们有和其他鲜美果实一样的芳香，我用布把它们包起来，尽量保存这种芳香。我研习了历史久远的不可缺少的面包制造工艺，向那些权威人物请教，一直追溯到原始时代第一次发明不发酵的面包，那时人类刚从吃野果子和生肉进展到吃这一种温和文雅的食物，我慢慢地又在许多读物中读到面团发酸的事，据信就是这个现象使得人类学到了发酵的技术，接着我读到了各种发酵的方法，最终我读到“良好的，甘美的，有益健康的面包”，这生活的必需品。有人认为发酵剂是面包的灵魂，是面包细胞组织的精神，像圣灶上的火焰被虔诚地保留了下来——我想，大概有几瓶很珍贵的发酵剂是由“五月花”带到美国来的，而且它的影响还在这片土地上上升、膨胀、扩大，像粮食的波涛拍击着这片国土——这种酵母我也常虔诚地从村中端来，直到有一天早晨，我忘记了规则，用开水把我的酵母烫伤了；这件意外事使我发现发酵并不是必不可少的——我的发现不是用综合的方法，而是用了分析的方法——从那以后我就快快活活地取消了酵母，虽然大多数家庭主妇都会认真地劝告我，没有发酵粉，安全而有益健康的面包是不可能做出来的，年老的人还预言我的体力会很快就衰退。但是，我发现酵母并不是必需的原料，没有它我照样过了一年，我不还是好好地活着吗？我高兴的是我总算不用总在袋子里带一只小瓶子了，有时瓶子会碰碎，里面的东西都撒了，弄得我很不愉快，不用这东西反而更简单、更像样了。人这种动物比别的任何动物更能够适应各种气候和各种环境。我也没在面包里放什么盐、苏打或别的酸碱。看来我是依照了基督诞生前两个世纪的加图（古罗马哲学家）写的方法来做面包的。“Panem depsticium sic facito. Manus mortariumque bene lavato. Parinam in mortarium indito, aquae paulatim addito, subigitoque pulchre. Ubi bene subegeris, defingito, coquitoque sub testu.”[1]他这段话我是这样理解：“这样来做手揉的面包。洗干净你的手和揉面槽。然后把粗粉倒进槽里，慢慢加水，把面粉揉透。等你揉匀了就可捏成面包，然后盖上盖子烘烤。”这也就是说放在烤面包的炉中烘烤。这里一个字也没有提到发酵。不过我也并不常用这种生活必需品。有一段时间，我因囊空如洗，有一个月之久没有看到过面包。

每一个新英格兰人都可以很容易地在这块适宜种黑麦和玉米的土地上生产出他自己所需要的面包原料，而不必靠远方那价格剧烈变动的市场。然而我们过得既不朴素，又没有独立性，在康科德，店里已经很难买到新鲜又甜的玉米粉了，玉米片和更粗糙的玉米简直已没有人吃。农民把自己生产的一大部分谷物喂牛喂猪，然后自己吃那些花更高的价钱从店里买来的至少不会更有益健康的面粉。我知道，我可以很容易地栽种一两蒲式耳的黑麦和玉米粉，黑麦在最贫瘠的地上也能生长，玉米也不需要最好的土地，我可以用手磨机把它们磨碎，没有米没有猪肉我也能过好日子；如果一定要吃一些糖精的话，我发现我能用南瓜或甜菜做出一种很好的糖浆，我只须栽种点槭树就能更容易做出糖来；如果当时这一些还正在生长着，我也可以用许多替代品来代替刚提到过的几种东西，“因为”，正像我们的祖先唱的那样：

1 拉丁文。

我们可以用南瓜、萝卜，还有胡桃木的叶片，做成美酒，来让我们的嘴唇变得甜蜜。

最后，说到盐，这个杂货中最基本的食品。如果找盐，我们就正好有机会到海边去，或者，如果我完全不吃盐，那倒也许可以让我少喝一点水呢。我不知道印第安人有没有曾为了得到食盐而苦恼过。

这样，至少在食物这一点上，我就避免了一切的经营和物物交换了，而且由于我已经有了房子，所以，剩下来的就只是衣服和燃料的问题了。我现在所穿的一条裤子是在一个农民的家里织成的——谢谢老天，在人的身上还有这么多的美德；我觉得一个农民降为技工，正如一个人降为农民一样伟大而值得纪念；而刚到一个乡村去，燃料可是一个大问题。至于住宿，如果不让我再这样免费地定居下去，我可以用我耕耘过的土地价格，即八美元八十美分来购买一英亩地。事实上，我觉得因为我居住在这里，这块地的价值已大大增加了。

有一部分持怀疑态度的人有时问我这样的问题，例如我是否认为只靠吃蔬菜就可以生活；为了立刻说出这个问题的本质——因为本质就是信心——我往往这样回答他们：我能够靠吃木板上的钉子活下去。如果他们连这也不了解，那不管我怎么说，他们都是不会了解的。至于我，我倒很愿意听说有人在做这样的实验：比如有个青年曾尝试过在半个月里只靠坚硬的连皮带壳的玉米来生活，把他的牙齿当成石臼一样。松鼠就是这样的而且做得很成功。人类对这样的试验是有兴趣的，虽然有少数几个老妇人，被剥夺了这种权利，或者在面粉厂里拥有亡夫的三分之一遗产的，她们也许要吓一跳了。

我的家具，一部分是自己做的——其余的也没花多少钱，所以我就没有记账，其中包括一张床、一只桌子、三把椅子、一面直径三英寸的镜子、一把火钳和柴架、一个水壶、一个长柄平底锅、一个煎锅、一只勺子、一个洗脸盆、两副刀叉、三个盘子、一个杯子、一个调羹、一个油罐和一个糖浆缸，还有一个上了油漆的灯。没有人会穷得只能坐在南瓜上的。那是偷懒的表现。在村中的阁楼里有好些我最喜欢的椅子，只要去拿，就属于我了。家具！谢谢老天爷。用不到家具公司的帮助我也可以坐可以站。如果一个人看到自己的家具装在车上，在光天化日、众目睽睽之下被拉到乡下去，而且只是一些寒酸的空箱子，除了哲学家之外，谁不会感到害羞呢？这是斯波尔亭的家具。看了这些家具，我还真无法知道这到底是属于一个富人还是属于一个穷人的；它的主人的模样似乎是相当穷困的。真的，你拥有的这东西越多，就越显得穷。每一车，都好像是十二座棚屋里的家具；一座棚屋如果意味着贫穷，那么，这就是十二倍的贫穷。请你说说，我们时常搬家，难道不是为了丢掉一些家具，丢掉我们的蛇蜕？为什么不是离开这个世界，到一个有新家具的世界去，而把老家具一把火烧掉呢？这正如一个人把所有圈套都拴在他的皮带上，只要他一搬家，越过不平坦的荒野时，就不能不拖动那些圈套——拖到他自己的陷阱里去了。把断尾巴留在陷阱中的狐狸是幸运的。麝鼠为了逃命，也会咬断自己的第三条腿。难怪人已失去了他的灵活性。他总是走在一条绝路上！“先生，请您恕我冒失，你所说的绝路是什么意思呢？”如果你是一个善于观察的人，任何时候你遇见一个人，你都能知道他拥有一些什么东西，嗳，还有他好些装作没有的东西，你甚至能知道他的厨房中的餐具以及一切外表华丽但没什么用处的东西，这些东西他都要留着，不愿意烧掉，他就好像是被套在上面，尽量拖着它们往前走。一个人已经钻过了一个绳套的口，或过了一道门，而他背后那一车子家具却过不去，这就是我说的走上一条绝路了。当我听到一个衣冠楚楚、身体结实、显得很自由，一切都安排得很恰当的人在说到了他的“家具”是否买了保险的时候，我就不能不对他产生怜悯之情。“可我的家具怎么办呢？”我可爱的蝴蝶，这时是扑进蜘蛛网了。甚至有这样的人，多年来好像并没有家具牵累他似的，但是，如果你仔细地问他一下，你就会发现在别人家的某个棚屋里，也保存着他的几件家具呢。我觉得现在的英国，就好像一个老年绅士，带着他的一大堆行李在旅行着，全是长期居家生活积起来的许多华而不实的东西，而他是拿不出勇气来把它们烧掉的；大衣箱、小衣箱、手提箱，还有包裹。至少得把前面的三种抛掉吧。现在，就是一个身体康健的人提了他的床铺上路也是很难的。我当然要劝告生病的人放下他们的床铺大步向前。当我碰到一个带着他的全部家产蹒跚前行的移民——那大包裹好像他脖子后头长了个大瘤子——我就觉得这人真可怜，并不因为他只有那么一丁点儿家当，而是因为他得带着这些家当上路。如果我必须拖着圈套行路，至少我会带一个比较轻便的圈套，不会让它卡住我的紧要部分。不过，最聪明的办法还是不把自己的手掌放进去。

顺便说一下，我也没花什么钱去买窗帘，因为除了太阳月亮，没有别的偷窥者，我是乐意太阳和月亮来偷看我的。月亮不会使我的牛奶发酸，也不会让我的肉发臭，太阳也不会损害我的家具，或者让我的地毯褪色；如果有时发现这位朋友太过热情了，我觉得退避到那些大自然所提供的窗帘后面去，在经济上比自己买窗帘更划得来。有一位夫人，有一次要送我一张地席，可是我屋内找不到安放它的位置，也没有时间在屋内屋外把它打扫干净，于是我没有接受，我宁愿在我门前的草地上擦干净我的脚底。最好是罪恶刚一开始时就避免它。

此后不久，我出席过一个教会执事的财产拍卖会，他的一生并不是虚度的——

人作的恶，死后还会流传。

按例，那些财产大部分是华而不实的东西，还是从他父亲开始积累下来的。其中，还有着一条干绦虫。现在，这些东西躺在他家的阁楼和别的尘封的杂物堆里已经有半个世纪之久，还没被烧掉呢；非但不是一把火烧了它们，或者说消毒焚烧，反而要拍卖，要延长它们的寿命了。邻居们聚集起来饶有兴致地观看，然后全部买下，小心翼翼地搬进他们的阁楼和别的尘封的杂物堆中，直到这一份家产又需要清理，它们得又一次搬出门。人已死，万事可休矣。

也许有些野蛮民族的风俗倒是值得我们学习，他们每年至少还蜕一次皮；虽然这实际上做不到，但他们还是象征性地去做。像巴尔特拉姆描写的摩克拉斯族印第安人的风俗，我们要是也像他们那样收获第一批果实后举行“迎新节”典礼，这难道不是很好吗？“当一个部落举行迎新节时”，他说，“他们先给自己预备了新衣服、新的坛坛罐罐、新盘子、新锅和其他器物，然后把所有的破衣服和别的可以抛弃的旧东西集中到一起，打扫了他们的房子、广场和全部落，把这些脏东西连同陈谷子和别的陈年存粮一起倒成一堆，然后用火烧掉了它。然后，服药绝食三天，全部落的火都熄灭了。在这段绝食期间，他们禁绝了食欲和其他欲念的满足。并且颁布大赦令，一切罪人都可以回到部落来。”

“到第四天早晨，大祭司就用干燥的木头摩擦起火，在广场上生起了新的火堆。每一户居民都可以从这里得到新生的纯洁的火焰。”

然后他们享用新的谷物和水果，用三天时间唱歌跳舞，“在接下去的四天之内，他们接受邻近部落的友人们的访问和庆贺，这些朋友也都用同样的方式得到了净化”。

墨西哥人每过五十二年也要举行一次类似的净化典礼，他们相信世界五十二年终结一次。

我没听到过还有比这个更真诚的圣礼，也就是说，像字典上说的一样，是“内心里优美灵性的外表现”，我一点不怀疑，他们的风俗是直接由天意传授的，虽然他们并没有一部《圣经》来记录这样的启示。

五年多的时间，我只依靠自己双手的劳动来养活自己，我发现，每年我只需工作六个星期，就足够支付我一切生活的开支了。整个冬天和大部分夏天，我自由而爽快地读点儿书。我曾经全心全意办过学校，我发现得到的利益顶多抵得上支出，甚至还抵不上，因为我必须穿衣、修饰，不必说还必须像别人那样按各种规矩来思考和信仰，而且还占据了我不少时间，这么一算真是吃了亏。由于我教书不是为了我的同胞们的利益，而只是为了生活，这就是失败。我也尝试过做生意，可是我发现要顺利地经商，得花上十年的工夫，也许到那时我就投到魔鬼的怀抱中去了。我实际上还很担心到那时我的生意倒会很兴隆。从前，我胡乱地寻求一个谋生之道的时候，由于曾经想顺应几个朋友的希望，而产生了一些可悲的经验，这些经验在我脑中逼得我多想了些办法，所以我常常严肃地想到还不如去采摘一点浆果；这我当然会做，并且对这其中的微薄利益我也感到满足——因为我的最大长处就是所求极少——我就是这样愚蠢地想的。这只需要极少的资金，而且对我惯常的心情又极少干扰。当我熟识的那些人毫不踌躇地做生意或就业时，我想，我这一个职业倒是和他们的职业很相似；整个夏天，我漫山遍野地跑，把一路上见到的浆果摘下来，然后就随意处理它们，好像是在看守古希腊神话中阿墨托斯的羊群。我也梦想过，可以采集些鲜花野草，或者用运干草的车辆把常青树给一些喜欢森林的村民们运去，甚至运到城里。但后来我明白了，商业诅咒所涉及的一切事物；即使你经营的是从天堂来的福音，也还是带着商业对它的全部诅咒。

因为我对某些事物有所偏爱，尤其重视我的自由，因为我能吃苦，而又能获得些成功，所以我并不愿意花掉我的时间来购买华丽的地毯或者别的高档家具、美味的食物、希腊式或哥特式的房屋。如果有人能很容易地得到这些，得到之后，还懂得如何利用它们，那么我还是支持他们去追求。有些人的“勤恳”，单纯地爱劳动，或者是因为劳动可以使他们不去干更坏的事；对于这种人，我没有什么话说。至于那些一旦有了更多的闲暇却不知如何处理的人，那我要劝他们加倍勤恳地劳动——直到他们能养活自己，取得他们的自由证明书。我觉得，所有职业中，打短工是最为独立自由的，特别是一年之内只要三四十天就可以养活自己。太阳落山了，短工就可以结束自己的一天，之后，他就可以自由地专心于自己向往的跟他的劳动全不相干的事情；而他的雇主则要月复一月地投机取巧，一年到头都得不到休息。

总之，根据我的信仰和经验，我确信，一个人如果生活得比较单纯而且聪明，那他要在世间谋生也不是什么苦事，而且还是一种娱乐；那些比较单纯的民族，人们从事的工作不过是一些更加工业化的民族的娱乐活动。要养活自己，并不是非得要汗流浃背，除非他比我还要容易流汗。

我认识一个继承了几英亩地的年轻人，他告诉我，如果他有办法，他一定要像我这样生活。我却不愿意任何人由于任何原因，而选择我的生活方式，因为在他还没有学会我的这种生活方式之前，可能我又找到了另一种生活方式，我希望这世上的人，有许多种不同的生活方式，我只是愿意每一个人都能谨慎地找出并坚持他自己的合适方式，而不是要采用他父亲、母亲或邻居的方式。年轻人可以从事建筑，也可以从事耕种、航海等，只要他愿意做的事不受到阻挠就行了。人的聪明只在于他能计算，正如水手和逃亡的奴隶都知道眼睛盯住北极星，这些经验足够用上一辈子了。我们也许不能够在一个预定的时日里到达预定的港口，但我们总可以保持正确的航线。

毫无疑问，一件事对一个人是正确的，那么，对于一千个人来说，这件事也是正确的，好比一幢大房子，按比例来说，造价并不比一座小房子更高，因为几个房间可以共一个屋顶、共一个地窖、共一道墙壁。不过，我倒是喜欢独自居住一幢屋子。再说，房子全部由你自己来建造，比说服别人去建一堵公墙要便宜得多；如果为了便宜而跟别人合建一堵墙，这堵墙一定很薄，你隔壁住的也许不是一个好邻居，而且他那一面的墙坏了他也不修理，通常能够做到的合作只是很少的一部分，而且是表面上的；凡是有点儿真心的合作，表面上反而看不出来，却有着一种无声的和谐。如果一个人是有信心的，他可以用同样的信心在任何地方与人合作；如果他没有信心，他会像世界上其余的人一样，继续过他自己的生活，不管他跟什么人做伴。合作的最高意义与最低意义，就是让我们生活在一起。最近我听说有两个年轻人想一起做环球旅行，一个是没有钱的，一路上要在桅杆前或者跟在耕犁后面来挣取路费，而另一个则在袋里带着一张旅行支票。这很明显，他们俩不可能长久地结伴或合作，因为在这一合作中有一个人根本不工作。在旅行中碰上第一个有趣的危机时，他们就会分手。最主要的是我已经说过的，一个单独旅行的人要今天出发就出发；而结伴的却得等同行的那个准备就绪，他们可能要费很长时日才能出发。

可是，你这样是很自私的啊，我曾听到一些市民同胞这样说。我承认，直到现在，我很少从事慈善事业。我曾经为责任感牺牲了许多快乐，其中，也包括慈善这一令人快乐的事。有人想尽办法要劝我去援助市镇上的一些穷苦人家：如果我没有事做了——魔鬼是专找没有事的人的——也许我要动手去做这一类的事消遣消遣了。然而，每当我想在这方面试一下，帮助一些穷人维持生活，使他们各方面都能生活得跟我一样舒服，把帮助他们过天堂般的生活作为我的一个义务，但是，这些穷人却全体一致毫不犹豫地都表示愿意继续贫穷下去。当我们市镇里的一些男女，都在想方设法，为他们的同胞谋取一点好处时，我相信这至少可以使人不去做别的没有人性的事业。但慈善像其他的任何事业一样，必须有些天赋。"做好事"是一个人浮于事的行业。况且，我也确实尝试过。奇怪的是，我的性格和办慈善是那样不相合。也许，社会要求我去做的这种拯救宇宙的善行的特殊职责，我不应该有意地而且别有用心地逃避，但我相信，正是在某个不为人知的地方存在着某种类似于慈善的事业但又比起慈善来要坚定了许多倍的力量，才有我们现在的这个宇宙呢。但是，我不会阻拦任何人去发挥他的天赋；对于这种工作，我自己是不做的，而对于全心全意终生做着这项工作的人，我还是要对他们说，要坚持！即使全世界都说这是在"做坏事"。

有人很可能会持这种看法，我当然不会认为我是个例外；毫无疑问，读者当中也有许多人要进行一番同样的申辩。在做某项工作的时候——我不能保证邻居们会认为这是好事——我会毫不迟疑地说，我会成为一名很出色的员工；可是做什么事我才会表现出色呢，这就需要我的雇主发现、判断。我做什么好，凡属于一般常识的所谓好，一定不在我的主要轨道上，而且大多是我自己不愿意去做的。人们总是从实际的角度说，万事都得从头开始，不要以成为更有价值的人作为目标，而要按照自己的本色行事，以慈悲心肠去做好事。要是我也用这种调子说话，我就会直截了当地说：去做好人吧。在他们看来，仿佛太阳在以它的火焰照耀了月亮或一颗六等星以后，应当停下来，跑来跑去像好人罗宾（英国民间传说中顽皮的妖怪）一样，在每幢村舍的窗外偷看，叫人发疯，让肉变质，使黑暗的地方可以看得见东西，而不是继续增强它温暖的热量和恩惠，直到它变得这般光辉灿烂，没有几人能够直视它，同时它循着自己的轨道绕着世界运行，做好事，或者说，像一个真正的哲学家已经发现的那样，世界正是绕着它运转才得到了那么多好处。当法厄同（希腊神话中太阳神的儿子）要证明他自己是出生在天上的神，恩惠世人，驾驶太阳车，只不过一天，就越出了轨道时，他烧掉了天堂下面几条街上的房子，还把地球表面烧焦了，烤干了每一处泉水，而且造就了一个撒哈拉大沙漠，最后，朱庇特一个霹雳把他击倒在地，太阳由于悲悼他的丧命，有一年时间黯淡无光。

如果善良走了味，就没有比这更坏的气味了，就像是死人的腐尸或神的腐尸臭味一样。如果我确实知道有人要到我家里来，存心要给我做好事，我就要逃跑，好像我要逃出非洲沙漠中那种干燥强劲的西蒙风，它的沙粒会塞满你的嘴巴、耳朵、鼻子和眼睛，直到你闷热致死，因为我就怕他做好事做到了我身上——他的毒素会混入我的血液。不行，在这种情况下，我宁可忍受坏的遭遇，那倒来得自然些。我饥饿时有人给我提供食物，我寒冷时有人给我温暖，我掉在沟里时有人拉起我，我觉得这个人不算好人。我可以找一条纽芬兰的狗给你看，这些事它都能做到。慈善并不是那种广义的对同胞的爱。霍华德（英国监狱改革者）固然从他本人那方面来说无疑是很卓越的、很了不起的，而且他也得到了善报；可是，比较他来说，如果霍华德们的慈善事业，不能在我们处于最好生活状态时，在我们最值得帮助时来帮助我们，那么，就算有一百个霍华德，跟我们又有什么关系呢？我从没有听到过任何一个慈善大会上有人曾真心真意地提议过要为我或者为像我这样的一些人来做善事。

那些耶稣会会友也给印第安人弄糊涂了，当印第安人被绑住活活烧死的时候，他们却向施刑者提出要用新奇的折磨方式。他们是超越了肉体的痛苦的，有时就不免证明他们更是超越了传教士所能提供的任何灵魂上的安慰；教徒们的待人如待己的原则在他们听来真是啰唆之言，因为他们在用一种新奇的方式来爱他们的敌人，几乎已经宽恕了敌人所犯的罪行。

你必须确定你给穷人的帮助正是他们最需要的帮助，虽然他们落在你的后面本是你这个榜样造的孽。如果你施舍了钱给他们，你应该自己监督他们如何花掉了这笔钱，不要扔给他们就不管了。我们有时候会犯很奇怪的错误。有些穷人一副邋遢、衣衫褴褛又粗野的样子，但并没有挨冻受饿，也就不怎么不幸，他往往还对自己的生活很满意呢。你要是给了他钱，他也许就去买更多破破烂烂的东西。我常常怜悯那些穷相十足的爱尔兰工人，他们穿得十分破烂，在湖上挖冰，而我穿的是干净整洁的似乎还比较合时的衣服，却还冷得发抖呢，直到在一个严寒的日子里，一个掉进了冰里的人来到我的屋中取暖，我看他脱下了三条裤子和两双袜子才见到皮肉，虽然那裤子袜子破烂不堪，这是真的，可是他拒绝了我要送给他的额外衣服，因为他有着许多的内衣。看来还真该他落水了。于是，我就开始可怜我自己了，要是给我一件法兰绒衬衫，那就比送给他一座旧衣铺子慈善得多。一千人在胡乱地砍着罪恶的树枝，只有一个人砍那罪恶的根，说不定那个在穷人身上花了大量时间和金钱的人，正好就是在用他那种生活方式引起更多的贫困与不幸，现在他想努力消除这些贫困与不幸却只是徒然。正好比道貌岸然的奴隶主，拿出奴隶所生产的利息的十分之一来，给奴隶们购买星期天的自由。有人为表示对穷人的慈悲而叫他到厨房去工作，要是他们自己下厨房工作，这不是更慈悲吗？你吹牛说，你收入的十分之一捐给慈善事业了，也许你应该捐出十分之九才算得上慈善。否则，社会获得弥补的仅仅是十分之一的财产。这到底是由于占有者的慷慨，还是由于正义审判者的疏忽呢？

慈善几乎是我们人类能够受称赞的唯一美德。但是，它还是被捧得太高了，正因为我们自私，所以才把慈善捧上了天的。有个身粗体壮的穷人，在一个阳光和煦的日子里，在康科德这里向我赞扬一个市民同胞，因为，那人对穷人很善良，据他说那个人是对他这样的穷人很善良。人类善良的伯父伯母，反而比真正的精神上的父母更受到称颂。有一次我听一个神父在做关于英国的讲座，他是一个有学问有才智的人，他列举了英国的科学家、文艺家和政治家：莎士比亚、培根、克伦威尔、弥尔顿、牛顿等，接着他就说起英国的基督教英雄来了，好像这是他的职业对他的要求，他把这些英雄提高到所有其他人物之上，称之为伟大人物中的最伟大者。他们便是佩恩、霍华德、弗莱夫人。任何人都一定会觉得他在胡说八道。最后三人并不是最优秀的英国人，也许只能算是英国最好的慈善家。

我这么说，并不是要从慈善应得的赞美中减去什么，我只要求公平，对一切造福于人类的生命与工作我们都应一视同仁。我不认为正直和慈善是人的最高价值，它们不过是人的枝枝叶叶。那种枝叶，一旦枯萎，做成了药茶给病人喝，就是它有了一些卑微的用处，而且使用它们的多数是走四方的江湖医生。我要的是人中的花朵和果实，让他的芬芳传送给我，让他的成熟给我们的交往增添馨香。他的善良不能是局部的、短暂的行为，而是一种恒久的自发的外溢，他的施与于他无损，于他自己，也无所知。这是一种隐藏了罪恶的慈善。慈善家经常记着他要用自己散发出来的那种悲哀的气氛，来缠住人类，且美其名曰同情心。我们应该传播给人类的是我们的勇气而不是我们的绝望，是我们的健康与舒适而不是我们的病态，并且得留意别传染上疾病。到底从南方的哪一片平原上，升起了哀号之声？在哪个纬度上住着一些应该我们去播送光明的异教徒？谁是我们应该去解救的放纵残暴的人？如果有人得病了，以致不能完成他的任务，如果他是肠肚在痛——这很值得同情——慈善家就要立刻致力于去改良这个世界了。他是大千世界里的一个微观形象，他发现（这是一个真正的发现，而且他正是这个发现者）——全世界都在吃着青苹果；在他的眼中，地球本身便是一只庞大的青苹果，想起来这的确很可怕，人类的孩子如果在苹果还没有成熟的时候就去吃它们，那是很危险的；可是他那狂暴的慈善事业使他径直去寻找爱斯基摩人和巴塔哥尼亚人，还拥抱了人口众多的印度和中国的乡村。就这样，靠着几年的慈善活动，有权有势的人利用他来达到他们的目的，毫无疑问，他治好了自己的消化不良症，地球的脸颊的一侧或两侧也染上了红晕，好像它开始成熟起来了，而生命也失去了它的粗野，再一次变得又新鲜又健康，更值得人们生活下去了。我从没有想到过比我自己所犯的罪过更大的罪过。我从来没有见过，将来也不会见到一个比我自己更坏的人。

我相信，使一个改革家悲伤的，不是他对苦难同胞的同情，而是，他虽然是上帝的最虔诚的子民，却也有个人内心的烦恼。让这一过错获得纠正，让春天来到他身边，让黎明在他的卧榻前升起，他连一句抱歉的话都不说就抛弃他那些慷慨的同伴了。我不反对抽烟的原因是我自己从来没抽过烟；抽烟的人自己会偿罪的；不过，我自己也尝过许多东西，我也能够反对它们。如果你曾经被误导去当过慈善家，那就千万别让你的左手知道你的右手做了什么事，因为这是不值得知道的。你一救起淹在水里的人，就把你的鞋带系上。然后，你还是从容不迫地去从事一些自由的劳动。

我们的风俗因为和圣徒的交往而败坏了。我们的赞美诗中回响着诅咒上帝的美妙旋律，而且我们永远是在忍受他。可以说，就是先知和救主，也只能安慰人的恐惧而不能增强人的希望。任何地方都没有对人生表示出朴素而热烈的满足之情，哪儿也找不到任何对上帝的使人难忘的赞美。一切健康和成功都使我高兴，尽管它看上去遥不可及；一切疾病和失败都使我悲伤，引起灾祸，不管它对我如何同情，或者我如何同情它。所以，如果我们真的要用印第安式的、植物的、富于磁力的或者自然的方式来恢复人类的天性，那首先就得让我们如同大自然一样简单而安宁，驱散我们眉头上的阴云，在我们的身心中注入一点儿生命的活力。不做救济穷苦人的圣徒，而要努力做一个活得高尚的人。

我在设拉子诗人萨迪（波斯诗人）的《蔷薇园》中，读到这样的一段话——他们询问一位哲人：在至尊之神种植的许多参天大树中，却没有一棵被称为 Azad 或者自由的树，只有柏树，但柏树并不结果，这里面有什么奥妙之处呢？哲人回答道，每种树都有它适当的成熟期，在一定的季节、一定的时候它会蓬勃生长、开花，而过了节令它们就会枯萎凋谢，但柏树不属于这种情况，它是四季常青的树，Azad 或者宗教上的独立派也都具有柏树的这种本性。——你的心思不要只在转瞬消逝的事物上，因为底格里斯河在哈里发断流之后，到头来还是奔流不息地穿过巴格达；如果你很富有，那就让自己像枣树一样慷慨大方；但如果你没有什么东西可给予别人，那就做一个 Azad 或自由人，像柏树一样。

补充诗篇

斥穷困

T. 卡鲁

你太装模作样了，穷鬼，
在天空下占个住所，
你的窝棚，像个木桶，
养成了你的迂腐懒惰，
阳光是免费的，清凉的泉水从身边流过，
吃野菜、野菜根；在那里，你的右手，
把人类高尚的情操从心灵上驱走，
而美德正是从这些情操上生长、散发芬芳，
你让人类的天性堕落，让感官麻木，
你像披着蛇发的女妖，把活人变为石头。
我们并不需要单调乏味的社会，
这种社会要求你的节制、谨慎又胆小而不需要不合礼仪的愚蠢，
让人不知什么是喜，什么是乐；
也不需要你那装腔作势的被动的勇敢
来取代主动的积极。这一切那么卑鄙，
牢牢树立在平庸里，成了你的奴性；
但我们只推崇自然的美德，容许狂狷，
勇武和慷慨的行为，庄严宏伟之气，
无所不见的洞察力和无限高尚的情谊，
还有那种威武的英雄般的刚强坚毅，

这些还没有名字，自古以来都不知如何称谓，
流传下来的只有些典型，比如赫拉克勒斯，
阿喀琉斯，忒修斯。滚进你的栖身之所：
当你看到了新的文明的苍穹，
你该尽力去弄懂什么东西最有价值。

我的居住地，
我的生活为了什么

当我们到达生命的某个阶段，就习惯于把每个地方都作为可能安家落户的地方。正是这样，我把住所周围一二十英里内的农庄全都调查了一番。我在想象中已经接二连三地买下了那儿所有的农庄，因为所有的农庄都得被买下来，而且我都已经弄准了它们的售价。我步行到各个农民的田地上，尝尝他们的野苹果，同他们谈谈庄稼，再请他开个价钱买下他的田地，随便什么价都行，心里想反正还可以以这个价钱把它抵押给他；甚至会付给他一个更高的价钱；我把农庄的全部都买下来，只不过没有立契约——把他的闲谈当作他的契约，因为我这个人原本就喜欢跟人闲谈。我耕耘了那片田地，而且我想，在某种程度上我也耕耘了他的心田，这样，

尝够了耕耘的乐趣以后我就离开了，好让他继续在那儿耕耘下去。这种经营，竟让我被朋友们看作是一个地产经纪人。事实上，无论我坐在哪里，我都能够生活下去，那里的风景也都能由我而散发魅力。住宅在我看来不过是一个座位——如果这个座位是在乡村就更好些。我发现许多住宅的位置，似乎短时间内不容易改进，有些人认为它离村镇太远，但我认为倒是村镇离它太远了点。我总是说，很好，我可以在这里住下；于是，我就在那里住下了，过了一小时夏天的和冬天的生活；我看到那些岁月如何的流逝，送走了冬天，迎来春天。这一地区未来的居民，不管他们将要把房子建在哪里，都可以确信有人早就在那儿住过了。只要一个下午就足以把田地设计成果园和牧场，并且决定应该留下哪几棵长势很好的橡树或松树在门前，甚至于砍伐了的树安置在什么地方才能派上最好的用场；然后，我就对这片土地放任不管了，好比休耕了一样，一个人富有的程度，就看他能放得下的东西有多少。

我的想象力跑得太远了一些，我甚至得到了几处农场的优先购买权——正合我的心愿，我从来不愿意为实际占有这类事情而烦心。我差一点实际占有农场，是我买下霍洛韦尔那个地方的时候，那次我都已经开始选种子了，找出了一些木料来做独轮车，以便推动这事，或者说把这件事拉向前；但是，就在农场的主人正要给我一纸契约之前，他的妻子——每一个男人都有这样一个妻子——改了主意，她要保留她的田产，于是，他赔我十美元解除约定。现在说句老实话，我在这个世界上只有十美分，假设我真的有十美分，或者是拥有农场，或者是拥有十美元，或者是这些我全都有，那么，我这点数学知识可就无法计算清楚了。不管怎样，我退回了那十美元，退还了那农场，因为这一次我已经做过头了，应该说，我是很慷慨的啰，因为我是按照我买进的价格再卖给了他，更因为他并不富有，于是我还送了他十美元，但保留了我的十美分和种子，以及制造独轮车的木料。这一来，我觉得我是个手面阔绰的富人，而且这样做无损于我的贫穷本色。我也保留了那地方的风景，此后，我不需要独轮车就能把这片风景带走。关于风景，诗人威廉·柯珀有这么两句：

我浏览一切风景，像个皇帝，
谁也不能否认我这拥有一切的权利。

我时常看到一个诗人，在欣赏了一片田园风景中的最珍贵的部分之后就匆忙离去，那些粗鲁的农夫还以为他拿走的只不过是几个野苹果。哎呀，诗人已把他的农场写进了诗里，而且许多年后农夫都不知道这件事，这么一道最可羡慕的、肉眼不能见的篱笆已经把他的农场圈了起来，还挤出了属于农场的牛乳，刮走奶油，得到了全部乳脂，只把脱脂的奶水留给农夫。

在我看来，霍洛韦尔农场的真正迷人之处是：它远离市镇，离村子有两英里，距离最近的邻居也有半英里，并且有一大片田地把它和公路隔开了；它紧靠河流，据农场主人说，由于这条河会升起水雾，所以春天里就不会再下霜了，我对这无所谓；而且，它的田舍和棚屋灰暗而破败，还有零落的篱笆，这些就在我和先前的居住者之间形成了一段间隔；还有那苹果树，树身被兔子咬出了洞窟，挂满苔藓，可以想见我得和一些什么样的邻居交往了，但最主要的还是我早年就曾经溯河而上的那一段回忆，那时候，这些屋舍藏在密密的红色枫叶丛中，我还记得曾听到过一只家犬的吠叫声。我急急地将它购买下来，不愿意等农场主搬走那些石头，砍掉那些树身已被掏空的苹果树，铲除那些牧场中新近生长出来的白桦树，总之，不愿意等他做出任何改变。为了享受前述的那些好处，我决定大干一场了；像那阿特拉斯这个巨神一样，我要把世界放在我的肩上。我从没听过他得到了什么补偿——我愿意做这些事并没有别的动机或借口，我只等付了款便占有这个农场，然后能安安心心不受他人干扰就行了；因为我知道只要让这片农场自然生长，它一定会生出我所需要的最丰富的庄稼。但后来的结果却如上所述未能如愿。

所以，我所说的关于大规模从事农耕（至今我一直在培育着一座园林），仅仅是说我已预备好了种子。许多人认为年代越久的种子越好。我不怀疑时间能鉴别东西的好坏，但到最后，等我真正要去播种了，我想我大概不会失望的。但是我要告诉我的同伴们一句心底的话：生活不一定要执着，你们要尽可能长久地自由自在地生活。把自己束缚在一座农场里，同关在监狱里并没有什么区别。

老加图写的《农事书》对我起了启蒙的作用，他曾经说过——可惜我见到的唯一的译本把这段话译得一塌糊涂——“当你想要买下一个农场的时候，你得在脑中多多考虑，绝不要贪得无厌地买下，别怕麻烦而再不去照看它，也别以为绕着它转一圈就够了。如果这农场真的很好，那么你越是常常去那儿你就越喜欢它。”我想我是不会因为贪得无厌而购买农场的，我活着的时候，就会一次又一次地去那儿转，待到我死了之后就埋葬在那里。这会使得到最终的安慰。

我目前要写的，是我的这类实验中的另一次，我打算更详细地描写描写；而为方便起见，我会把这两年的经验归并为一年。我已经说过，我无意写为悲观丧气唱颂歌，我是要像黎明时站在栖木上的金鸡一样大声鸣叫，哪怕我这样做仅仅唤醒了我的邻居。

当我第一次住在森林里，也就是从此日夜都住在森林里的那一天，是一八四五年七月四日，刚好是美国的独立日，我的房子没有盖好，还不能防御冬天的寒冷，只能勉强避避风雨，没有涂上泥灰，没有烟囱，墙壁用的是饱经风雨的斑驳的粗木板，缝隙很大，所以到晚上很凉爽。从林中砍来的、笔直的、白色的间柱，新近才刨得平坦的门户和窗框，使屋子保持清洁和通风，特别在早晨，木料里饱含着露水的时候，总使我幻想到中午时分可能会有一些甜蜜的树胶从中渗出。这房子在我的想象里，一整天里都多少保持着这种早晨的气氛，这使我想起了上一年我曾游览过的一幢山顶上的房屋，这是一所没有粉刷的通风良好的小屋，适宜于招待旅行的神仙居住，也适宜于一位仙女在里面曳裙走动。吹过我的屋脊的风，正如那从山脊吹过的风，唱着断断续续的旋律，也许是天上的音乐片段飘到了人间。晨风永远在吹，创造性的诗篇永远不会中断；可惜听得到这种音乐的耳朵太少了。奥林匹斯山只不过是大地的外部，这样的山其实处处都有。

除一条小船之外，从前我拥有过的唯一房屋就是一顶帐篷，夏天里，我偶尔带着它出去郊游，这顶帐篷现在已卷了起来放在我的阁楼上；只是那条小船，在辗转过了几个主人之后，已经消失在时间的溪流里了。如今我却有了这更坚固的能躲避风雨的房屋，可以说我在这世间已取得了很大的进步。这座房屋虽然很单薄，却是围绕我的一种结晶形式的东西，这一点对它的建造者发生了心理暗示的作用，这让人觉得好像是绘画中的一幅素描。我不必跑到门外去呼吸新鲜空气，因为空气流进屋子里后一点儿也没有失去其新鲜。我坐的地方几乎就是在一扇门背后，几乎不能说是在屋子里面，即便是下大雨的时候也是如此。哈利梵萨说过：“鸟雀不来居住的房屋就像不加调味品的肉。”我的住所却并不这样，因为我发现我自己突然跟鸟雀做起邻居来了；我用的方法当然不是我捕到了一只鸟把它关起来，而是我把我自己关进了它们邻近的一只笼子里。我不仅跟那些时常飞到花园和果树园里的鸟雀更加亲近，而且跟那些更有野性、更让人惊诧的森林鸟类接近起来了，它们很难得或者从来就没有向村镇上的人唱出它们的小夜曲——它们是画眉、韦氏鸫、红色的裸鼻雀、野麻雀、三声夜莺等鸣禽。

我坐在一个小湖的岸边，距康科德村子南面约一英里半，地势比康科德高一些，就在市镇与林肯之间那片浩瀚的森林中间，也在我们唯一著名的地区——康科德战场的南边两英里处；但由于我的屋子是在森林中的低处，所以半英里之外的湖的对岸便成了我最遥远的地平线，而其余的一切地区，则都给森林掩盖了。在第一个星期，无论什么时候我凝望湖水，湖给我的印象都好像是山里的一个水潭，高高悬在山的一边，它的底还比别的湖沼的水面高出很多，日出时，我看到它脱去了夜晚披上的雾衣，湖面轻柔的水波或者是波平如镜的湖面，都渐渐地在各处显露出来，而雾则像幽灵偷偷地从每一个方向隐入森林，像是一个夜间的秘密宗教集会散会之后那样。正是这露水白天后还要在林梢挂上一阵子，悬挂在山侧，比通常停留的时间要长。

八月里一阵阵急雨过后，在天刚放晴的时候，与这小小的湖做邻居是最为珍贵的了。那时，完全是风平浪静，天空中却密布着乌云，下午才过了一半却已有了一切黄昏的肃穆，而画眉在四周唱歌，隔岸相闻。这样的一个湖，再没有比这时候更平静的了；湖上明净的天空不那么深远了，而是给乌云遮蔽得很黯淡了，明净而倒映着乌云的湖面，成了一个下界的天空，更加引人注目。从一个最近被伐掉树木的峰顶附近向南看，穿过小山间一个宽敞的凹处，看得见隔湖的一幅令人赏心悦目的图景，那凹处正好形成湖岸，那两座小山坡互相倾斜着向下延伸，使人感到似乎有一条溪水从茂密的山林中流下，但是，并没有溪流。我就是这样从近处的苍翠的峰峦之间或之上，远望一些蔚蓝的天际的远山或是更高的山峰。真的，如果踮起足尖来，我可以望见西北角上更加遥远、更加蔚蓝的山脉，这种蓝色是天空按照自己的颜色而制造出来的最真实的蓝，我还可以望见村镇的一角。但是要换一个方向看的话，虽然我站得如此高，我的视线却给葱郁的树木挡住，什么也看不透、看不到了。在附近如果有一些流水那真是好，水有浮力，土地就浮在上面了。便是最小的一口井也有这一点值得欣赏的，当你窥望井底的时候，你发现大地并不是连绵的大陆，而是被隔绝的孤岛。这一点很重要，如同井水能冷藏黄油一样重要。当我从这一个山顶越过湖向萨德伯里草原望过去的时候（在涨大水的时节，我觉得那片草原升高了，这大约是山谷中蒸腾的水汽造成了海市蜃楼的感觉吧），它好像是一个沉在水盆底部的天然铸成的铜币，湖之外的土地看上去像一层薄薄的表皮，被这片横亘的水波浮起来，成了孤岛，我也被它提醒，意识到我居住的地方只不过是一片干燥的土地。

虽然从我的门口望出去，视野范围更狭小，但我却一点也没有拥挤的感觉，更没有被囚禁的感觉。我的想象力可以在这一大片牧场上纵横驰骋。在对岸有一片矮橡树丛生的高原，一直向西边的大平原和鞑靼式的干草原伸展开去，给所有的流浪人家一个广阔的天地。当达摩达拉的牛羊群需要更大更新的牧场时，他说过，“再没有比自由地欣赏广阔的地平线更幸福的人了”。

时间与地点都转换了，我的生活更靠近宇宙中最吸引我的部分，也更挨紧了历史中那些最吸引我的时代。我生活的地方遥远得跟天文学家每晚观察的天体一样，我们惯于幻想在天体的更远更偏僻的一角，在椅子状的仙后座的后面，那儿远离了喧嚣和复杂的世界，有着更令人惬意的地方。我发现我的房屋位置正是这样一个偏僻的地方，宇宙中一块万古常新、没有受到污染的地方。如果说，居住得更靠近昴星团或毕星团，牵牛星座或天鹰星座更加值得的话，那么，我正是住在这样的地方，至少是，距离那让我抛在后面的人世一样遥远，向我最近的邻居闪烁着柔美又微弱的光线，这光线只有在没有月亮的夜晚才能够看得到。这就是我所居住的宇宙中的那个地方——

> 这世上曾有个牧羊人，
> 他的思想像高山那样巍然高耸
> 山上有他的羊群
> 每时每刻都给予他营养。

如果牧羊人的羊群老是走到比他的思想还要高的牧场上，那我们如何看待这个牧羊人的生活呢？

每一个到来的早晨都是一个愉快的邀请，使我的生活变得跟大自然同样地朴素，也可以说是同样地纯洁无瑕。我向曙光顶礼膜拜，忠诚如同希腊人。我总是早早起床，在湖中洗澡；这是个颇具宗教意味的运动，也是我所做到的最好的一件事。据说在成汤王的浴盆上就刻着这样的字"苟日新，日日新，又日新"，我懂得这个道理。黎明把我们带回英雄的时代。在曙光初现的时候，我坐着，门窗敞开，一只蚊子在我的房中飞，我看不到也想象不到它是如何飞的，它那微弱的嗡嗡叫声我都能感觉到，就像我听到了宣扬美名的金属喇叭的声响一样，这是荷马的安魂曲，是空中的《伊利亚特》和《奥德赛》在歌唱着它的愤怒与漂泊。这其中有着宇宙本体的感觉，宣告着世界的无限活力与生生不息，直到它被禁止的时候为止。黎明是一天之中最值得纪念的时刻，是觉醒的时刻。那时候，我们昏沉的睡意是最少的；至少可有一小时之久，整日夜昏昏沉沉的官能大都要清醒过来。但是，如果我们并不是被自己的禀赋所唤醒，而是被什么仆人的肘子机械地推醒的；如果我们并不是由内心的新生力量和内心的渴望唤醒的，是由工厂的汽笛而不是空中的芬香或天籁般回荡的音乐把我们唤醒的——如果我们醒来时并没有比睡前拥有更高的生活境界，那么，这样的白天，即便能称之为白天，也不会有什么希望。要知道，黑暗可以产生这样的好果子，黑暗可以证明它自己的美妙并不比白昼差。一个人如果不能相信每一天都有一个没被他亵渎过的更新、更神圣的曙光时辰，那他一定是对生命已经失望了，正在摸索着一条堕入黑暗的道路。感官的生活在休息了一夜之后，人的心灵，或者更确切地说是人的官能吧，每天都重新焕发出新的精神，而他的禀赋又可以去试探他能完成他可能去创造的崇高的生活。一切令人难忘的事，我敢说，都是在黎明的时间的氛围中发生。《吠陀经》说："一切知，俱于黎明中醒。"诗歌与艺术，人类行为中最美丽最值得纪念的事都始于这一个时刻。所有的诗人和英雄都像门农，都是曙光女神的儿子，在日出时他弹奏竖琴音乐。以自由驰骋的、精力充沛的思想追随太阳的人，对于他来说，白昼就是永恒的黎明。白昼和时钟的报时铃声没什么关系，也跟人们的态度和从事的工作没有关系。早晨是我醒来时内心有黎明感觉的时刻。精神上的改良就是为了把昏沉的睡眠抛弃。人们如果不是在浑浑噩噩地昏睡，那他们为什么在回顾每一天的时候要把白天说得这么乏味呢？他们并非不聪明的人啊。如果他们没有为昏睡而屈服，他们是可以干成一番事业的。几百万人清醒得足以从事体力劳动，但是一百万人中，只有一个人才清醒得足以有效地从事智力活动；而一亿人中才能出现一个人，得到富于诗意而神圣的生活。清醒就是活着。我至今还没有遇到过一个非常清醒的人。所以，又怎能谈得上与他面对面地彼此直视呢？

我们一定要学会再觉醒，更要学会保持清醒，但不是依赖机械的力量，而应把无穷的期望寄托于黎明，即使我们在最沉的沉睡中，黎明也不会抛弃我们。我没有看到过比这更令人振奋的事实了，人类无疑是有能力来提高他自己的生命质量的。能画出一张画或者雕塑出一个肖像，使事物得到美化，这是一种很了不起的收获；但更加辉煌的事是能够塑造或画出那种氛围与环境来，从而能使我们发现，并且能在精神生活上有所作为。能影响生活的本质，这是艺术的最高境界。每个人都应该让他的整个生命甚至细节上也经得起最崇高的和最紧急时刻的考验。如果我们拒绝了，或者说白白耗费了我们得到的这一点无价值的思想，神谕自会清清楚楚地告知我们如何做到这一点。

我到林中去，是因为我希望自己能深思熟虑地生活，只面对生活的基本事实，看看我是否学得到生活要教给我的东西，而不是等到自己临死时，才发现我根本就没有生活过。我不愿意过着非生活的生活，生活是这样地珍贵；我也不愿意去修行过隐逸的生活，除非是迫不得已。我要深入生活，吸取生活的精髓，要生活得刚强坚毅，生活得像斯巴达人，以便去掉一切非生活的东西，刀劈斧削，然后是仔仔细细地修剪，把生活压逼到一个角落里去，把它放置到最低的生活条件中，如果它被证明是卑微的，那么，我就会认识到真正的卑微，并把它的卑微之处公之于众；或者，如果它是崇高的，那就用切身的经历来体验它，在我下一次远游时，也可以做出一个真实的描绘。因为，在我看来，大多数人都不能确定他们的生活到底是属于魔鬼还是上帝，而且还多少有点轻率地下结论说人生的主要目标是“获得荣耀以献给神，并从神那里得到恩赐”。

然而我们依然生活得像蚂蚁一样卑微，虽然神话告诉我们说，我们早已经变成人了；我们却像神话中小人国里的人一样，伸长脖子跟仙鹤战斗；这真是错上加错，脏上抹脏：我们最优美的德行在这里成了多余的本可避免的缺陷。我们的生命在琐事之中被消耗掉了。一个诚实的人用不着比十个手指更大的数字了，在特殊情况下也顶多加上十个脚趾，其余可笼而统之。简单，简单，再简单！我说，你的事最好只有两件或三件，而不是上百件或上千件；不必算到一百万，半打就够计算了，总之，账目可以记在你的大拇指甲上。在这浪涛滔天的文明生活的海洋里，一个人要想不沉入海底，他得经历很多风暴和流沙以及一千零一种事故，不要做船位推算去安抵目的港了，那些事业成功的人，都是精明的计算家。简化，再简化！不必一天三餐，如果有必要，一天一顿也够了；不要一百道菜，五道就够多了；至于别的，就按照同样的比例递减。我们的生活得像德意志联邦，全是小邦组成的，小邦之间的边界始终在变动，甚至一个德国人在任何时候也不能把确切的边界告诉你。这个国家所谓的内政改进，实际上它全是些表面事务，它是这样一种不切实际的臃肿庞大的机构，挤满了各种家具，自己给自己设置陷阱，奢侈、任意挥霍，因为它没有谋划，也没有崇高的目标，好比这片土地上的上百万户人家一样。对于这种情况，和对于每家每户一样，唯一的办法是一种厉行节约，一种严格的比斯巴达人还简单的生活，并提高生活的目标。现在的生活太放纵了。人们认为国家必须有商业，必须把冰块出口，用电报来通话，还要一小时奔驰三十英里，毫不怀疑这是否有必要。但是，我们到底是应该生活得像狒狒呢，还是像人，我们对这一点倒又确定不了。如果我们不做出枕木来，不锻造铁轨，不日夜工作，而只是尽力对付我们的生活，来改善它们，那么还有谁需要铁路呢？也许你会说，不造铁路，我们如何能准时赶到天堂呢？可是，我们只要住在家里，只管自己的事，谁还需要铁路呢？我们没有在铁路上乘车，倒是铁路乘在我们身上。你难道没有想过，铁路底下躺着的枕木是什么？每一根都是一个人，爱尔兰人，或北方佬。铁轨就铺在他们身上，他们身上又盖着黄沙，而列车平滑地从他们身上驰过。我告诉你，他们这些枕木可正在熟睡着啊。每隔几年，就换上了一批新的枕木，列车还在上面奔驰着；因此，如果一批人能在铁轨之上愉快地乘车经过，那就必然有另一批不幸的人是在下面被列车轧过去的。当我们乘车奔驰过了一个梦游的人，也即一根出轨的多余的枕木时，我们就突然停下车子，大喊大叫，唤醒他，好像这只不过是一个例外。我听到了这情况真觉得欣慰：每隔五英里，人们就派一队人让那些枕木保持平稳。由此可见，枕木们有时是会自己站起来的。

为什么我们要生活得这样匆忙，这样虚度生命呢？我们下了决心，要在未挨饿之前先挨饿。人们时常说，及时缝一针，可以将来少缝九针．而现在，人们缝了一千针，只是为了明天少缝九针。

至于工作，我们没什么了不起的，我们都患了舞蹈病，连脑袋都无法保持静止。如果我在教堂的钟楼下拉几下绳子，发出火警信号，钟声还没传得很远，在康科德附近的田园里的人（尽管早上他多少次说他如何如何地忙），我敢说，任何一个男人、一个孩子，或一个女人，都会放下工作而朝着那声音跑来，这倒不是他们要从火里救出财产来，如果我们说老实话，他们更多的还是来看火的，因为已经烧着了，而且这火，要知道，不是他们放的；或者，他们是来看这场火是怎么被扑灭的，要是不费什么劲，他们也还可以帮忙救救火；情况就是这样，即使教堂本身着了火也是这样。一个人午饭后睡了半个小时的觉，一醒来他就抬起头来问："有什么新闻？"好像全世界的人都在为他放哨。有人还命令别人每隔半小时就唤醒他一次，当然是没什么特别的原因；随后，为报答人家，他便谈起了他的梦。一夜睡眠之后，新闻成了早饭一样重要的东西。“请告诉我这个星球任何地方发生的任何新闻。”——于是，他边喝咖啡、吃面包卷，边读新闻，知道了这天早晨在瓦奇托河上，有一个人的眼睛被挖掉了；而他一点也不在乎自己就生活在这个世界的深不可测的大黑洞里，他的眼睛里早就失去了光芒。

至于我，我觉得没有邮局我同样过日子。我觉得，只有很少的重要消息是需要邮递的。确切地说，我一生中最多只收到过一两封值得花费那邮资的信——我几年前也写过这样一句话。通常花费一便士的邮资制度，其目的是给一个人花一便士，你就可以得到他的思想了，但结果你得到的常常只是一个玩笑。我也敢说，我从来没有从报纸上读到过什么有价值的新闻。如果我们读到的新闻就是某某人被抢了或者被谋杀或者死于非命了，或者一幢房子被烧了，一艘船被炸了，一头母牛在西部铁路上给撞死了，一只疯狗死了，或是冬天出现了一大群蚱蜢——那我们就不用再读别的新闻了。有这么一条新闻就够了。如果你掌握了原则，何必去关心那多种多样的例证及其应用呢？对于一个哲学家，这些被称为新闻的，不过是流言，编辑和读者就只不过是些喝茶的长舌妇。然而，不少人却总是饶有兴味地听着这种闲扯。我听说，前几天人们蜂拥到报馆去听一个最近的国际新闻，那报馆里的好几面大玻璃窗都被挤压得破碎了——那条新闻，我严肃地想过，其实是一个有点头脑的人在十二个月之前，甚至在十二年之前，就已经可以相当准确地写出来了。以西班牙为例，如果你知道如何把唐卡洛斯和公主，唐彼得罗，塞维利亚和格拉纳达等这些字眼不时换换位置，放得适合就行——从我读报至今，这些字眼可能有了一小点变化；然后，在没有什么有趣的新闻时，就说说斗牛好啦，这就是真实的新闻，把西班牙的现状以及变迁都详详细细地报道给我们听，跟报纸上这个标题下的那些最简明的新闻一个样。再以英国为例吧，来自那个地区的最后的一条重要新闻几乎总是1649年的革命。如果你已经知道英国谷物年平均产量的历史，那你也就不必再去注意那件事了，除非你从事的是纯粹只关乎金钱的投机生意。如果你难得看一回报纸，其实你能判断，国外实在没有发生什么新的事件，即使是法国大革命也不例外。

什么新闻！知道什么是永不衰老的，这才是真正重要的事！据《论语》记载："蘧伯玉（卫大夫）使人于孔子。孔子与之坐而问焉，曰：'夫子何为？'对曰：'夫子欲寡其过而未能也。'使者出，子曰：'使乎，使乎。'"在一个星期之后农夫们休息的日子里——这个星期日，真是过得很糟糕的一周的恰当的结尾，但绝不是另一个星期焕发活力的开始——牧师不应该用这种或那种拖泥带水的冗长的宣讲来搅扰昏昏欲睡的农民们的耳朵，却雷霆一般地叫喊着："停！停下！为什么看起来很快，事实上却慢得要命呢？"

虚假和欺骗已被捧为最可靠的真理，而现实却被看作荒诞不经的东西。如果世人总是观察真实，不允许自己受到欺骗，那么，生活和我们所知道的事实比较而言，就好像是一篇童话、一部《天方夜谭》了。如果我们只重视一切不可避免、并且有权存在的事物，音乐和诗歌就将响彻街头。如果我们从容不迫而且够聪明，我们就会认识到唯有伟大有价值的事物才会永久地真正存在于世——琐碎的忧愁与欢喜不过是真实的阴影。真实常常是活泼而崇高的。由于闭上了眼睛打瞌睡，人们任凭自己受影子的欺骗，才建立了日常生活的轨道和习惯，并且到处遵从它们，其实这种生活习惯是建筑在纯粹幻想的基础之上的。嬉戏地生活着的小孩子，反而比大人更能发现生活的真正规律，而大人们却不能有价值地生活，还自以为他们更聪明，因为他们有经验，也就是说，他们时常会失败。我在一本印度的书中读到："有一个王子，从小被逐出城市，由一个樵夫抚养长大，他一直以为自己属于他所生活于其中的贱民阶层。他父亲手下的官员后来发现了他，把他的身世告诉了他，于是，他对自己性格的错误认识被消除了，他知道自己是一个王子。"那印度哲学家接着说："由于所处环境的缘故，灵魂误解了它所寄托的躯体的性格，非得由圣师把真相显示给他。然后，灵魂才知道自己是属于婆罗门。"我明白了，我们新英格兰的居民之所以过着这样低贱的生活，是因为我们不能透过事物表面来看问题。我们是把外表当作了事物本身。如果一个人能够穿过这一个城镇，并且只看见真实，那么，你想想看，"磨坊水坝"就不知到哪儿去了。如果他给我们描述一下他所目击的真实，我们一定都不知道他是在描绘什么地方。你看看聚会场所，或者法庭、监狱，或者店铺、住宅，在你真正凝视它们的时候，这些东西到底是什么啊，在你的描绘中，它们都纷纷崩塌了，人们尊崇遥远的渺茫的真理、体系之外的事物，在最远一颗星后面的、在亚当以前的、在人类灭绝以后的东西。在永恒中的确是有着真理和崇高事物的。但所有这些时间、这些地点和这些场合，都存在于此时此地啊！上帝在此时此地才显得伟大，绝不会随着时光的流逝而更加神圣。只有永远沐浴和沉浸在现实中，我们才能明白什么是崇高。宇宙经常顺从地与我们的观念适应；不管我们走得快还是慢，路轨已给我们铺好。就让我们用毕生来思考它们。诗人和艺术家至今未得到这样美丽而崇高到无法实现的设计——至少会有一些后代是能实现的吧。

我们如大自然那样从容不迫地度过每一天吧，不要因坚果或掉在轨道上的蚊虫的一只翅膀而出了轨。让我们黎明即起，不用快速用完早餐，平心静气、一点也不烦恼；任人潮来往，任钟声长鸣，任孩子哭闹——下决心好好地度过这一天。我们为什么要屈服、要随波逐流呢？我们不要被卷入在子午线浅滩上的所谓午宴之类的可怕的急流与旋涡中。经历了这种危险，你就平安无事了，以后就是下山的路了。不要放松神经，利用那黎明似的活力，向另一个方向航行，像尤利西斯防御海妖那样把自己拴在桅杆上。如果汽笛发出鸣叫，那就让它叫到声音沙哑吧。如果钟声响了，为什么我们要跑呢？我们要思量它算是什么样的音乐？让我们静下心来，让我们的脚跋涉在那些污泥似的意见、偏见、传统、错觉与表面现象之中，这层淤土蒙蔽了全地球，让我们穿越巴黎、伦敦、纽约、波士顿、康科德，穿越教会与国家，穿越诗歌、哲学与宗教，直到我们踩在这个坚硬的底层上，那里的岩盘，我们可以称之为真实。然后，我们说，就是它，不会有错了。然后，你可以凭借这个支点，在洪水、冰霜和火焰下面，开始建立一道城墙或者一个国家，或者安全地立起一根灯柱，或者一个测量仪器，不是测尼罗河水的测量器了，而是测量真实的仪器，让未来的时代能知道，虚伪与表象的洪流积了这么深的淤泥。如果你直面事实，你就会看到真实的两面都闪耀着阳光，它好像一柄东方的短弯刀，你能感到它锐利的锋芒正劈开你的心脏和骨髓，你也愉快地愿意结束你的生命。生也好，死也好，我们仅仅追求真实。如果我们真要死了，就让我们听一听我们喉咙里发出的咯咯声，感受四肢的冰冷；如果我们活着，那就让我们干自己的事。

时间只是我垂钓的河流。我喝河水，喝水时候我看到河床上的沙，发觉它是那么浅。它那清浅的河水一去不复返，可永恒却留了下来。我还要痛饮，到天空中去钓鱼，天上的河床里有着石子般的星星。我一个也不能数出来。我不知道字母表上的第一个字母。我常常感到遗憾：我不像初生时那样聪明了。智力是一把刀子，它能打开事物的奥秘。我不希望我手上的活儿忙得超过了必需的量。我的头脑就是手和脚。我觉得我最好的才能都集中在那里。我本能的直觉告诉我，像一些动物用鼻子或用前爪挖洞一样，我的头脑也可以挖洞，在山中挖掘出我自己的路。我觉得那最富有的矿脉就在这里。因此，凭着探寻藏金的魔杖和那升腾起来的薄雾，我就能做出我的判断：我要在这里开始挖矿。

读书

如果更谨慎地选择自己的职业，也许，所有的人都很自然地去做一个学生兼观察家，因为这两种人的天性和命运对所有的人都富有吸引力。为我们自己和后代积累财富、建立一个家庭或者建立一个国家，或者追逐所谓的名誉，这些都不能让我们不朽；可是，如果研究真理，我们便不朽了，我们可以经受人世间种种的变故了。古时的埃及哲学家和印度哲学家的神像，轻纱的一角给撩起来了，还有他们撩起的微颤着的袍子，现在我望见它跟当初一样鲜艳而美丽，因为当初勇敢追求真理的，是在它体内的那个“我”，而现在重新瞻仰着那个形象的，是在我体内的“它”。袍子上没有一点尘埃，自从神圣的真理被揭示以来，时间并没有逝去。我们真正地改变了的，或者说可以改变的，不是过去，不是现在，也不是未来。

我的木屋，不仅比一个大学更适合思考，还更适合严肃的阅读；虽然我借阅的书是在普通图书馆难以见到的，我却比以往更多地受到了那些畅行全世界的书本的影响。那些书从前写在树皮上，现在却总是抄写在亚麻纸上。诗人米尔·科马尔·乌迪恩·马斯特说："能静坐着而驰骋于精神世界；这种益处我从书本得来。一杯美酒就令人陶醉；当我喝下了学说奥秘的琼浆时，我就体验到了这样的愉快。"整个夏天，我把荷马的《伊利亚特》放在桌上，虽然我只能断断续续地阅读他的诗歌。一开始，我有大量的工作要做，我要修房子，同时还要种豆子，这使我不可能读更多的书。但我知道接下来的日子里我会读得多些，这个念头让我把阅读坚持了下来。工作之余，我还读过一两本浅薄的关于旅行的书，后来我自己都脸红了，我问自己我生活的地方又在哪里。

能够读荷马或埃斯库罗斯的希腊文原著的学生，绝不会有放荡不羁或一掷千金的危险行为，因为他读了原著就会在相当程度上仿效他们的英雄，会将他们的美好时光奉献给他们的诗页。如果这些英雄的诗篇是用我们自己那种语言出版的，因为这种语言在我们这个道德堕落的时代已变得意义混浊，所以我们必须努力找出每一行诗每一个字的原意，尽我们所有的智慧、决心和气魄，来求得它们的原意，要寻求它们超越日常应用的更深更广的本义。现代社会出版了大量廉价的印刷品，那么多译本，却并没有让我们的心灵更接近那些古代的伟大作家。他们还是那么寂寞，他们的作品依然被当作稀少而怪异的珍本。一个人花费年少的时光，来学会一种古代文字，即使只学会了几个字，那也是很值得的，因为它们是从市井百姓琐碎平凡的生活中提炼出来的语言，是永久的暗示，具有永恒的激发力量。那些老农听到然后记在心上、时常念叨的一些拉丁语警句，并非没有用处。有些人说，古典作品的研究最后似乎会让位给一些更现代化、更实用的研究；但是，求知欲旺盛的学生还是会时常去研究古典作品，不管它们是用什么文字写的，也不管它们如何古老，因为古典作品如果不是最崇高的人类思想的记录，那又是什么呢？它们是唯一的、不朽的神灵启示。哪怕是求神问卜于台尔菲和多多那，也不见得能得到一些现代人困惑的难题的解释，但是，在古典作品中却能找到。我们甚至已忘记了研究大自然，因为她已经老了。读好书，就是说，怀着真诚的态度去读真实的书，是一种崇高的训练，它所花费的一个人的精力，超过了大家熟知的种种训练。这也需要培养一种精神，像竞技运动员一样的精神：矢志不渝，终生努力。那些伟大著作是谨慎、含蓄地写出来的，我们也应该谨慎、含蓄地阅读。我这一本书所书写的这一种文字，就算你能说它，也还是不够的，因为口语与文字有着显著的不同，一种是听的文字，另一种是阅读的文字。前者通常是随机变化的，声音或口语，只是一种土话，几乎可以说是很粗糙的，我们可以像野蛮人一样从母亲那里不知不觉地学会；后者却是前者的成熟形态与经验的凝集。如果前者是母亲的舌音，后者便是我们父亲的舌音，是一些经过锤炼的表达方式，它的意义不是耳朵所能听到的，我们必须重新诞生一次，才能学会说它。中世纪的时候，有许多人，他们能够说希腊语与拉丁语，可是由于出身的关系而没有资格读天才作家用这两种文字写的作品，因为这些作品不是用他们熟知的那种希腊语和拉丁语来写的，而是用精练的文学语言写的，他们还没有学会希腊和罗马的那种更高一级的方言。那种高级方言所写的书，在他们看来就只是一堆废纸，他们重视的倒是廉价的当代文学。但是，当欧洲的好几个国家，开始有了他们自己粗浅但明澈的语言，并以此来兴起他们的文艺了，这时，最初的那些伟大著作复活了，学者们能够辨识那些久远的古代珍藏了。罗马和希腊的群众不能倾听的作品，经过了几个世纪之后，却有少数学者在阅读它们了，到如今，也只有少数的学者还在阅读它们呢。

不管我们如何赞赏演说家不时爆发出来的好口才，最高贵的文字总是隐藏在巧舌如簧的口才背后，或者说是超越在它之上的，就像繁星点点的苍穹隐藏在浮云后面一般。那里有众多的星星，能观察星星的人也都可以阅读这些文字。天文学家永远在解释那些星星、观察那些星星，这些文字也是这样高贵，它们不像我们的日常谈吐和平常的呼吸。在演讲台上的所谓口才，其实就是学术界的所谓修辞。演讲者在一个闪过的灵感中放纵了他的口才，向着他面前的群众，向着那些跑来倾听他的人说话；可是作家，他们的本分是平淡的生活，那些给演讲家以灵感的社会活动以及成群的听众只会分散作家的心智，作家是向着人类的智力和心灵说话，向着任何时代能够懂得他们的一切人说话。

难怪亚历山大行军时，还要在一只宝匣中带一部《伊利亚特》了。文学著作是圣物之中最珍贵者的，比起别的艺术作品来，它跟我们更亲密，又更具有世界性。它是最接近于生活的艺术，它可以翻译成每一种文字，不但能给人读，而且还能合着我们的呼吸，它不仅是表现在油画布上或大理石上，它本身就镌刻在生活之中。古人一个饱含思想的比喻可以成为现代人的口头禅，两千个夏天的时光已经刻在希腊文学的里程碑上，正如秋收时成熟的金色刻在希腊的大理石上，因为这些伟大作品有着壮丽的宇宙天体般的永久魅力，这样，它们能传到世界各地，这也让它们免受时间剥蚀。书本是世上最珍贵的财富，许多个世代与一切国家的最优秀遗产。书，最古老最好的书，很自然是适合放在每一个家庭的书架上的。书籍不会为自己辩护，但当它们启发并支持了读者，读者就懂得了不可以没有书籍这一常识。书籍的作者，自然而然地、不可抗拒地成为任何一个社会的贵族，他们对于人类的影响远大于国王和皇帝。当那些目不识丁的、也许还态度傲慢的商人，由于苦心经营和勤劳，赢得了闲暇和独立，并被富人与时尚阶层接纳的时候，他最后不可避免地要转向那些更高级，然而又难以接近的智力与天才的领域，而且只会认识到自己的粗俗，发觉自己的一切财富其实都是虚荣，不值一提，于是，他便费尽心机地要他的孩子学习文化知识，进一步证明了他自己的远见卓识，这正是他自己强烈地需要的，这样，他就成了一个家族的始祖了。

不懂得阅读古典作品原文的人，对于人类史的认识会很不完备，令人惊奇的是这些古典作品并没有一份现代语言的译本，除非说我们的文明本身可以看作这些古典作品的再版。荷马至今还从没有用英文出版过，埃斯库罗斯和维吉尔的作品也从没有——这些作品如同黎明一样优美、坚实、美丽；后来的作者，不管我们如何赞美他们的才能，就是有，也极少能够比得上这些古代作家的精美、完整与永生的、崇高的文学劳动。从不认识这些作品的人，总在谈论忘掉它们。但当我们有了学识和才能，能专心研读它们、欣赏它们时，那些人的话，我们就立刻忘掉了。当我们称为古典作品的遗迹，以及比古典作品更古、更少人读懂的各国的经典也累积得更多时，当梵蒂冈教廷里放满了《吠陀经》《阿维斯陀古经》和《圣经》，放满了荷马、但丁和莎士比亚的著作，而后来的世纪能持续地把它们的战利品放在世界的公共场所时，那个时代一定会更加丰富。有了这样一大堆作品，我们才能有望最终登上天堂。

伟大诗人的作品至今还未被人类读懂过呢，因为只有伟大的诗人才能读懂它们。人们阅读这些作品，有如仰望夜空的繁星，至多是从占星术而不是从天文学的角度来阅览的。许多人学会了阅读，为的是得到他们的可怜的舒适与方便，正如他们学算术是为了记账，做生意时不致受骗；

可是，把阅读当作一种崇高的智力锻炼，他们对此却没什么了解，或是一无所知；然而，从更高的意义来说，只有那样的阅读才叫阅读，阅读绝不是吸引我们的奢侈品，绝不是能把我们催眠、使我们的崇高的官能昏昏欲睡，而是让我们必须满怀期望，让我们甘愿把最灵敏、最清醒的时刻都献给它。

我想，在我们识字之后，我们就应该读最好的文学作品，不要终生坐在小学最低年级的教室前排，永远在重复 a—b—ab 和单音字。许多人觉得自己能阅读就满足了，或者听到人家阅读就满足了，也许仅仅领略到了一本好书——《圣经》的智慧，于是他们只读一些轻松的东西，放纵他们的官能或是单调地度过一生。在我们的流通图书馆里，有一部叫作《小读物》多卷著作作品，这名字，我想大约也是我没有到过的一个市镇吧。有种人，像贪婪的鸬鹚和鸵鸟，甚至在大吃了肉类和蔬菜都很丰盛的一顿之后也能完全消化，因为他们从不浪费。如果说别人是供给此种食物的机器，他们就是一架阅读机器。他们读了九千个关于西布伦和赛福隆尼亚的故事，读到男女主人公如何相爱，从没有人这样地相爱过，而且他们的恋爱经过也相当坎坷——总之是他们如何爱，如何栽跟斗，如何再爬起来，如何再相爱！某个可怜的不幸的人如何爬上了教堂的尖顶，他最好不爬上这么高的钟楼；他既然已经毫无必要地到了尖顶上面，那位快乐的小说家于是打起钟来，让全世界都跑来，听他说，啊哟，天啊！他该怎样下来呢？照我的看法，他们还不如把这些普遍的小说世界里往上爬的英雄人物一概变为风向标一样的人，就像他们时常把英雄人物放在星座中那样，让那些风向标旋转不已，直到生锈为止，却千万别让他们下地来胡闹，让人们心烦。下一回，小说家再敲钟时，哪怕那公共场所烧成了平地，也休想让我动弹一下。“《脚尖一点就登天》——中世纪传奇，《小不点托尔坦》的作者的新作，按月连载，连日抢购，欲购从速。”他们的眼睛睁得像盘子那么大，带着一丝不苟的天生的好奇心和贪婪的胃口来读这些东西，胃里的褶皱甚至也无须磨炼，就好像四岁大的孩子成天坐在椅子上看那售价两美分的封面烫金的《灰姑娘》一样——据我所知，他们读后，在发音、重音、加强语气方面都没有什么进步，更不必提他们对主题和寓意的理解了。结果得到的是目光迟钝，一切生机停滞，以及所有智力的瓦解和官能像蜕皮一样消退。但这一类姜汁面包一样的货色，几乎每一天从每一个烤面包的炉子里大量出炉，比起纯麦面粉、黑面包或玉米面包都更吸引人，在市场上销量更好。

即使那些受到很好教育的“好读者”，也不读那些真正优秀的书。我们康科德的文化算什么呢？在这个城市里，除了极少数例外，人们甚至对英国文学中最好的书也不怎么感兴趣，大家都觉得没有味道，虽然大家都能读懂其中的英文，都能拼得出其中的英文字母，甚至于我们的大学毕业生，或那些受到过自由教育的人，对英国的古典作品也知道得极少，甚至一无所知。记录人类思想的那些古代作品和《圣经》呢，只要愿意阅读，是很容易得到这些书的，然而，也只有极少数人肯花工夫去接触它们。我认识一个中年樵夫，他订了一份法文报，他说不是为了读新闻，他是超乎这一套之上的，他是为了“保持练习”，因为他出生在加拿大。我问他这世上有什么事是他能做得很好的，他回答说，除了这件事之外，他还得继续努力把他的英语水平提高。一般的大学毕业生做法或想法大概也就是这样，为此，他们订一份英文报纸。假如一个人刚刚读完了一部最优秀的英文书籍，那他可以跟多少人谈论这部书呢？再假如一个人刚刚读了一部希腊文或拉丁文的古典作品，就是那些被称为文盲的人也知道它曾获得的赞美，可他却根本找不到一个可以来谈论的人，他只能对此沉默不语。在我们大学里，几乎没有哪个教授在已经掌握了一种艰难的语言文字之后，还能相应地掌握一个希腊诗人的才智与诗情，并能用同情之心来把这些传授给那些敏锐的、有英雄气概的读者。至于神圣的经文，即人类的圣经，在康科德这里又能有什么人把它们的名字给我说出来呢？大多数人还不知道除了希伯来这个民族，其他民族也有自己的经典，任何一个人都不会嫌麻烦去捡一块银币，但这些著作里有黄金般的文字，古代最聪明的智者说出来的话，它们的价值是历代的有识之士向我们保证过的——尽管如此，我们读的仍然只不过是简易读本、识字课本和教科书，而离开学校之后，我们也只不过读一些“小读物”与孩子们看的故事书之类；这一来，我们的阅读、会话和思想，就都处于很低的水平，只配得上侏儒和小人国的矮人。

我盼望认识一些比我们康科德这片土地上出生的更聪明的人，他们的名字这里的人们闻所未闻。难道我会听到柏拉图的名字而不读他的书？好像柏拉图是我的同乡而我从没见过他——好像他是我的隔壁邻居而我从没听到过他说话，也从没听到过他的充满智慧的话语。实际的情形如何呢？他的包含着不朽见解的《对话录》，就摆在我的书架上，我却还没读过它。我们是愚昧无知、不学无术的文盲；在这方面，我承认，这两种文盲——完全目不识丁的文盲和已经接受教育却只读儿童读物和智力极低的读物的文盲，二者之间并没有多少区别。我们应该像古代的贤人一样高尚，但在一定程度上，首先应当让我们知道他们的优点。我们都是一些低等的人，我们的智力无法飞跃过新闻报纸的专栏。

并不是所有的书都像它们的读者那么迟钝，也许，书中有好些话正是针对我们的情况而说的，如果我们真正倾听并懂得了这些话，它们将比黎明和春天更有益于我们的生活，很可能会给我们一副全新的面貌。多少人在读了一本书之后就开始了他生活的新纪元！如果一本书能解释我们的奇迹又能给我们启发新的奇迹，那这本书就是为我们而存在的。目前我们无法表达出来的事情，也许在别处已经说得很清楚了。那些使我们心烦、大伤脑筋和困惑不解的问题，也曾发生在所有聪明人的心上；任何一个问题都没有遗漏，而且，每一个聪明人都按照各自的能力、用各自的话和各自的生活经验回答过它们，而且，有了智慧，我们的心胸将会更开阔。那个康科德郊外田庄上的寂寞的雇工，他得到了重生，获得了特殊的宗教经验，他相信他的信仰使自己进入了静穆和心无他物的境界，他也许会认为我们的话不对；但是，数千年前的琐罗亚斯德已走过了同样的历程，获得了同样的经验；因为他是智慧的，他知道这经验是具有普遍性的，于是就能以慷慨的心怀对待邻人，据说，他还发明并创立了敬神的礼仪。那么，就让他谦逊地和琐罗亚斯德做精神上的沟通，并且通过一切圣贤的自由影响，跟耶稣基督本人做精神上的沟通，然后，把“我们的教会”抛到一边去吧。

我们夸耀说，我们属于十九世纪，我们比任何国家都迈着最大最快的步子前进。可是想想我们这个市镇，它在文化上的作为微乎其微。我不想恭维我的市民同胞们，也不希望他们恭维我，因为这样对大家的进步没有好处。我们应当像老牛般受到鞭策、驱赶，然后才能快步奔跑。我们有个相当不错的公立学校的制度，但只是为一般幼儿服务的；除了冬天有个半穷困状态的文法学堂，以及最近根据政府法令简陋草创的图书馆，我们并没有自己的学校。我们在肉体的疾病方面花很多钱，在精神的缺陷上却花得很少，现在是时候了，我们应该有不平常的学校。我们不该让男女成年后就不再受到教育。到那时，一个个村镇就是一座座大学，年长的居民都是研究员——如果他们日子过得还宽裕、有充裕的空闲时间，让他们的余生都在从事自由学习。难道世界永远只局限于一个巴黎或一个牛津？难道学生们不能寄宿在这里，在康科德的天空下接受自由的教育？难道我们不能请一位阿伯拉尔（法国神学家和哲学家）那样的人来给我们讲学？唉！我们忙于养牛，这使得我们长久地身处学校之外，我们的教育也就这样可悲地被忽视了。在这片国土上，我们的城镇应当在某些方面替代掉欧洲贵族。它应当成为美术的保护人。它是很富有的，凡是农民和商人看重的事，它都肯花钱，可是要它在一些知识界都认为更有价值的事业上花钱时，它却认为那是乌托邦的空想。感谢财富或政治，这个市镇花一万七千美元建造了市政厅，但也许它在一百年内都不会为了生命花这么多钱做智力上的投资，也就是让市政厅这个空壳真正获得活力。每年为办冬天文法学校而募到的一百二十五美元，这笔钱比市镇所筹集到的任何同样数目的捐款都花得更实惠。我们生活在十九世纪，为什么我们不能去享受十九世纪的好处？为什么生活非得要这样褊狭？如果我们要读报纸，为什么不忽略波士顿那些闲谈的东西，立刻来订阅一份全世界最优秀的报纸呢？不要去吃“中立”派报纸制造的面糊，也不要在新英格兰啃娇嫩的“橄榄枝”，而是要让一切有学问的社团都到我们这里来做报告，我们要看看他们知道些什么。为什么要让哈泼斯兄弟图书公司和雷丁出版公司代替我们挑选我们的读物呢？一如那个趣味高雅的贵族，在他的周围全都是有助于他文化修养的东西——天才、学识、机智、书籍、绘画、雕塑、音乐、哲学工具等，让我们的村镇也这样做吧。不要一味请一个教师、一个牧师、一个教堂司事，办了一个教区图书馆，选举了三个市政委员，就可以什么事都不做了，因为我们那些拓荒的移民祖辈就是凭着仅有的这些，在荒凉的岩石上度过了严冬。集体行为是与我们的制度精神相符合的；我确信，我们的环境将更繁荣，我们的能力将高于那些贵族。新英格兰请得起全世界的博学之人来兴办教育、让他们在这里食宿，让我们不再过蒙昧的生活，这是我们所需要的不一般的学校。我们并不需要成为贵族，我们要的是高尚的乡村。如果这是必需的，我们宁愿少建一座桥梁，绕一些弯路，但一定要在那围绕着我们的黑暗的蒙昧的深渊上，至少架起一座圆形的拱桥来。

声音

但是，当我们局限在书本里——虽然那些书本是最优秀的古典作品，而且限于读某一种特殊语言的书本——它们其实也只是某一地的方言口语，这样的话，我们就面临着另一种危险——忘记了不用譬喻、直截了当描述一切事物的那种语言，要知道只有这种语言才是表意最丰富而又最标准的。我们发表的文章很多，但真正出版的却很少。从百叶窗缝隙照进来的光线很动人，但在百叶窗完全打开以后，便不再被记得了。没有一种方法或者一种训练可以代替时刻保持敏感注意力的必要性。无论是历史、哲学或者精挑细选出来的精美诗歌，还是最好的社会、最吸引人的生活，又怎能比得上经常欣赏值得欣赏的事物这种训练呢？你愿意仅仅当一名读者、一个学生，还是愿意做一个富有远见的人？预测一下你自己的命运，看一看自己的前方是什么，再迈开步子走向未来吧。

第一个夏天我没有读书，而是忙着用锄头种豆，给豆松土。不，我比这个做得还好。有时候，我不忍把眼前的美好时光消耗在任何工作上，无论是脑力劳动还是体力劳动。我喜欢给自己的生命留出更多的空间。有时候，夏天的早晨，我照常洗浴之后，就坐在门前的阳光里，从日出到正午，在松树、核桃树和漆树的环绕中，在没有打扰的宁静与孤独之中，我凝神沉思。这段时间，鸟儿在四周鸣唱，或无声地掠过我的屋子，一直到太阳从我的西窗照进屋子，或者从远处公路上传来一些旅行者的车辆驶过的声响，我这才感到时间的流逝。我在这样的时光中生长，好像玉米在夜间生长一样，这样静坐比做任何手上的工作要好很多。这样做不是从我的生命中徒然减去一段时间，而是比我通常的时间有了更多的收获。我明白了东方人说的沉思以及无为的本义了。总的来说，我不在乎自己虚度了什么时光。白昼在前进，仿佛只是为了照亮我做某些工作，刚才还是黎明，转眼间发觉已经是晚上了，我并没有完成什么有意义的工作。我也没有像鸟禽一般歌唱，我只是静静地对着自己此刻的幸福微笑。正像那只麻雀，歇在我门前的核桃树上啁啾个不停，我也曾暗暗发笑或者有意压制我自己的歌唱，我怕它一不小心从我的屋子里听到了。我度过的一天并不是某个星期中的一天，它不用任何宗教的神灵来命名，它也没有被割裂成一个又一个小时，没有被嘀嗒的钟声而搅得心神不安：因为我喜欢像印度的普里人那样过日子，据说“他们用来代表昨天、今天和明天的字都是同一个字，而要表示不同的意义，他们就在说这个字时伴以手势：手指向背后表示昨天，手指向身前表示明天，手指向头顶则表示今天”。在我的同乡们看来，这理所当然是因为懒惰；可是，如果从飞鸟和花草的角度来看我的生活，我想我不是在虚度时光。一个人必须从自身的角度来看问题，这话说得很好。大自然的日子很宁静，它就不会责备自己懒惰。

我的生活方式至少要强于那些不得不跑到外面去找乐子、进社交场所或上戏院的人，因为我的生活本身就是我的欢乐，而且它永远那么新鲜，而且这是一个永不落幕的多幕剧。如果常常能够按照自己学到的最新最好的方式来过生活、经营生活，我们就绝不会为无聊而烦恼。只要追随你的内心，生活就时时向你展示一片新的前景。做家务事也是愉快的消遣，当我的地板脏了，我就早早起床，把我所有的家具搬到门外的草地上，把床和床架堆在一块儿，然后在地板上洒水，再撒一些从湖里捞上来的白沙，接着用一柄扫帚，把地板打扫得干净又亮白。在乡下人用完他们的早餐前，我的屋子就已经给太阳晒得很干燥，完全可以把我的家具搬进屋去了。但是，我却还沉浸在愉快的沉思和幻想之中，完全没有中断的意思。我看着家里全部的家当摆在草地上，堆成一小堆，像一个吉普赛人的行李，我的三脚桌子摆在松树和核桃树下，上面的书、笔和墨都没有拿掉，它们好像很愿意待在外边，也好像很不愿意给人再搬回屋里去。有时我就情不自禁地要在它们上面撑起一个帐篷，然后我就在那里落座。我看着它们沐浴在阳光里，听着风轻抚它们，这真是值得体验的场景，日常熟悉的东西在户外看上去比在室内更有意思呢。小鸟停歇在邻近的树枝上，长生草在桌子下边生长，黑莓的藤蔓缠绕着桌子脚；松果、栗子和草莓叶落了一地。它们也似乎变成了我的家具，变成为桌子、椅子、床架的一部分——因为这些家具曾来到它们中间。

我的房子坐落在一个小山的山腰上，正位于一片大森林的边缘，在一小片松树和核桃树中间，距离湖岸约六杆[1]之远，有一条狭窄的小路从山腰通往湖边。在我屋前的院子里，生长着草莓、黑莓、长生莩、狗尾草、

1　六杆：约合30.18米。1杆 =5.03米。

黄花、矮橡树、野樱桃树、蓝莓和野豆。五月底，野樱桃（学名 Cerasus pumila）在小路两侧开出了柔美的花朵，一簇簇伞状的花围绕着短短的花梗。到秋天，它们就挂起又大又美的野樱桃果实，像那些花一样地垂着，朝四周发散一道道光芒。野樱桃并不好吃，但为了感谢大自然的恩赐，我还是尝了尝它们。漆树（学名 Rhus glabra）在屋子四周长得特别茂盛，穿过了我筑的一道篱墙，头一个季节它就长了五六英尺。它宽大的、羽状的、热带作物的叶子，看起来很奇怪，却让人感到愉快。春末，巨大的蓓蕾突然从一些看似已经枯死的树枝上冒出来，变魔术般地长成婀娜的绿色枝条，直径达到一英寸；有时，我正坐在窗口，看到它们自由自在地生长，压弯了它们自己脆弱的枝干，我听到一枝新生的枝干忽然折断了，像一把羽扇掉落到地上，没有一丝风，它们是被自己的重量压断的。八月，这里有大量浆果，它们曾在开花的夏季引来了许多野蜜蜂，慢慢地，它们染上了鲜亮的天鹅绒般的绯红颜色，它们也被自己的重量压弯，柔嫩的枝条终于也被折断了。

这一个夏天的下午，当我坐在窗口，几只鹰在我屋旁那片林中的空地上空盘旋，野鸽子在疾飞，三三两两地飞进我的视野，或者不安地歇息在我屋后的白松树的枝头，向着天空发出呼叫的声音；一只鱼鹰在平静的湖面上啄出一圈圈涟漪，然后叼走一尾鱼；一只水貂偷偷地爬出我门前的沼泽地，在岸边它捉到了一只青蛙；芦苇鸟在时不时地掠飞，莎草也给它们压弯了；有那么半小时，我听到火车在铁路上驶过的哐当哐当的声音，时而远去，时而又慢慢临近，像鹧鸪在扑扇着翅膀，把旅客从波士顿运到这乡间来。我也并未完全生活在世界之外，不像那个男孩，据说他被送到城市东部的一个农民家里，但他待了没多久就跑回家里，鞋跟都磨破了，他实在想家，他从来没有见过那么乏味、偏僻的地方；那里的人全都跑光了，嗯，你甚至听不见任何人吹口哨的声音！我很怀疑现在的马萨诸塞州还有这样的地方：

真的，我们的村庄变成了一个靶子，
被一支飞箭般的铁路穿过
和平的原野上响着它和谐的声音——康科德。

费奇堡铁路经过距离我的住处南边约一百杆远的湖边，我时常沿着它的堤道走到村子里去，好像我是靠这条链索与社会联络起来的。那些坐在货车上全程跟班的人，会把我当作老朋友般招呼我，来往的次数一多，他们就觉得我是个雇工，我的确也是个雇工。我很愿意我是某一段地球轨道路轨的养路工。

夏天和冬天，火车头的汽笛声穿透了我的这片森林，好像一头从农家院子上空飞过的老鹰发出的尖叫声。这声音是告诉我：有许多心急火燎的城市商人正在来到这个市镇，或者是一些乡村投机商从另一个方向来到这儿。彼此进入对方的视野，他们就互相喊叫着，要对方在轨道上让开点，有时这呼喊的声音两个村镇都能听到。乡村啊，给你送来杂货了；老乡们啊，你们的粮食到了！没有任何人能够拒绝它们而孤傲地生活。乡下人的汽笛也在呼喊：这里是你们给它们的报酬！木材像长长的攻城槌，以每小时二十英里的速度冲向城墙，城里那些负担着沉重生活而疲倦不堪的人现在都有椅子坐了。乡村用这样巨大的付出给城市送去一把座椅。所有印第安山间的黑果全部给采下来，草地上所有的浆果也都采摘下来运进城里。棉花多了，纺织品少了；蚕丝多了，羊毛织品少了；书本多了，可是著书的智力却下降了。

有时我遇见火车头拖着一列车厢像行星那样前进——或者说像一颗彗星，看到它的人不知道火车在这样的速度下向着哪个方向疾驰，还能不能再回来，因为它那轨道不像一条能转回来的曲线；火车的水蒸气像一面旗帜，形成金色银色的烟圈飘荡在后面，好像我看到过的高天上那一团团绒毛般的白云，一大块一大块地扩展开来，反射着阳光——好像这位正在旅行的半神半人，吐出云霞，就是要把夕阳映照着的天空变成它这列车的外衣；有时我听到这铁马吼声如雷，使山谷都回声四起，它的脚步使大地为之震动，它的鼻孔喷出火舌和黑烟（我不知道人们会在新的神话中怎样描写飞马和火龙），好像地球终于有了一个有资格居住其上的新物种。如果这一切确实像表面上看起来的那样，人类掌握了新的工具使它们为一个高贵的目标服务，那该多好！如果火车头上的云真是人们在创建英雄业绩时所冒的汗，或者那蒸汽也跟飘在农田上空的雨云一样对人类有益，那么，各种工具元素和大自然本身都会心甘情愿与人类相守、为人类服务、当人类的保卫者。

我眺望那早班火车的心情，跟我眺望日出时一样，日出也不见得比早班火车更准时呢。火车奔向波士顿，烟雾在它后面拉成长串，然后升上了天空，一会儿就把太阳遮住，让远处的田野笼罩在阴云之下了。这一串阴云是天上的列车，旁边那紧贴大地的小车辆，反倒只是一把标枪的倒钩。在这冬天的早晨，铁马的驾驭者一大早就起床，在星光下、在群山间给马喂草、给它套上马具。火也早早地烧起来了，好让马的体内充满热量，好让它直奔前方。要是这件事既能开始得这样早，又能对这世界没什么害处，那多好啊！积雪很深的时候，人们还给它穿上了雪靴，用了一个巨大的铁犁，从群山中犁出一条路来，直达海边，而车辆像一个播种机，把所有焦躁不安的旅客和流动的商品，当作种子播撒在田野里。一整天，这火马从田野飞奔而过，只在它的主人要休息时才稍作停留。就是半夜里，我也常常被它的步伐和凶恶的喷气声吵醒；在远处森林中的某个山谷里，它遭到了冰雪的围困；只有等到晨星出现它才能进马厩。不过它不需要休息，就立刻又踏上了新的旅途。有时，在黄昏，我听到这铁马在马厩里，释放出了这一天里剩余的能量，让它的神经平静下来，五脏六腑和脑袋也冷静下来，让它能打几个小时的钢铁睡眠。如果这英勇而又庄严的事业，能像这铁马那样坚持不懈、不知疲倦，那多好啊！

在市镇边缘人迹罕至的森林里，从前只在白天里猎人进去过，现在，在漆黑的夜里，在居住在这儿的居民还在沉睡时，却有灯火通明的客厅飞驰而过。此刻火车还靠在一个村镇或大城市亮如白昼的车站月台上，一些社交界人士正聚集在那里，才一会儿它却又出现在郁沉的沼泽地带了，把猫头鹰和狐狸都吓得飞的飞、跑的跑。火车的出站和到站现在成了村子里每一天的大事。它们这样准时地来来去去，而它们的汽笛声老远都能听到，农夫们甚至可以根据它来校正钟表，于是一个组织严密的机构，就使得整个国家都受它的支配。自从火车被发明之后，人类不是比以前更能遵守时间了吗？在火车站上，比起以前在驿车站来，他们不是说话更快、思考更敏捷了吗？火车站有一种令人激动的气氛，好像是连通了电流一样。我对它带来的奇迹般的影响深感惊讶；我的一些邻居，我本来可以绝对肯定他们不会乘这么快的交通工具到波士顿去的，但现在只要钟声一响，他们就已经在月台上等待了。“火车式”作风，现在成为流行的口头禅；任何权力机关经常提出的远离铁轨的真诚告诫，人们一定是要听的。这家伙既不会停下车来宣读法律作为警告，也不能向群众鸣枪示警。我们已经创造了一种命运，一个掌管剪断生命之线的阿特洛波斯，她是永远也不会避让的（就让她成为火车头的名称吧），人们看一看火车时刻表就知道哪一刻，有几支箭要向特定的方向射出；它从不妨碍别人的事，孩子们还乘车去上学呢。我们因此生活得更稳定了。我们都受了教育，可以做退尔（瑞士传奇英雄，被迫在儿子头上放一个苹果然后射箭击中苹果）的儿子，然而空中充满了无形的箭，除了你自己的道路之外，条条道路都是命中安排好了的。那么，你就继续走自己的路吧。

我觉得商业的可取之处，在于它的进取心和勇气。它并不拱手向朱庇特大神祈求。我每天看到商人们做他们的生意，带着勇敢而心满意足的神态，他们做得比自己预想的更多，也许还比他们自己计划中的干得更有成绩。在墨西哥战场的布埃纳维斯塔火线上，能坚持半小时的人，其英勇我觉得还比不上那些在铲雪机里过冬、坚定而又愉快地工作的人；他们不但具有连拿破仑也认为最难得的早上三点钟的作战勇气，他们不但到这样的时刻了都还不休息，而且还要在暴风雪睡着了之后他们才去睡，只有在他们的铁马的筋骨都冻僵了之后他们才去休息。在刮着大风雪的黎明，风雪正猛，要冻结人类的血液，但我听到他们的火车头的低沉的铃声，从列车那道雾蒙蒙的冻结了的呼吸中传来，宣告列车来了，它并未误点，它毫不理睬新英格兰的东北风雪的否决权，我隐约看到那铲雪工人，全身覆盖着雪花和冰霜，头部比推土板稍高，而给推土板翻过去的并不仅仅是雏菊和田鼠洞，还有内华达山上的岩石，那些在宇宙的外界占据了重要位置的岩石。

商业是那么超乎想象的自信、沉着、灵敏、雄心勃勃，而且不知疲倦。不过它采用的方式那么自然，许多幻想的事业和感伤的试验都比不上它，因此它取得了非凡的成功。当一列货车从我旁边呼啸而过，我感到精神抖擞、心胸豁达，我闻到了许多商品的气味，从“长码头”到尚普兰湖的一路上都散发出这些商品的味道，这使我想起了外国，想起了珊瑚礁、印度洋、热带地区以及宽广的地球。我看到那些明年夏天会戴在许多新英格兰人亚麻色的头发上的棕榈叶，我看到那些马尼拉的大麻、椰子壳、旧绳索、黄麻袋、废铁和生锈的钉子，每当这时候，我就觉得自己是一个世界公民。这一车子的破帆，比用它们造成的纸、印成的书，一定是更易懂得、更加有意思。谁能够把这些破帆经历的惊风骇浪，像它们那样生动地描绘下来呢？它们本身就是不需要修改的校样。经过这里的是缅因州森林中的木料，上次水涨时没有扎排运送到海里去，因为运出去或者锯开的那些木料的关系，每一千根涨了四美元，松木、云杉木、雪松——头等、二等、三等、四等，不久前还是同一个质量等级的林木，在熊、麋鹿和驯鹿的上方摇曳。接着隆隆地开来的列车运载的是托马斯顿的石灰，头等货色，要穿越重重群山给送到偏远的山区去，才卸下来的。至于这一袋袋的破旧衣服，各种款式、各种等级都有，这是棉织品和细麻布的身价最低的时候，也是衣服的最后结局——再没有人去称赞它们的款式了，除非在密尔沃基市；这些光耀的衣服质料，英国、法国、美国的印花布、方格布、平纹细布等——从富有的、贫贱的、各方面去收集拢来的破布头，将要变成一色的，或颜色略显深浅不同的纸张，也许会在这些纸张上写下一些真实生活的故事，上流社会下等社会的都有，都是根据事实写出来的！这辆密闭的篷车散发出咸鱼味，强烈的新英格兰的商业气味，这使我联想到大岸滩渔场和那儿的渔业。谁没有见过一条咸鱼呢？它为我们这个世界而被腌制起来，再没有什么东西能使它变坏了，这让那些坚韧不拔的圣人都自叹不如呢。有了咸鱼，你可以扫街，铺路，劈柴火，驾车的人和他的货物也可以躲在咸鱼后面避一下烈日和风雨——至于商人，他可以像一个康科德的商人那样，在新店开业时把咸鱼挂在门上当招牌，一直到最后老主顾都没法说出它究竟是动物还是植物或是矿物，不过它还是白得像雪花，如果你把它放在锅里煮，它还是可以做成一道美味的鱼羹，为星期六晚上的宴会所用。其次是西班牙的皮革，尾巴还是卷曲、往上翘的样子，正如当年它们在西班牙本土的草原上奔驰猛冲时的姿态——这真是很顽固的典型，这说明性格上的一切缺点几乎如同绝症、不可救药。事实上，我承认当我了解个人的本性之后，便觉得在目前的生存情况之下，是没有希望将它能变得更好或者变得更坏。正像东方人说的："一条狗尾巴可以加热、碾轧、捆扎，哪怕这样过了十二年，它还是原来的老样子。"对于这种像狗尾巴一样根深蒂固的本性，只有一个办法，那就是把它们煮制成熟胶，我想通常就是用这办法来对付它们，然后，它们就粘在那儿一动不动了。这里是一大桶糖蜜或者白兰地酒，送到佛蒙特的卡廷斯维尔交给约翰·史密斯先生，他是格林山区的商人，他是为了他住处附近的农民采办进口这些货物的，现在他也许就站在岸边想着最近装到海岸上来的一批货应当卖个什么价格，或许这一次他会告诉他的顾客——这个早晨以前他已把这话说过二十遍了，他说他预计下一次火车会送来一批质量上乘的货物。这已经在《卡廷斯维尔时报》上登过广告。

这些货物运上来，另一些货物运下去。我听见了那疾驰飞奔的声音，从我的书上抬起头来，看到了一些高大的洋松，那是从极北部的山上砍伐下来的，它插上翅膀飞过了格林山和康涅狄格州，它像箭一样只需十分钟就穿过了市镇，人们还没有看清它，它就已经

成为一只旗舰
上面的一支桅杆。

啊，听！运牲畜的列车来了，带来了千山万壑的牛羊，这是空中的

羊棚、马棚和牛棚啊，还有那些带了鞭子的牧民、羊群之中的牧童，除了山中的草场其他的全都来了，它们像树叶被九月的一阵大风从山上吹下来了。空中充满了牛犊和小羊的叫声，公牛们挤来挤去，仿佛它们正经过一个放牧的山谷。当带头羊的项铃叮当作响的时候，大山确实就像公羊那样跳起来，小山则像羊羔那样跳起来。在列车中间是一整车的牧民，现在他们和牲畜受到同等的待遇，他们的职业已经成了过去，但他们还牢牢抓着毫无用处的赶牲口的鞭子，就好像这是他们的证章一样。可是，他们的牧犬到哪里去了呢？这对它们来说是一场大溃败，它们的确被抛弃了，它们已经失去追踪目标的嗅迹。我仿佛听到它们在彼得伯勒山背面吠叫，或者喘着粗气爬上格林山的西边。它们不会见到屠宰牛羊的场面，但它们也失了业，它们的忠心和智慧现在都无所用处了。它们会颓丧地偷偷溜进它们的狗棚，或者就此变成野狗，和狼或狐狸结伴而行。你的牧民生活就这样风卷残云般地消失了。这会儿铃声又响了，我必须离开铁路，让火车开过去——

铁路对我有什么意义？
我绝不会从头看到尾，
弄清它最后到达哪里。
它填平那些坑洼之地，
给燕子筑起长堤，
将黄沙漫天吹起，
叫黑莓到处播撒生机。

可是我跨过铁路，就跟我走过林中小径一样。我可不愿意它的黑烟、蒸汽和叫喊折磨我的眼睛、鼻子。

火车已经开走了，整个不安的世界也就跟着它远去了，湖中的鱼再也感觉不到火车驶过时的震动，我也格外地孤寂了。悠长的下午所剩下的时间里，我的沉思最多只被远处公路上一辆马车或牛车微弱的声响略微打断一下。

有时，在星期天，我听见钟声，发自林肯、阿克顿、贝德福或康科德的钟声，顺风的时候，这是轻柔又甜美的，仿佛是自然的旋律，真应当在旷野飘荡。在森林上空比较远的地方，这声响传出某种摇荡的低沉的鸣声，好像地平线上的松针是大竖琴上的弦给它拨弄着一样。一切声响，从最远的距离听到时，都会产生这样的效果，这是宇宙竖琴的颤动声，就好像眺望远方，看到远远的山脊由于横亘在中间的大气而染上悦目的天蓝的颜色。这样来说，传到我这里来的钟声就是给空气填充后的旋律，它和每一片叶子和每一根松针交谈过，它们吸收这旋律，然后给它转换一个调，再从一个山谷传到另一个山谷。回声在某种程度上还是原来的那个声音，它的魔力与美丽就在此。它不仅重复钟声里值得重复的部分，还部分重复了森林中的声音，这是林中仙女的絮语和她所吟唱的小调。

黄昏，从森林那边的地平线上传来牛哞哞叫唤的声音，甜美而富于旋律，首先我以为是游吟诗人的吟唱，好多次，我听到过他们唱小夜曲，他们常常翻山越岭地漂泊；但是，一会儿这声音拖长为牛叫唤这种廉价的声音，我虽然有点失望，但仍然感到愉快。我这么说没有讽刺的意思，相反，我说游吟诗人的歌声近似于牛的叫唤，是出于对他们歌喉的欣赏之情，这两种声音都是天籁啊。

很准时，在夏天的部分日子里，一旦七点半夜车经过以后，夜鹰就歇在我门前的树桩上或者屋梁上唱半个小时晚祷曲，它们准确得跟时钟一样，每天晚上，日落以后，在一个特定时间前后五分钟之内，它们一定来这儿歌唱。这真是一个让我弄清它们生活习性的难得机会。有时，我同时听到四五只夜鹰在森林中的不同地方歌唱，音调或先或后相差一小节，它们离我那么近，我几乎听得到每个音后面喉舌的咕咕声，有时还听到像苍蝇投入了蜘蛛网所发出的独特的嗡嗡声，只是那声音更响罢了。有时，一只夜鹰在林中距离我几英尺的地方盘旋飞翔，好像有绳子牵住了它们一样，可能是因为我刚好在它们的鸟巢附近。它们整夜都不时地唱，而在黎明前以及黎明将近时唱得尤其悦耳动听。

当别的鸟雀安静下来时，猫头鹰刺耳的叫声就接了上去，像哀怨的妇人，叫着自古传承的"呜——噜——噜"这种悲泣的叫声，这是真正的本·琼生式的风格。智慧的午夜巫婆！这叫声并不像诗人所吟唱的那种真实直板的"嘟也——嘟乎"的声音；不是开玩笑，这叫声像是墓地哀歌，像一对殉情的情人在阴间的山林里想起活着时的爱情的苦痛与欢乐而在互相安慰着。然而，我喜欢听它们的哀号，它们用这悲戚的叫声彼此呼应，这叫声沿着树林边缘发出颤抖的回响，使我不时想到音乐和鸣禽，仿佛它们这含泪的叹息哀号是心甘情愿的。它们是一个堕落灵魂的化身，人们曾赋予它们一种阴郁的精神和不祥的预兆，认为它们曾经是某种夜晚在大地上游荡、干着黑暗的勾当的幽灵，而现在则在这罪恶的场景中用悲泣与哀号来赎罪。它们让我有一种新奇的感觉，觉得我们共处的大自然真是丰富多样。"哦——啊——啊——啊——啊——我要从没出生——生——生——生！"湖的这一边，一只猫头鹰这样叹息着，焦灼而失望地在空中盘旋，最终停歇在一棵灰黑色的橡树上，接着，在湖的那一边，传来了另一只猫头鹰颤抖而真诚的回声："我要从没出生——生——生！"然后，从远远的林肯森林里又传来了一个微弱的回声："出生——生——生！"

还有一只林鸮鸟也向我唱起小夜曲来，它如此近，你可能觉得这是大自然中最悲戚的声音，仿佛这种鸟是要用它的声音来永久留存人类临终的呻吟，永远将这呻吟用歌曲传递下去——这呻吟是人类可怜脆弱的叹息，它们把希望留在后面，在进入阴间的门口时像动物一样地号叫，却又带着人的啜泣声，其中很美的“咯尔咯尔”的曲调，听来尤其可怕——我试图模拟那声音，我一口就念出“咯尔”这两个音符。这声音表示一个混沌的腐坏的心灵，一切健康和勇敢的思想全都完结了。这使我想起了僵尸、白痴和疯子的号叫。可是，现在这声音竟然还有了一个应声，从远处的树林中传来一只猫头鹰的叫声，这回应的声音因为远而听来很优美，嚯——嚯——嚯，嚯啦嚯，这声音倒是引人作愉快的联想，不管你听到时是白天还是黑夜，是夏天还是冬天。

我很高兴这里有猫头鹰。让它们为人类发出愚蠢而疯狂的号叫吧。这种声音最适宜于沼泽与日光照不到的阴暗的森林，使人想起人类还没有完全认知的广阔而未开发的大自然。它们代表着人人都有的昏昧无知与阴郁的思想。太阳整天照在一片荒凉的沼泽上，孤零零的一株云杉披挂着地衣站立在那儿，幼鹰在上空盘旋，山雀在常绿的灌木中叽叽喳喳，松鸡、兔子则在林中躲藏着；可是现在一个更阴郁也更合适的白昼来临了，于是，就有另外一批生物苏醒过来，在那儿昭显着大自然的意义。

夜深了，我听到了远处马车过桥的声音——这声音在夜里听起来特别悠远，还有犬吠声，有时又听到远处牛棚中有一条不安分的牛在叫。与此同时，青蛙的叫声在湖畔轰鸣，这些古代的酒鬼和纵酒作乐的不知悔改的精灵，还要在它们那像冥河似的湖上唱一轮歌，请瓦尔登湖的仙女原谅我打这样的比喻。尽管这个湖没有多少芦苇，但青蛙很多的——它们还是遵循它们古老宴席上那种狂闹的习性，虽然它们的喉咙已经沙哑而且暗哑，它们嘲笑欢乐，酒也失去了原味，变成了只是用来灌饱肚子的液体，美酒再也不会来盖住它们往日的回忆，它们只是觉得喝饱了，肚子沉重、发胀。那只领头的青蛙，下巴放在一片心形的叶子上，好像在流涎的嘴巴下面垫了块餐巾，在湖的北岸，它喝了一口以前瞧不上的水酒，接着把酒杯传给同伴，同时发出了“特尔——尔——尔——龙克，特尔——尔——尔——龙克，特尔——尔——尔——龙克”的声音，立刻，从远处的湖面上传来了这口令引起的回应，这是另一只资历稍浅的青蛙凸起肚子喝了它的那一口酒后发出来的。当这酒令绕湖一周之后，那只司酒令的青蛙就满意地喊着：“特尔——尔——尔——龙克”，然后，每一只都依次重复这口令，一直传递给喝得最不饱的、漏水最多和肚皮最瘪的那只青蛙，自始至终都不出错。然后，酒杯一轮又一轮地传递下去，直到太阳把晨雾驱散，这时就只有一只受尊敬的老青蛙还没有跳到湖底下去，它待在那儿不时地喊出“特龙克”的声音，徒然等待着回应。

我不记得自己是否在林中空地上听过公鸡报晓的声音，我觉得自己应当养一只小公鸡，仅仅把它当作鸣禽看待，仅仅是为了听它发出的音乐。公鸡从前是印第安野鸡，它的音乐确是所有禽类之中最杰出的，如果没有把它们驯化为家禽的话，它的鸣声一定很快就成为我们森林中最著名的音乐，会胜过大雁的嘎嘎叫和猫头鹰的号哭；然后，你再想一想母鸡吧，它们夫君的号角声一停，它们就用咯咯的鼓噪来填充这停顿的时刻！怪不得人类要把这一种鸟编入驯养的家禽中去——更不用说还有鸡蛋和鸡腿了。在冬天的早晨，在这众多禽鸟散步的林中，在它们出生的老林里，野公鸡在树上发出嘹亮而尖锐的啼鸣，数里之外都能听到，回声震荡大地，其他鸟雀的鸣声都给掩盖了——想想看！这啼鸣使全国都变得警醒，谁不会早早起来，一天比一天起得早，直到他无比健康、富有、聪明？全世界诗人都赞美过一些本国鸣禽的歌声，也都赞美过这种外国鸟的啼鸣。任何气候都适宜于公鸡的生长，公鸡甚至比本地禽鸟更服水土。它永远健康、嗓音洪亮、神采从未衰减。甚至大西洋、太平洋上的水手都是听到它的声音就起床，可是它的啼鸣却从没有把我从沉睡中唤醒过。我没有喂养过狗、猫、牛、猪，也没有喂养过鸡，也许你要说我这儿缺少家畜的声音，但我这里也没有搅拌奶油的声音，没有纺车的声音，甚至没有开水在壶中的歌声和咖啡壶的嘶嘶声，当然也没有孩子的哭声来安慰我。一个守旧的人到这儿可能会发疯或者沉闷致死。甚至连墙里的耗子也没有，它们都饿跑了，也许它们根本就没有被引来过——只有松鼠在屋顶上、地板下，夜鹰在房梁上，窗外是一只尖叫的蓝羽樫鸟，一只兔子或者一只土拨鼠在屋子下面，屋后有一只仓鸮或者猫头鹰，湖上有一群野雁，或是一只发笑的潜鸟，还有夜里呜呜叫的狐狸。甚至云雀或黄鹂这些温柔的禽鸟都没有来访问过我的林中小屋。院子里没有公鸡啼叫也没有母鸡聒噪。其实，根本就没有院子！没有篱笆阻拦的大自然一直伸展到你的门口。一片小树林在你的窗下蓬勃生长直到你的窗楣上，野漆树和黑莓的藤蔓爬进了你的地窖；挺拔的苍松挤靠着木屋，因为地盘不够，它们的根直钻到屋子底下。窗帘不是给大风刮跑了，而是那当窗帘的一棵松树的松枝被你折下来做了燃料或者连根拔起当柴烧了，通到前院门的路不是被大雪挡住了，而是没有门，没有前院，没有通往文明世界的路！

孤独

这是一个令人愉快的黄昏，全身每一个毛孔都充盈着喜悦的感觉。我在大自然里奇异地自由来往，成了它的一部分。我只穿衬衫，沿着铺满石块的湖岸散步，天气虽然寒冷、多云、有风，也没有什么特别的东西把我吸引，但这整个环境却与我的身心分外相宜。蛙鸣声声，夜幕降临，夜鹰的奏鸣曲借着吹起涟漪的风儿从湖上传来。摇曳的赤杨和白杨，唤起我内心的热情，几乎让我不能呼吸；然而，像湖水一样，我的宁静和心境虽起了涟漪但并没有起伏不定；而在如镜的湖面吹起微波的晚风，也跟什么风暴相去甚远。尽管天色黑了，风还在森林中吹着，呼啸着，波浪还在轻拍堤岸，一些生物还在用它们的乐音催眠着另外一些生物。当然不会是绝对的宁静，那些凶狠的野兽就不会保持宁静，现在正寻找着它们的猎物；狐狸、臭鼬、兔子，也正在原野上和森林中漫游，它们并没有恐惧，它们是大自然的看守者——是连接生机勃勃的白昼的一个又一个环节。

我回到家时，发现有访客来过，他们还留下了自己的名片呢，有的是一束花，有的是一个常绿树枝编的花环，或者是用铅笔写在黄色的胡桃叶或者木片上的一个名字。难得进入森林的人常会把森林中的一样小东西拿在手里玩，他们或者是故意的，或者是无心的，又把这些小东西留在我这儿了。有一位剥下了柳树皮，用它做成一个戒指，丢在我桌上。我出门时有没有客人来过，我总能察觉，不是通过弯曲的树枝或者倒伏的青草看出来，就是通过他们的鞋印看出来。一般来说，从他们留下的细微痕迹里我还可以推测出他们的年龄、性别和性格，比如掉在地上的一朵小花，一把随手抓来又扔掉的青草——哪怕带到半英里外的铁路边才扔掉，以及残留的还没完全散开的雪茄烟或烟斗的气味。我常常还能从烟斗的气味察觉到六十杆之外的公路上有一个旅客正打这儿路过。

通常，我们的居所周围总有一片很大的空间。地平线从来就不在我们触手可及的地方。茂密的森林、宽阔的湖泊并不就在我的门口，总还有着一块我们熟悉而且由我们使用的空地，被我们整理过，被我们围了篱笆，仿佛是我们从大自然那儿夺取得来的。凭什么我能够拥有这么阔大的、没有人迹的好几平方英里的一片森林，它被人类放弃而专供我隐居呢？我最近的邻居在一英里外，从这儿看不到什么房子，除非登上那座半英里之外的小山顶。我的地平线全给森林围住了，专供我个人享用，极目远望，只能望见那沿湖伸展的铁路和在湖的另一端沿着山林公路伸展的篱笆。但总体来说，我居住的地方，跟在大草原上一样荒寂。这里是新英格兰，也可以说是遥远的亚洲和非洲。可以说，我似乎有我自己的太阳、月亮和星星，有一个完全属于我自己的小世界。夜晚，从不会有一个人经过我的屋子，或者来敲我的门，我仿佛是这世界的第一个人或者最后一个人。

除非在春天里，隔了很长时间，偶尔会有人从村里来钓鳕鱼——在瓦尔登湖，很显然他们更多的是钓他们自己的天性，钩子上钩着黑夜当钓饵。不过他们很快就都撤离了，常常是提着没什么分量的鱼篓，把“世界留给黑夜和我”，而黑夜的核心是从没遭受人类这个邻舍的污染。我相信，人们总是有点儿害怕黑，虽然妖巫都给吊死了，基督教和蜡烛的火焰也都已经传给了人类。

但我有这样的体会：即使是最愤世嫉俗的人、最忧郁的人，也能在大自然的事物中，找出最甜蜜温柔，最纯真最鼓舞人的朋友，一个人只要生活在大自然之中，只要还有感觉器官，他就不可能有太阴沉的忧郁。对于健康而纯洁无邪的耳朵，暴风雨就是风神演奏的音乐。这世界没有什么能合情合理地迫使一个单纯而勇敢的人堕入庸俗的伤感之中。当我享受着大自然四季的友谊时，我相信，不管什么都不能让生活成为我的负担。今天有雨水洒在我的豆田上，我不得不在屋里待上一整天，但这雨并不能使我感到沮丧，也不能使我感到郁闷，这雨对于我可是大有好处啊！虽然它使我不能去锄地，但下雨比我锄地要有价值得多。如果雨下得太久，会使地里的豆种坏掉，使低地的土豆坏掉，但它对高地的草还是有好处的，既然它对草有好处，它对我也是有好处的了。有时，我把自己和别人做一番比较，觉得我好像比别人更得诸神的宠爱，比我应得的本分还要多；好像我有一张保证书和担保契约在诸神手上而别人都没有，我因此得到了特别的指点和保护。这并不是自我夸耀，如果有可能的话，倒是诸神夸奖了我。我从不觉得寂寞，也一点感受不到孤独的压抑，只有一次，那是在我进了森林几星期之后，有那么一个小时我感到疑惑，不知道自己应当在这儿过宁静而健康的生活还是应当有一些邻居，身处孤独的状态的确有点不愉快。与此同时，我也感觉到我的情绪有些失常，而且也能感到自己会恢复正常。当这些思想占据我身心的时候，我突然感到温和的细雨飘落下来，在这滴答滴答的雨声中，我屋子周围的每一个声音和每一幅景象都蕴含着无边无际的美好又友爱的情感，一下子我感受到一股支持我的强烈气氛，感到能跟大自然做伴是如此温馨友善，把我思绪中的有关于邻居的种种好处完全比下去了。从那之后，我就没有再想起过没有邻居这件事了。每一枝小小松针被同情心鼓舞着膨胀起来，被一股指向我的友情胀大起来。我明显地感到这里存在着骨肉般的亲情，虽然我是在一般人所说的阴郁荒凉的处境中，然而那最接近于我的血统并最富于人性的，并非某一个人或某一个村民，所以，从今往后，再也不会有什么地方能使我觉得陌生的了。

哀痛使哀痛的人容颜衰老；
在生者的大地上人们时日无多，
托斯卡的美丽的女儿啊。

我最愉快的时光是在春秋两季暴风雨无休止地下着的时候，我整天都被关在室内，只有大雨不停止的咆哮和倾倒之声安慰着我；黄昏来得很早，接着是漫漫长夜，其间有许多思想在我头脑里扎下了根，并伸展开来。在那种来自东北方向的倾盆大雨中，村中那些房屋都受到了考验，女用人都拎着水桶和拖把，在大门口阻止雨水侵入。我坐在我小屋子的门后，只有这一道门，却完全能给予我保护。在一次雷阵雨中，曾有一道闪电击中湖对岸的一株油松，从上到下，划出一道深约一英寸多、宽约四五英寸的、很明显的螺旋形的深槽，就好像那种人们在手杖上刻的槽一样。那天我又经过它，一抬头看到这个痕迹，真是惊叹不已，八年前留下的那个可怕的、不可抗拒的闪电的痕迹，比以前更为清晰可见。人们常常对我说：“我想你在那儿住着，一定很寂寞，一定想跟人们接近一下的吧，特别在下雨下雪的白天和夜晚。”我真想试着这样回答：我们居住的整个地球，在宇宙之中不过是一个小点。天空中的一颗星星，我们的天文仪器还无法测量出它有多么大呢，你想想它上面两个相隔最远的居民又能有多远的距离呢？我怎会觉得寂寞？我们的地球难道不在银河之中？你提出的问题在我看来是最不重要的。到底是怎样一种空间才能把一个人和他的同伴们隔开从而使他感到孤独寂寞呢？我已经发现了，无论两条腿怎样努力也不能使两颗心灵更加接近。我们最愿意和谁紧邻而居呢？当然不是靠近车站、邮局、酒吧、聚会场所、学校、杂货店、灯塔山或者五点山等这些人们常常相聚的地方，人们倒是更愿意接近那生命的不竭之源泉的大自然，在我们的经验中，我们时常能感到生命的活力从那儿流出，好像水边的杨柳，一定向着有水的方向伸展它的根须。人的性格不同，所以需要也很不相同，可是一个聪明人会把他的地窖挖掘在靠近不竭之源泉的大自然的地方……有一个晚上在走向瓦尔登湖的路上，我赶上了一个镇上的同乡，他正赶着两头牛到镇上去，他已经积存了所谓的“一笔很可观的产业”，虽然我从没有觉得这有多么了不起。当时，他问我，我怎么能甘心抛弃这么多人生乐趣？我回答说，我确信自己很喜欢我这种生活：我不是在开玩笑。就这样，我回家，上床睡了，让他在黑夜泥泞之中小心赶路，到布赖顿或者所谓的光明之城去，他大概要到天亮时分才能赶到那里。

对一个死者来说，任何觉醒或者复活过来的前景，都使时间与地点这两个生活要素变得无足轻重。可能发生这种情形的地方都是一样的，对我们的感官有不可言喻的欢乐。可是我们中大部分人只让表面的、很短暂的事情作为我们所从事的工作。事实上，这些正是使我们分心的原因。最接近万物的就是创造万物的那股力量。其次接近我们的是那不停地发生作用的宇宙法则。再次接近我们的，不是我们雇用的工人（我们总喜欢和他们谈话），而是创造了我们本身的那个工匠。

“鬼神之为德，其盛矣乎。”

“视之而弗见，听之而弗闻，体物而不可遗。”

“使天下之人，斋明盛服，以承祭祀，洋洋乎，如在其上，如在其左右。”

我们是一个实验的材料，我对这个实验很感兴趣。在这样的情况下，难道我们不能够暂时离开我们那飞短流长的社会，只让我们自己的思想来激励我们？孔子说得好：“德不孤，必有邻。”

有了思想，我们就可以在清醒的状态下感到欣喜若狂。只要我们的心灵自觉地努力，我们就可以超然于自己的行为及其后果之上；一切好事坏事，就都像从我们身边经过的急流。我们并不是完全置身于大自然之中。我可以是急流中一片浮木，也可以是印度教里那从空中望着尘世的因陀罗。我看戏时可能会感动，但另一方面，对我至关重要的一件事却可能不会感动我。我只知道我自己是作为一个人而存在的，也可以说我是我自己的思想与感情的一个舞台，我多少有着双重人格，因此我能够远远地看自己如同看别人那样。不论我的体验如何强烈，我总能感觉到我自己的一部分站出来批评我，好像它不是我的一部分，只是一个旁观者，并不分享我的经验，而只是注意到了它；正如他并不是你，他也不能是我。等到这场很可能是悲剧的人生的戏剧演完，观众就自己散了。关于这第二重人格，它当然是虚构的，只是想象力的创造物。但有时这双重人格很容易使自己变成别人差劲的邻居、差劲的朋友。

我觉得孤独在大部分时间内都是有益于健康的。有了同伴，即使是最好的同伴，很快就令人感到厌倦、身心疲惫。我喜欢孤独。我从没有发现过比孤独更好的同伴了。到公共场合去置身于人群之中，我觉得比独处一室更加孤独。一个在思考或在工作的人总是孤独的，不管他在哪儿，孤独不能以一个人距离他的同伴多少英里数来计算。真正勤奋好学的学生，在剑桥学院最拥挤的蜂房内，跟沙漠中的一个托钵僧一样孤独。农夫可以一整天独自在田地上或者在森林中劳动，耕地或伐木，他不觉得孤独，因为他在劳动；但是到晚上，他回到家里，却不能独自在室内胡思乱想，而必须到他“能看得见人”的地方去消遣一下，按他的意思，是要补偿他一天的孤独。因此他很纳闷，为什么学生们能整日整夜坐在室内不觉得无聊与烦闷呢？不过，他不明白学生虽然在室内，却是在他的田地上工作，在他的森林中采伐，像农夫在田地或森林中劳动一样，并且，学生也要像农夫那样找点消遣，或者参加社交活动，尽管那些形式可能更加浓缩一些。

社交通常没什么价值。我们聚会的时间往往很短促，来不及使彼此获得任何新的有价值的东西。我们在一日三餐的时间里会面，大家重新尝尝我们这种陈腐的乳酪。我们都必须遵守所谓的礼节和礼貌的若干条规则，使得这种经常的聚会能彼此相安无事，避免公开争吵甚至冲突。我们在邮局碰面，在社交场所碰面，每晚在炉火边碰面；我们生活得太拥挤，互相干扰，彼此妨碍，因此我想，我们彼此已不那么互相尊重了。所有重要而热情的聚会，次数少一点也够了。试想工厂中的女工——从来就不能独个儿生活，甚至在梦里也难得孤独。如果一平方英里只住一个人，像我这儿，那一定要好得多。人的价值并不在他的皮肤上，所以我们不必要非得去碰彼此的皮肤。

我曾听说有人在森林里迷了路，饿得要命，又累得要命，他躺倒在一棵树下，由于身体虚弱，他看到了周围有许多奇怪的幻影，这使得他的孤独感消失了，而且，由于他病态的想象力，他以为它们都是真的。同样，身体和灵魂都很健康有力的时候，我们也能不断地获得类似的，但更正常、更自然的安慰和鼓舞，从而懂得我们不是孤独的。

我在我自己的屋子里有许多伴侣，尤其是在早上还没有人来访问我的时候。让我来做几个比较，或许能更好地传达出我的情况。我并不比湖中高声大笑的潜鸟更孤独，我并不比瓦尔登湖本身更孤独。我倒要问问这孤独的湖有谁可以与之做伴？然而在它蔚蓝的水面上，却没有忧郁的魔鬼，只有蓝色的天使。太阳是寂寞的，除非乌云满天，有时候好像有两个太阳，但其中一个是假的。上帝是孤独的——可是魔鬼绝不孤独，他看到许多伙伴，他要拉帮结派。我并不比一朵毛蕊花或牧场上的一朵蒲公英更孤独，我不比一片豆叶，一根酢浆草，一只马蝇，或者一只大黄蜂更孤独。我不比米尔溪更孤独，也不比风向标、北极星、南风、四月的阵雨、一月的融雪，或新屋子里的第一只蜘蛛更孤独。

在冬天的长夜里，雪疾飘，风在森林中怒号的时候，偶或有一个老年的移民——也即原先的领主来拜访我。据说他曾挖掘过瓦尔登湖，铺上了石子，沿湖种了些松树；他告诉我古老的和新的永恒的故事；我们就这样一起过了一个愉快的夜晚，这种交往令人满心喜悦，彼此交换对事物的不同看法也令人惬意，尽管没有苹果或苹果酒助兴。这个老人是极聪明又幽默的朋友，我很喜欢他，他比历史上因"弑君"而逃亡的戈夫与惠利知道更多的秘密。尽管人们说他已经死了，却没有人能说出他的坟墓在哪里。还有一个老太太，也住在我的附近，大部分人根本看不见她，我却有时候很高兴到她的芳香的百草园中去散步，采集点药草，听她讲讲寓言故事；因为她有无与伦比的丰富创造力，她的记忆力可以追溯到比神话更早的时代，她可以把每一个寓言的来源告诉我，还能告诉我哪一个寓言是依附了哪一个事实而来的，因为这些事都发生在她年轻的时候。她是个面色红润、精力充沛的老太太，无论在什么天气里或什么季节里她都欢欢喜喜，看样子她很可能比她所有的孩子活得更长久。

大自然的纯洁和恩惠真是难以形容——阳光、风雨、夏天、冬天，这些东西如此康健、如此欢乐，永不停息。大自然对我们人类这样富于同情心，如果有人为了正当的原因而伤心悲痛，大自然也会受到感动，太阳为之黯淡失色，风会发出富有人情味的悲叹，云会化成泪雨，树木落下片片叶子，在仲夏时节就披上了丧服。难道我不该与土地声息相通吗？难道我自己不也是部分地由绿叶与青菜组成的吗？

是什么药物使我们健康、宁和与满足呢？不是你我的曾祖父的药物，而是我们的大自然这位曾祖母的无所不能的植物性药材，她自己也靠这种药材而永远年轻，活得比知名寿星老帕尔还要长久，他们腐朽的脂肪衬托了她的健康。那种江湖医生用冥河水和死海海水混合配成的药水，装在小药瓶子里，用那种浅长形黑色船状车子运往各个地方，但这不是我的万灵妙药，还是让我来吸一口纯净、没有稀释的早晨的空气。早晨的空气！如果人们不愿意在每天的开始喝这种泉水，那我们就必须把它们装在瓶子内，放在店里出售，卖给世上那些失去早晨预订券的人。可是要记住，这种装在瓶子里的泉水即使冷藏在地窖里一直保持到正午，但正午之前它会早早地冲开瓶塞，跟随曙光女神的脚步西行。

我并不崇拜那司管健康的女神，她是古老的草药神医的女儿，在纪念碑上，她一手捉一条蛇，另一只手握着一个杯子，而那条蛇不时地喝那杯中的水；我宁愿崇拜青春的女神，她是朱庇特的斟酒女神，为诸神司酒行觞，她是朱诺和野生莴苣的女儿，能使神和人都永葆青春。她也许是地球上出现过的最健康、最充满活力的少女，她走到哪里，哪里就是春天。

访客

我想，我也像大多数人一样喜爱社交，就像吸血的水蛭碰到任何血液充足的人；我也会用我的方式，紧紧抓住别人不放。我不是一个隐士，要是有什么事情让我进一个酒吧去，在那里坐得最长久的人也不一定坐得过我。

我的屋子里有三把椅子，孤独一人时用一把，来了朋友用两把，交际时用三把。要是来的访客太多，多得出乎意料，也还是只有三把椅子给他们使用，他们一般都站着，很节省地方。令人惊奇的是我的小房间里竟可容纳这么多的男人和女人。有一天，我的屋子里来了二十五至三十个灵魂以及他们所依存的身躯；然而，我们分手的时候似乎不觉得我们彼此如此接近过。我们的许多房屋，无论公共的或者私人的，有几乎数不清的房间、有巨大的厅堂，以及贮藏各种酒和其他和平时期军需品的地窖。我总觉得对住在里面的人说来反而是不适当的。它们如此宽敞又奢华，住在里面的人仿佛是一些寄生虫。有时令我深感惊异的是：当那些大旅馆如特里蒙特、阿斯特或米德尔塞克斯的服务员大声通报有客来了，却只看到一只可笑的小老鼠，偷偷爬过游廊，随即又慌忙钻进人行道上的一个小洞不见了。

我也曾感到我的这样小的房间有不方便的地方，当客人和我用生僻辞藻谈着宏大问题的时候，我就难以和客人保持一个适当的距离了。你得有足够的空间，好让你的思想准备好可以起航，并在入港前打两个转身。你的思想的子弹必须克服它的横跳和跳飞的动作，稳定而笔直地前进，才能到达听者的耳内，要不然它就会从听者的脑袋旁边穿过去。还有，在这中间我们的语句也要有足够的地盘来展开和排成它自己的队形。个人，正像国土一样，必须有适度的、宽阔而自然的疆界，甚至在疆界之间，要有一个相当开阔的缓冲地带。我发现我很享受跟一个住在湖那边的朋友隔湖谈天。在我的屋子里，我们太接近，以致无法倾听——我们没法说得很轻，又能使彼此都听清；好比你扔两块石子到静水中去，扔得太近，它们会破坏彼此的涟漪。如果我们只是喋喋不休、大声说话的人，那么，我们倒愿意紧紧地挨着，彼此能感到对方的气息；但要是我们说话很含蓄又富于思想，那我们就得隔开一点，以便我们的动物性的热度和湿度有空间散发掉。如果我们要与彼此分享内心深处一些不可言传只可意会的东西，若要最亲昵地享受我们的交流，我们不仅要保持沉默，还得让彼此身体的距离远一点，要彼此在任何情况下都几乎听不见彼此的声音才好。根据这个标准，大声说话只是为听力不好的人提供方便；可是有很多美妙的事物，要是我们大喊大叫，那就无法言传了。谈话时的调子越来越崇高、越来越庄重，我们就得渐渐地把椅子往后挪动，越挪越后，直到我们碰到了后面的墙壁。通常这时候我就会觉得我的房间不够大了。

然而，我“最好的”房间，当然是我退隐的那间屋子。它随时准备招待客人，但太阳却很难得照到它的地毯上。它就是我屋后的那片松林。在夏天，来了贵宾，我就带他们上那儿去。有一个难能可贵的管家已打扫好了地板，擦拭掉了家具上的灰尘，一切都井然有序了。

如果只来了一个客人，有时要分享我的简朴的饭食；一边煮一顿玉米糊，或者看着面包在火上膨胀、烤熟，一边同访客说话，而不间断。可是如果一次来了二十个人坐在我的屋子里，关于吃饭这个问题就不好提了。虽然我所有的面包还够两个人吃，可是这会儿吃饭好像成了一个大家都已戒掉了的习惯；大家都禁食了，但这算不得失礼，反倒被认为是合情合理的、考虑周全的办法。向来急迫的肉体生命的消耗，现在却被拖宕了，而生命的活力仍然能持续下去。像这样，要招待的人如果达到一千而不止二十个的话，我也可以招待；如果来访者看到我在家，却饿了肚子带着失望的情绪回去，他们至少可以肯定，我是同情他们的。建立起新规矩、好习惯来代替旧规矩、旧习惯是容易的，尽管许多当家的对此怀疑，因为你的名誉并不是靠你请客吃饭挣来的。至于我自己，哪怕看管地狱之门的三个头的怪犬也不能阻挡我去别人家做客，而大摆筵席请我吃饭却一定会吓住我。我认为这大约是客气地兜圈子暗示我以后不要再去麻烦他了。我想我从此绝不会再去这种地方了。我会自豪地用几行斯宾塞的诗来做我的陋室铭。这几行诗是一个访客在一张当名片的黄色胡桃叶上写下来的：

来到这里，他们挤满了小屋，
不寻求那些本来就不会有的欢娱；
休息就是飨宴，一切顺其自然，

最高贵的心灵最善于知足常乐。

担任过普利茅斯殖民地总督的温斯洛，曾带着一队人穿越森林去拜访印第安大酋长。他们到达酋长的棚屋时又疲倦又饥饿。这位酋长热情恭敬地接待了他们，可是这一整天却没有提到吃饭的饮食。夜晚到来，引用他们自己的话说吧——“他让我们睡到他自己和他夫人的床上。他们睡在一头，我们在另一头。这张床其实就是一块离地一英尺的木板，上面只铺了一条薄薄的席子。他手下的两个头目，因为房屋空间不够，就紧紧挤在我们身旁。这样，我们住了一晚后觉得比前一天的长途跋涉还累。”第二天一点钟，大酋长“送来两条他打的鱼”，每条有三条鲤鱼那么大；“鱼烧好了，至少有四十个人要分享它。总算大部分人都吃到了。这是两夜一天的时间里我们吃到的唯一一顿饭：要不是我们这边有人买到了一只鹧鸪，那我们这次旅行无异于绝食旅行了”。温斯洛他们担心既缺少食物又缺少睡眠——这是因为“那种野蛮人的野蛮的歌声（他们总是唱着歌为他们自己催眠）”，这样可能会使他们晕倒。为了在自己还有力气的时候回到家里，他们就告辞了。他们在住宿方面确实没有受到好的招待，虽然使他们深感不便的，倒是印第安酋长的那种礼遇。至于食物方面，我觉得他们未必比印第安人做得好。印第安人本来没有东西吃，但印第安人真是聪明，他们懂得道歉代替不了食物；所以他们就勒紧自己的裤带，对食物只字不提。温斯洛后来还去过一次，那正好是印第安人食物很丰富的季节，所以在这方面就没有感到先前的那种不足。

至于人，哪儿都有人。到森林里来拜访我的客人比我这一生中的任何时期都要多；也就是说，我还是有不少客人的。我在那里见到几个客人，比起别的场合来，在那种环境下见到他们要好得多。不过，很少有人是为小事而来找我的。在这方面，我的住处离城镇较远，这一段距离就把客人们先行筛选了一下。我退入寂寞的大海深处，社会的河流一条条汇入海洋。就我的需要而论，落在我周围的大多是最美好的沉积物。而且还有一片在大海彼岸尚未被发现和开发的大陆，也似乎有漂移到这儿来的趋势呢。

今天早晨来到我住处的，不就是一位真正的荷马式或帕夫拉戈尼式的诗意的名字，很抱歉的是我不能在这里写出来。他是一个加拿大人、一个伐木做柱子的人，一天可以在五十根柱子上凿出洞。他刚刚吃了一顿他的狗所捕获的一只土拨鼠。他也听说过有荷马这个人，并且说“要不是我有书本”，他就“不知道如何打发下雨的日子”，虽然好几个雨季以来，也许他还没读完过一本书。在他自己那遥远的家乡，曾有一个懂希腊文的牧师教他读《圣经》里的诗篇。现在，他手拿着那本书，我必须给他翻译阿喀琉斯责怪普特洛克勒斯不该满面愁容的那段：“普特洛克勒斯，干吗哭得像个小姑娘？”

> 你是否从毕蒂亚那儿得到了什么秘密消息？
> 阿克托耳的儿子墨诺提俄斯还活在人世，
> 埃阿科斯的儿子珀琉斯也活在人世，就在迈密登人当中；
> 除非他俩有一个死了，我们才应该感到悲痛。

他对我说：“这诗好。”他手臂下夹着一大捆星期天早晨收集来的白橡树皮，这是给一个病人的。他说：“我想，今天去找这样的东西应该没什么关系吧。”他认为荷马是一个大作家，虽然荷马写了些什么他并不知道。再要找一个比他更单纯、更自然的人是很不容易的。罪恶与疾病，使这个世界变得阴沉忧郁，对他来说却几乎是不存在的。他大概二十八岁，十二年前他离开加拿大和他父亲的家来到美国找工作，计划挣点钱，将来买一个农场，应当在他的故乡买吧。他是从最粗糙的模型里铸造出来的，有一副强壮而笨拙的块头，但态度却非常文雅，一个晒得黝黑的大脖子，一头浓密的黑头发，一双没有神采的昏昏欲睡的蓝眼睛，偶尔也闪烁出带着表情的光亮。他头上戴着一顶灰色的平顶帽，身穿一件肮脏的羊毛色厚大衣，脚蹬一双牛皮靴。他常常用一个铅皮桶来装他的饭菜——他吃肉的胃口很大——走到离我屋子两英里外的地方去工作。他整个夏天都在伐木。他吃的冷肉，常常是冷的土拨鼠肉；咖啡则装在一个石头罐子里，用一根绳子系在他的皮带上。他有时还请我喝上一口。他来得很早，穿过我的豆田，不过，他并不急着动手工作，像所有的那些北方佬一样。他不愿意伤害自己的身体。如果收入只够填饱肚子，他也不在乎。要是他的狗在半路上咬住土拨鼠了，他就把饭菜放在灌木丛中，往回走一英里半路把土拨鼠弄好，放在他借宿的那所房子的地窖里，但是在这之前，他要考虑半个小时来决定是否能把土拨鼠安全地浸在湖水中一直到晚上——他经常要花很多时间来考虑这类问题。早上，他路过的时候总说，“鸽子飞得多么的密集啊！如果我不需要每天都工作，那我仅仅打一下猎就可以得到我所需要的全部肉食——鸽子、土拨鼠、兔子、鹧鸪——老天！一天下来就够我吃一个星期的了”。

他是一个熟练的伐木工。他陶醉于自己的这门手艺。他能齐着地面把树砍下来。这样，从根上再生的新芽就更加强壮，而运木料的雪橇也就能从树根上平滑地溜过去；而且，他不是用绳子来把大树拉倒，而是把树根处砍削成细细的一根或者薄薄的一片，最后，你只用手轻轻一推，树就能倒地了。

他让我产生了兴趣是因为他这样安静、寂寞而又内心愉快。他的眼睛里溢出许多幽默感和满足的神情。他的快乐并没有掺入其他的成分。有时，我看到他在森林中劳动、砍倒树木，他用一阵无法形容的满意的笑声和加拿大腔的法语向我问候。他的英语其实也说得不错。我走近他，他就会暂时停止工作，克制住自己的喜悦，躺倒在他砍下的松树旁边，把树枝里层的皮剥下来卷成一个圆球，笑着说话时，一边还咬着它。他如此朝气蓬勃，有时遇到一些使他想起便心里痒痒的事情，他就倒在地上大笑不止，笑得直打滚。他环顾四周的树木，大声叫喊："真的！在这里伐木真有意思，再也找不到更好的消遣了。"闲下来的时候，他带着把小手枪在林中整天优哉游哉，走一会儿就向自己鸣枪致敬。冬天他生一堆火，中午在一个壶里把咖啡加热。当他坐在一根木头上吃午饭的时候，偶尔有鸟雀飞过来，歇在他的胳膊上，啄他手里的土豆。他说他"喜欢身旁有这些小家伙"。

在他身上，有一股彪悍的个性。论体力上的耐性与满足，他可以跟松树和岩石有得一拼。有一次我问他，整天做工，到晚上会不会觉得累。他目光真诚而严肃地回答："老天做证，我这辈子就从没觉得累过。"但他的智力，即一般所谓的身体的灵性却还在沉睡着，跟婴儿一样。他所受的教育，纯粹是以天然的、低效率的方式进行着，就像天主教神甫用来教育土著人所采用的方式。用这种方式，学生不可能有自主的思考意识，而只有信任和遵从的意识：一个孩子并没有被教育成人，他依然还是个孩子。大自然这样养育他：给他一副强壮的身体，使他满足于自己的命运，在各方面用敬意和信任支撑着他。这样他就从可以像儿童一般，一直活到七十岁。他是这样单纯，一点也不虚伪，以至于不需要介绍他，正如你不需要向你的邻居介绍土拨鼠一样。他需要慢慢来认识自己，跟你需要慢慢认识自己一样。他不需要扮演什么角色。人们因为他的工作而给他钱，这让他得到了衣食；可是他从来不跟人们交换意见。他这样单纯、自然，以至于谦卑的性格——如果无所欲求可以称作谦卑的话——在他身上反而并不明显了，甚至他自己也不觉得。在他看来，稍有见识的人简直就是仙人。如果你告诉他这样一个人就要来了，他似乎觉得这么隆重的事情肯定与他无关，事情会顺其自然地朝着好的方向发展，还是让人们忘了他吧。他从来没有听到过赞美他的话。他特别尊敬作家和传教士，他认为他们的工作神气得很。当我告诉他我也写过很多东西时，他想了一会儿，以为我说的是书法，因为他也能写出一手好字。有时候，他在公路旁的积雪上很秀丽地写着他那家乡的教区的名字，并标上了法文的重音记号。我一看到就知道他曾打这儿经过。我问过他有没有想过把自己的想法写下来。他说他曾经给那些不识字的人念过信、写过信，但从未试过写下自己的思想——不，他不能，他不知道应该先写什么，这会让他伤透脑筋的，而且他写的时候还得留意拼写！

我听到过一个杰出的聪明人兼改革家曾问他是否希望这世界改变，可他却惊讶地笑了笑。他还从来没有想过这问题呢，于是，他用一副加拿大口音回答说："没有必要，我很喜欢它。"如果一个哲学家跟他谈话，可以从他这儿得到很多东西。在陌生人看来，他对许多问题一窍不通；可是，我有时候在他身上看到了一个我从未见过的人。我不知道他究竟是像莎士比亚那样聪明，还是像小孩那样幼稚；也说不明白他是个富于诗意的人呢，还是过于笨拙。一个市镇上的居民告诉我，他曾看到这位老兄头上扣着一顶又紧又小的帽子优哉游哉地穿过村子，一边自在地吹着口哨，不禁让他想起了微服出行的王子。

他只有两本书：一本历书和一本算术书；后者他很精通，而前者在他看来则好似一本百科全书。他认为那是人类思想的精华，事实上，在很大程度上来说，也确实如此。我喜欢探问他对一些现代变革的看法，他没有一次不是回答得简单又实际。他从未听到过这种问题——没有工厂他能行吗？他说他穿的是家庭手工织的佛蒙特州的灰布衣服，他说这很好嘛。他可以不喝茶也不喝咖啡吗？这个国家除水之外，还供应什么饮料呢？他说将铁杉叶浸在水里，在天热时喝起来比水好。我问他没有钱是否可行，他就向我说明有了钱是多么方便，说得仿佛是有关货币起源的哲学探讨一样，正好符合 pecunia[1]这个字的字源——如果一头牛是他的财产，他现在要到铺子里去换一点针线，那么，他要一部分一部分地把这头牛拿去抵押很不方便。他能够替许多制度辩护，比哲学家要强得多，因为他说出的理由都和他的生活息息相关。他说出了它们之所以存在并发展的真正理由，他可不会想出任何间接的理由。有一次，他听到柏拉图给人所下的定义——没有羽毛的两足动物。于是有人拿来一只拔掉羽毛的雄鸡，称之为柏拉图的人。他却说出这两者的重要区别：膝盖弯向不同的方向。有时候，他会大声喊道："我多么喜欢闲谈啊！真的，我能够谈上一整天！"有一次，我有几个月没见到他，我问他夏天里可有了什么新的想法。"老天爷，"他说，"一个像我这样必须工作的人，如果他总有一些想法保留在脑子里那就好了。如果跟你一起耕地的人打算跟你来一场比赛，老天，你的心思就全都在这上头了：你想到的只是除掉杂草。"碰到这种情况，有时他会先问我是否有什么进步。有一个冬天我问他是否这时很知足，希望在他的内心找一样东西代替外在的牧师，也就是所谓的有崇高的生活目的。"知足！"他说，"有的人满足这些东西，有的人则满足另一些东西。也许有人什么都不缺了，他就会整天背烤着火，肚子向着饭桌，这是真的！"

---

1 pecunia："银"的拉丁语根，本是"牛"的意思。

不过，我挖空心思还是不能让他关注于事物的精神方面。他能想出的事情的最高境界就是“绝对有利”，这跟动物差不多；事实上，这一点也是大多数人的最高原则。我建议他在生活方式上做一些改进，他则回答说，已经迟了，可他并不感到一点遗憾。不过，他完全信奉诚实以及与之类似的美德。

从他身上可以察觉到他确实有相当的创造力，不管这创造力如何弱。有时我还发现他在思考如何表达出自己的意见，这是少见的现象。所以无论何时我都愿意跑十英里路前去观察他，这等于重新见证许多社会制度的起源。尽管他时有犹豫，也许还不能清楚地表达自己的意思，但他内心深处常常有一些很不错的思想。然而，他的思想如此原始，和他的肉体的生命息息相关，虽然比起许多有学问的人的思想要有活力得多，但还没有成熟到值得加以报道的程度。他让我想起身处底层的天才人物，他们总是有自己的见解，从不假装他多么博学；他们像这瓦尔登湖一样幽深，虽然他们可能只是黝黑而混沌的存在。

许多旅行家绕路来看我和我屋子内部，他们往往借口要一杯水喝。我告诉他们我是从湖里弄水喝的，我用手指着湖，表示愿意借给他们一把水勺。尽管我住得偏僻，但我想，每年四月一日左右，人人都出外踏青访友，我当然也就沾了好运气，得到人们的访问，虽然访客中会有一些古怪的人。从济贫院或别处出来的一些弱智的人也来看我，我会尽力让他们施展出全部才智，对我畅谈一番。在这种情况下，智慧常常成了我们谈话的主题，这样，我也就有了很大的收获。事实上，我觉得他们中有些人比济贫院的管理员，甚至比市镇行政委员会的委员都要聪明。我觉得应该把他们的位置互换一下了。关于智慧，我觉得在愚昧和普通之间并没有多少分别。特别是有一天，有一个并不讨厌的单纯的贫民来看我，他表示愿意像我一样生活。过去我常常看到他和别人一起站在田野中或者坐在一个筐子上，起着篱笆一样的作用，不让牛和他自己走丢。他告诉我他"智力非常低"，他是用超乎寻常的真诚跟我说的。这种真诚超出或者说比所谓的谦恭更高一层，确切地说是更低一层。他自己说自己智力低。上帝把他造成这个样子，可是，他认为，上帝关心他，像关心别人一样关心他。"我一向如此，"他说，"从我童年时代起，我的脑子就不大好。我跟别的小孩子不同，我的智力比不上他们。我想，这是上帝的意志吧。"他就站在那里，证明他这话的真实性。他对我是一个玄而又玄的谜。我很少碰到一个人是大有希望的——他说的话全都这样单纯、诚恳，而又真实。确实如此，他越是自卑也就越是高贵。起先我还不知道这就是一个聪明行为带来的效果。在这个智力不高的贫民所建立的真实而坦率的基础上，我们的谈话反倒比和那些哲人谈话更深入。

还有一些访客，一般不被列入城市贫民的群体，但实际上他们应该算是城市贫民，无论如何应该说是世界贫民。这些客人对你的需求不是好客，而是你的善心。他们殷切地期望得到你的帮助，但开口就告诉你，他们下定了决心绝不帮助自己。我要求访客不要真的饿着肚子来看我，尽管他们也许有世上最好的胃口，且不管他们是如何养成这样好的胃口的。慈善救助的对象不是客人。有些客人不知道他们的访问已该结束了，我已经在做我自己的事，回答他们的话就越来越漫不经心了。几乎有各种不同智能的人在候鸟迁徙的时节来访问过我。有些人的智能都已经超过了他们的运用能力；一些逃亡的奴隶，带着种植园里的习性，不时留心听听周围的声响，好像寓言故事里的狐狸，时时注意追踪它们的猎犬。他们用恳求的目光看着我，好像在说："啊，基督徒，难道你会把我送回去吗？"

其中有一个真正的逃亡奴隶，我帮他朝着北极星的方向逃跑。有些人就只有一个心眼儿，就像只带着一只小鸡的母鸡，或者带的是一只小鸭。有些人多谋多虑，脑子里一团糟，像那些带着一百只小鸡的老母鸡，都在追逐一只小虫；每天在黎明的露水中总有一二十只小鸡会走丢——结果是它们把羽毛弄得又乱又脏；还有一些用脑筋而不是用腿走路的人，像一条有智力的蜈蚣，会使你全身发抖。有人建议我用一本签名本把访客的名字记录下来，像怀特山的“总统群峰”一样；不过，很可惜，我的记忆力很好，没有准备签名本的必要。

我不能不留意一些访客的特征。女孩、男孩和少妇，一般都喜欢待在森林中。他们看看湖水，看看花，就会觉得很愉快。一些商人，甚至有些农民，却只会感到孤独，想着他们的工作。他们只留意我的住处离别处太远，尽管他们有时说他们偶尔也喜欢在林中漫步，但实际情况显然不是这样。这些浮躁的人，他们的时间都用来谋生或者维持生计了。牧师们总是在谈论上帝，好像这话题是他们的专利品，他们也不能接受各种不同的意见；医生、律师、爱管闲事的女管家则趁我外出的时候查看我的碗橱和床铺——否则，某夫人不会说我的床单没有她的干净。有些已经不再年轻的年轻人，认为按照老路来选择自己的职业是最稳当的办法——这些人一般都认为我的生活没有什么好处。唉，问题就在这里！那些年老的、体弱的、胆小的人，部分年龄性别不同的人，他们想得最多的是疾病、意外和死亡。在他们看来，生命充满了危险——如果你不去想它，有什么危险可言呢？他们认为谨慎的人应当小心地选择最安全的地方生活，在那里，医生可以随时赶到。在他们看来，乡村就是一个社区、一个共同防守的联盟。你可以想象到，他们连采集蓝莓时也要带着药箱。换句话说，一个人只要还活着，就一直面临可能会死亡的危险。事实上，这样的死亡危险，由于他已经处于半死不活的状态而相对地减少了。一个人在家中闲坐，跟他出外奔跑是一样地危险。最后，还有一种自认为是改革家的人，所有的访客中，他们是最让我讨厌的。他们以为我一直在唱歌呢——

> 这是我造的屋子；
> 这是生活在我所造的屋子中的人；
> 可是他们不知道接下来的两行却是——
> 而正是这些人，烦死了
> 那生活在我所造的屋子中的人。

我并不怕捉小鸡的老鹰，因为我不养小鸡，可是我最怕捉人的鹭鸟。

除了上述的最后一种人，其他访客大都让我感到愉快。小孩子来采集浆果，铁路上的工人们穿着干净的衬衣来散步，渔夫和猎人、诗人和哲学家，总之，一切真诚的朝圣者，为了自由的缘故而到森林中来。他们真的把村庄抛在后面了。我曾经和印第安人打过交道，因此，我很乐意像印第安人欢迎早期移民那样欢迎这些访客：“欢迎，英国人！欢迎，英国人！”

种豆

这时我种的豆子，如果把已经种好了的一行一行地加起来，总有七英里长了吧。它们亟待锄草松土，虽然最后一批还没播种下去，但最早种下去的一批已经长得很不错了；豆苗是容不得拖延的。这一桩赫拉克勒斯的小小劳役，我干得这样卖力，这样有自己的尊严，到底意义何在呢，我还不知道。我终于爱上了我的一行行豆田，也爱我的豆子，虽然它们的数量已经大大超出了我的需要。它们使我和我的土地亲密联系在一起，因此我得到了地神之子安泰所拥有的力量。可是我为什么非要种豆呢？只有天晓得了。整个夏天，我都在干这一桩奇妙的劳动——整理大地的这一块表皮，这块地以前只长委陵菜、狗尾草和黑莓，以及甜蜜的野果子和好看的花朵，而现在却让这块地里生长起豆子来了。我从豆子那儿能懂得什么，豆子又能从我身上懂得点什么呢？我爱护它们，我为它们松土、锄草，从早到晚照看着它们，这就是我一天的工作。宽阔的豆苗叶子真好看。我的得力助手是滋润这干燥土地的露水和雨滴，以及泥土本身所含有的肥料，虽说这块地的大部分是贫瘠和枯竭的。我的敌人则是害虫、寒冷的天气，尤其土拨鼠。土拨鼠吃光了四分之一英亩地的豆苗，另一方面，我又有什么权利拔除狗尾草之类的植物，毁坏它们这片自古以来的百草园呢？不过，剩下的豆子很快就会长得十分茁壮，不怕野草，而且可以前进去对付一些新的敌人了。

我记得很清楚，我四岁的时候，从波士顿被带到我这个家乡来，就曾经途经这片森林和这块土地，还到过湖畔。这是铭刻在我记忆中最早的情景之一。今夜，我的笛声又唤起了这同一片湖水的回想。松树依然站在那里，比我年长；或者，有的松树已被砍伐了，我用它们的根来煮饭，新的松树则在四周生长，给新一代人的眼睛以新的景象。就在这片牧场上，几乎是同样的狗尾草从多年生的老根上又长出来了，我甚至给我童年时梦境中奇妙的风景添上了一袭新衣，要想知道我重返这里之后所发生的影响，那就请看这些豆苗的叶子、玉米叶子以及土豆的藤蔓。我大约种了两英亩半的坡地。这片地大约是十五年前才开垦出来的，我自己挖出了两三“考得”的树根，我没有施肥；夏天，我锄地翻土时还挖出一些箭头来，看来在白人来开垦之前，就有一个已经消失了的古代民族曾在这里繁衍生息，他们还种过玉米和豆子，所以，在某种程度上，他们已经把地力耗尽了。

在还没有任何土拨鼠或松鼠窜过大路或在太阳升上矮橡树林之前，这时一切都披着露珠，我就开始拔豆田里那些横生的杂草，并且把泥土盖到它们上面——我奉劝你们尽可能趁有露水时做一切工作，虽然有些农民不同意我这样做，一大清早，我便打着赤脚劳动，像一个造型艺术家，轻踏着露水浸湿的粉碎的沙土，稍迟一点，日上中天，太阳就要晒得我的脚上起泡。太阳照射着我锄豆，我慢慢地在那黄沙的坡地上，在那长达十五杆的一行行的绿叶之间来回走动，它一端延伸到一片矮橡树林，我常常在它的树荫下休息；另一端延伸到一块黑莓田边，我每走一个来回，总能看到那里的青色浆果颜色又加深了一层。我除去杂草，又在豆茎四周培上一些新土，以协助我所种植的这一种作物的滋长，让这片黄土不是以苦艾、芦管、狗尾草，而是以豆叶与豆花来表达它夏日的思想——这就是我每天的工作。因为我没有牛马、雇工或小孩的帮助，也没有获得经过改良的农具，所以我的工作进展得特别慢，我也因此跟我的豆子更加亲密。用手工作，即使到了做苦工的程度，总不能算作虚度光阴的一种最差劲的形式吧。这中间便有一个永恒的、不可磨灭的真理，对于学者来说，它是带有某种古典哲学的意味。在那些向西经过林肯和韦兰到谁也不知道的地方去的旅行家看来，我就成了一个 agricola laboriosus（辛苦的农夫）了；他们自在悠闲地坐在双轮轻便马车上，手肘放在膝盖上，缰绳松散地垂挂成花彩装饰；我却是不出远门的辛劳耕作的农夫。可是，我的屋子和田地很快就落在他们的视线和思绪之外了。因为大路两侧很长一段路上，只有我这块土地是耕作了的，自然会引起他们特别的注意；有时候在这块地里工作的我，还听到他们的批评。那原本是不打算让我听见的，“豆子种得这样晚！豌豆也种这么晚！”——因为别人已经开始除草松土了，我却还在播种——我这不专业的农夫却从没想到过这些。“这些作物，我的孩子，只能给家畜吃的；给家畜做饲料的玉米！”“他住在这里吗？”那穿灰色上衣戴黑色帽子的人问道；于是那口音严厉的农夫勒住他那匹感激的老马询问我在这里干什么、犁沟中怎么没有施肥，他还建议我，应该撒些细碎的垃圾，或者任何其他废料都可以，又或者是灰烬，或者灰泥。可是，这里只有两英亩半耕地，只有一把代替马的锄头，或者说是用两只手拖的马车——我不喜欢马车和马，而细碎的垃圾也只有很远的地方才有。驾着车轮辚辚作响的马车经过的那些旅行者大声地把我这块地同他们一路上所看见的做比较，这就使我清楚了我在农业世界中所占的地位。这一块田地是没有列入柯尔门先生的农业调查报告中的。顺便说一下，大自然在更荒凉的、未经人们改进的土地上所生产的农作物，谁又会去估算它们的价值呢？英格兰干草的收成给小心地称过，还测算了它们的湿度和所含的硅酸盐、碳酸钾；但是在一切的山谷、林地、洼地、牧场和沼泽地都生长着丰富多样的谷物，只是人们没有去收割罢了。至于我的这块地，正好是介乎荒凉的土地和开垦的土地两者之间；正如有些国家是文明国家，有些是半文明国家，还有一些则是野蛮的、未开化的，我的田地可以称为半开化的田地，虽然这并没有坏的意义。我培育的那些豆子很快乐地回到了它们野生的原始状态，而我的锄头则给它们唱起了牧歌。

就在附近，一棵白桦树的树梢上，有一只棕色的嘲鸫——有人管它叫红画眉鸟——唱了一整个早晨的歌，它很愿意跟你做伴。如果你的田地不在这里，它就会飞到另一个农夫的田地里去。当你播种的时候，它就唱起来，“撒，撒，撒下去——盖，盖，盖起来——播，播，播起来。”不过我这里种的不是玉米，也就不会有像它那样的天敌来吃庄稼。你也许会觉得奇怪：它唠唠叨叨，像用一根琴弦或二十根琴弦进行的业余帕格尼式的演奏跟你的播种又有什么关系。可是你却宁愿听歌而不去准备过滤的灰烬或灰泥了。可能它的歌唱正是我最信赖的、最便宜的一种上等肥料。

当我用锄头在一行行豆苗周围翻出新土时，我也把史籍上没有记载的古代民族的历史遗存翻起来了，这个民族曾经就生活在这片土地上，他们那些作战狩猎用的小工具也就暴露在现代的阳光下。它们和另外一些天然石块混杂在一起，其中一些石块还留着印第安人用火烧过的痕迹，有些则被太阳晒过，还有一些零零散散的陶器和玻璃，这应当是近代的耕种者带到这里来的。当我的锄头碰到石头发出叮当的声音，音乐之声回响在树林里、天空中，我的劳役有了这样的伴奏，立刻就生产出了无法计算的收获。我所锄的不是豆子，也不是我在锄豆子；当下我就怜悯又自豪地记起了——如果我确实还会记起来的话——那些我认识的特地去到城里听清唱剧的人。而在这阳光充足的下午（我有时整天整天地工作），夜鹰在我头顶的上空高高地盘旋，它好像我眼睛里的一粒微尘，或者说它是落在天空的眼睛里的一粒微尘。这夜鹰不时俯冲下降，大叫着，天空好像给这叫声划破了，最后似乎给这叫声撕裂成破布条一样，但最后，苍穹依然是天衣无缝。空中飞着不少小小的精灵，它们把蛋产在沙地上或者山顶的岩石上，很少有人发现这些蛋；它们美丽又细长，像湖水卷起的涟漪，又像给风卷起的树叶在空中轻轻飘动——在大自然里存在着许多这样亲切的关系。苍鹰是波浪的空中兄弟，它在波浪之上飞行俯瞰，在空中鼓动完美的鹰翅，像在回应海洋那没有羽毛的强大翅膀。有时我注视着一对鹞鹰在高空中盘旋，一上一下，一近一远，好像它们是我自己的思绪。或者我给一群野鸽吸引了，看它们从这一片树林飞到那一片树林，带着轻微的振动翅翼的声音急切地飞过；有时我的锄头从烂树桩下挖出一条懒洋洋的、奇怪又丑陋的、长满斑点的蝾螈，它仿佛还带着埃及和尼罗河的残迹，却又来到了我们这个时代。当我停下来，靠着我的锄头休息，我站在犁沟中任何一个地方都能听到看到这些声音和景象，这是乡间生活所提供的无穷乐趣之一。

在节庆的日子，城里放了礼炮，回声传到森林中听来很像气枪，有时还飘来几声军乐。我远在城外的豆田之中，对我来说，大炮的声音好像菌类在爆裂；如果有军队出动，而我又不知道是怎么回事的时候，我就整天恍恍惚惚地感到地平线似乎在发痒发麻，好像快要出疹子了，也许是猩红热，也许是马蹄疫，直到最后一阵好风疾疾地吹过田野，吹上韦兰公路，带给了我训练者的消息。远方传来嗡嗡之声，好像谁家养的蜜蜂飞出窝，因此邻居们按照维吉尔的办法，轻轻敲击声音最响的锅壶之类，来呼唤蜜蜂们回到蜂房去。等到那声音没有了，嗡嗡之声也便停止了，最遂人意的微风也不讲故事了，我就知道人们已经把最后一只工蜂也安然引回了米德尔塞克斯的蜂房，现在他们正在用心考虑那涂满蜂房的蜂蜜。

获知马萨诸塞州和我们的祖国的自由是这样安全，我感到自豪。当我重新致力于耕种的时候，我心头就充满了难以言说的自信，对未来满怀希望，平静而愉快地继续我的劳动。

要是有几个乐队在演奏，整个村子就好像变成一只大风箱了，一切建筑物就在喧嚣之中一会儿扩张，一会儿压缩。但有时传到林中来的是真正崇高而振奋人心的旋律，喇叭高唱着荣誉，我觉得自己可以痛痛快快地用刀去杀一个墨西哥人——我们为什么常要容忍一些琐事呢？于是我在四周寻找土拨鼠和臭鼬，来施展我的骑士精神。这些军乐的旋律像巴勒斯坦一样遥远，使我想起十字军在地平线上行进，而垂在村子上空的榆树树梢则在微微摇曳和颤动。这是伟大岁月的一天啊，虽然我从林中空地仰望天空，天空还是那个每天都一样的永恒的苍穹，我看不出有何不同。

由于种豆，我就总是和豆子打交道，久而久之，我获得了不少专门的经验，关于种植、锄地、收割、打场、挑拣乃至出售——最后这件事尤其困难，我还得再加上吃，因为我的确吃了豆子，品尝了豆子的味道。

我下定决心要了解豆子。在它们生长的时节，我常常从早晨五点锄到正午，其余时间则通常用来对付别的事情。想想看，一个人跟各种杂草还可以交往到很亲热又很奇异的程度——这些说起来是很重复、劳累的，锄地的时候这些杂草也让人够劳累的了。毫不留情地把一种草盘根错节的组织全部捣毁，而且锄头还要仔细地区别它们，把一种草捣毁，又把另一种草来培养。这是罗马苦艾——那是苋草——那是酢浆草——那是芦苇草——揪住它，拔起来，把它的根翻起来，让太阳暴晒，别让它在阴凉之处留下哪怕一根纤维阴影，要不然，它就从另一侧长出新芽，不过两天时间，它们就会又长得像韭菜一样郁郁葱葱。这是一场长期战争，不是与鹤作战，而是与杂草作战，与这一群有太阳和雨露帮忙的特洛伊人作战。豆子每天都看到我带着锄头来援助，把它们的敌人歼灭，战壕里填满了杂草的尸体。杂草中有好些盔饰飘扬、强壮结实的英雄赫克托耳，比它们成群的同伴要高出一英尺的，也都在我的武器之下倒毙，滚落于尘埃之中。

在这炎热的夏季，与我同年龄的人有的在波士顿或罗马，沉迷于美术，有的在印度静心思索，还有的在伦敦或纽约做生意，我却跟新英格兰的其他农夫们一样，献身于农事。我这样做并不是为了吃上豆子，我生性是个毕达哥拉斯的信徒（他们认为豆类不够纯净而不吃豆类），就豆子来说，不管它是为了吃，还是为了换取选票，我用它换取大米。也许，就算只是为了给将来的寓言家创造一个比喻或是反讽，也总得有人在地里劳动。而且总的来说，这是一种少有的娱乐，然而如果持续得太久了，这也会是虚度光阴。虽然我没有给它们施肥，也没有给它们全部都锄一遍草、松一遍土，但我常常尽我的能力做到最好，结果还是有了较好的收获。“这是千真万确的，”正像伊夫林所说过的，“任何混合肥料或粪肥都比不上不断地挥舞锄头、用铲子翻土。”“土壤，”他还在另一个地方写道，“特别是新鲜的土壤，其中含有很强的磁力，可以吸引盐、力量或者美德（这二者随便你选用）来强化土地的生命，土地也是劳动的对象，我们在土地上的所有活动养活了我们，一切粪肥和其他恶臭的东西只不过是这方面改进的代用品而已。”况且，这块地只是一片“地力耗尽、被弃置的休耕地”，也许像狄格贝爵士想过的那样，已经从空气中吸取了“有生的力量”。到最后，我收获了十二蒲式耳的豆子。

为了更严谨起见，也因为柯尔门先生的调查报告所写的主要是有身份的农夫所做的不计成本的试验，曾有人对此表示不满，现在，我就将我的收入和支出罗列如下：

一把锄	0.54美元
耕、耙、犁	7.50美元（太多了）
豆种	3.125美元
土豆种	1.33美元
豌豆种	0.40美元
萝卜种	0.06美元
篱笆白线	0.02美元
耕马及三小时的雇工	1.00美元
收获时用的马和车	0.75美元
共计	14.725美元

我的收入（patremfamilias vendacem, non emacem esse oportet），来自：

卖出9蒲式耳12夸脱豆子	16.94美元
5蒲式耳大土豆	2.50美元
9蒲式耳小土豆	2.25美元
草	1.00美元

茎	0.75美元
共计	23.44美元
盈余（正如我在别处提到过）	8.715美元

这就是我得到的种豆经验：大约在六月一日，种下那种小小的白色的豆种，垄长三英尺，垄宽十八英寸，所挑选的应当是那新鲜的、圆的、没有掺杂的种子。首先要注意害虫，并在没有出苗的位置上重新补种。接着要提防土拨鼠，如果栽种的那片田地没有遮拦它们的东西，它们会把刚刚生长出来的嫩叶子一口气啃个精光；还有，在嫩卷须延展生长出来之后，土拨鼠就已注意到了，它们会像松鼠一样直坐着，把豆芽和初生的豆荚全都啃掉。尤其重要的是，如果你想避免霜冻，并且能让豆子更容易卖掉，那你就尽可能要早点收获。

我还获得了以下更丰富的经验：我嘱咐自己，下一个夏天，我不用花那么多的人工来种豆子和玉米了，我将选择这样一些种子，比如诚实、真理、朴素、信心、单纯等，如果这些种子还没有绝迹的话。我要看看这些种子能否在这片土地上生长，能否花较少劳力和肥料，就能维持我的生活，因为，地力一定还没有贫瘠到不能种这些东西。唉！我对自己说过这些话，但是现在，又一个夏季过去了，而且一个又一个夏季也都过去了，我不得不告诉你们，读者啊，我所种下的种子，如果确实是这些美德的种子，那它们就都给虫子吃掉了，或者是已失去了生命的活性，一直到现在都没有长出苗来呢。人们的勇敢或怯懦通常都来自他们的祖先。这一代人每一年所种的玉米和豆子，一定和印第安人在几个世纪之前所教给最初到来的移民做的完全一样，仿佛命该如此，难以改变。几天前我还看见过一个老头子，令我惊奇的是，他用一把锄头挖一个又一个洞，至少挖了七十个，但他却不是为了自己躺进里面。为什么新英格兰人不应该尝试尝试新的事业，不过分地看重他的玉米，他的土豆、草料和他的果园，而是种植一些别的东西呢？为什么偏要这样关心豆种而一点也不关心人类新的一代呢？我前面说到的那些美德，我们认为它们高于其他产物，如果我们遇到一个人，看到他具有我说到过的那些美德，那些早已消失的美德已经在他身上扎根生长，那时我们的确会感到满足和高兴。一种微妙的、不可言喻的美德，例如真理或正义，虽然量极少甚至还是一个新的品种，但它还是沿着大路来了。我们的大使应该接到一些指示，去选择这些品种，寄回国内来，然后再由我们的国会把它们分发到全国各地去种植。我们不应该客客气气地对待真诚。如果有价值的事物和友情的精华已为我们所有，我们就绝对不应该再用卑鄙的态度来互相欺骗、互相侮辱、互相排斥。因此，我们碰面时不应该匆匆忙忙。大多数人我根本没有见过面，因为他们似乎都没有时间，他们都忙于他们的豆子的事情。我们不要跟这样的人来往，他们老是没空，即使在工作间歇时也倚身在锄头或铲子上，仿佛倚身在手杖上，不像一只香菌，而是有一部分是从土地中长出来的，不只是笔直的，像燕子停落下来，在大地上行走——

> 他说话时，一对翅膀不时张开，
> 像要飞，却又垂下了。

这样，我们以为我们似乎是在跟一个天使谈话。面包可能并不总是滋养我们，却总对我们有益，能把我们关节中的固执消除，使我们柔软而活泼，甚至在我们不知道患了疑难病症的时候，也使我们从大自然及人间都认识到宽宏大量的好处，享受到任何单纯而强烈的欢乐。

古代的诗歌和神话至少启示我们：农事曾经是一种神圣的艺术，但我们追求目标时带着急迫和不真诚的态度，我们的目标只是大农场和大丰收而已。我们没有节日，没有游行，也没有典礼，连耕牛大会及感恩节也不例外，农民本来是用这种形式来表示他这职业的神圣意义，或者是用来追溯农事的神圣起源。现在则是酬金和一顿盛宴在给他们动力。现在，他的奉献不是献给谷物女神刻瑞斯，也不是献给主神朱庇特，而是献给普路托斯这位财神爷。由于我们没有一个人能摆脱掉贪婪、自私和一个卑辱的习惯，把土地看作财产或者获得财产的主要手段，这样，风景给破坏了，农事跟我们一样变得卑贱，而农民也过着卑贱的生活。他所了解的大自然，如同一个强盗所了解的那样。加图说，农业的利益是特别虔诚而公正的（maximeque pius quaestus），根据瓦罗所说，"古罗马人把土地母亲和谷物女神刻瑞斯取同一个名字，他们认为耕作土地的人过的是一种虔诚而有益的生活，只有他们才是农神萨图恩王的遗民"。

我们常常忘记，太阳照在我们耕作过的田地上，也照在草原和森林上，这两者是没多少区别的。它们全都一样是反射并吸收了太阳的光线，前者只是太阳每天普照的美景中的一小部分。在太阳看来，大地的每一处都给耕作得像一片花园。因此，我们受益于太阳的光和热，同时也接受了它相应的信任与大度。即使我看重这些豆种子，而且在秋天有了收获，那又怎么样呢？我长久地观察这片广阔的田地，广阔的田地却并不把我当作主要的耕种者，而是把我抛到一边，去追寻那些能给它洒水，使它变绿的更亲切的影响力。这些豆子结出的成果并不由我来收获。它们中有一部分难道不是为土拨鼠生长的吗？麦穗（拉丁文 spica，古文作 speca，源自 spe，意思是"希望"）不应当是农夫们唯一的希望；它的颗粒或者说谷物（granum，源自 gerendo，意思是"生产"）也并非它的产出的全部。那么，我们怎么会歉收呢？我们难道不应该为杂草的茂盛而高兴吗？因为这些杂草的种子是鸟雀们的口粮？这样来说，大地的产出是否堆满了农夫们的仓库就是小事一桩了。真正的农夫应当不担忧收成，就像那些松鼠根本不关心今年的树林会不会生产出栗子；真正的农夫整天劳动，并不要求土地的产出是否属于他，在他的心里，他不仅奉献出了他的第一个果实，而且还奉献出了他的最后一个果实。

村子

上午锄地之后，我也许还读读书、写写字，然后，我通常去湖水中洗个澡，游过其中一个小水湾——这是我体力的最大限度了，洗去身体上劳动时留下的尘垢，或者使阅读形成的一条皱纹变得平滑，到下午我就很自由了。每天或隔天，我散步到村子里去，听听那些永无止境的闲话，这些闲话有些是口头传播的，有些则是报纸上互相转载的，如用顺势疗法的小剂量去接受它们，这些闲话也的确很新鲜，有如树叶瑟瑟抖动的声响，有如青蛙呱呱的鸣叫。正像我在森林中散步时，爱看鸟雀和松鼠一样，我在村中散步，爱看一些大人和孩子；我听不到松涛和风声，却听到了马车辚辚的声响。从我的屋子向外眺望，河畔的草地上有一个麝鼠的聚集之地；而在另一面的地平线上，在榆树和悬铃木底下，却是一个满是忙碌的人聚集的村子，这使我大感怪异，仿佛他们是大草原上的狗鼠之类，不是坐在他们洞穴的入口，就是跑到邻居家去闲谈。我时常到村子里去观察他们的习性。在我看来，村子像是一个巨大的新闻编辑室，站在它这边支持它的，就像州政府街上的雷丁出版公司那样，他们出售坚果、葡萄干、盐和玉米粉以及其他的食品杂货。有些人对于前一种的商品，即新闻，胃口很大，消化能力很强，他们可以永远一动不动地坐在街道上听那些新闻，让这些下文像地中海的季风吹过发出沸腾和私语的声音，或者说他们像是吸入了一些只产生局部麻醉作用的乙醚，因此意识还是清醒的，苦痛却被麻痹了——否则有一些新闻听完后是会使人苦痛的。每当我散步经过那村子的时候，每一次都看到这些自以为是的人物一排排坐在石阶上晒太阳，身子俯向前面，他们的眼睛时不时地带着心满意足的神情东张西望，要么就是身子倚在一个谷仓上，两手插在裤袋里，像一根根女像柱在支撑着谷仓一般。他们通常都待在户外，一有点什么风声他们都能听见。这些是干粗活儿的磨坊，一切飞短流长的闲话都经他们粗加工，然后，进入户内，他们将这些闲话倾倒入更精细的漏斗中去。我观察到村中最有生机的是食品杂货店、酒吧、邮局和银行；此外，像机器中一个不可缺少的零件，还有一只大钟、一尊大炮和一辆救火车，都放在适当的地方；为了尽量适合人类的特点，房屋都面对面地排成巷子，任何旅行者都不得不受到夹道鞭打，男女老少都可以揍他一顿。当然，有一些安置在最靠近巷子口上的人最先看到的别人，也最先被别人看到，是第一个动手揍陌生旅客的，所以他应当付最高的房租。而少数稀稀落落散居在村子外围的居民，在他们那儿开始有很长的间隙，于是旅客可以越墙而过，或拐上小路逃走，所以，这些居民自然只付很少一笔地租或窗户税。四面挂起了招牌来引诱旅客，有的抓住他的胃口，那便是酒馆和食品店；有的抓住他的嗜好，如纺织品店和珠宝店；有的抓住他的头发、他的脚或者他的衣裙，那便是理发店、鞋店和服装店。此外，还有一个更可怕的危险，就是要你挨户逐屋地拜访，而且这种场合里总有不少人陪着。总的来说，我通常能够很巧妙地逃避这一切危险，我的办法是勇往直前、毫不犹豫地直奔我的目的地，我推荐那些遭到夹道鞭打的人采取这个办法，或者我一心一意地想着崇高的事物，像俄耳甫斯那样，“弹着他的七弦琴，高唱诸神的赞美诗，把海妖的歌声压下去，置身于危险之外”。有时候我像箭一样快速溜走，谁也不知道我在哪里，因为我不大在乎那些理解，篱笆上如果有个洞，我会毫不犹豫地钻过去。我甚至习惯于闯进一些人的家里去，在那里得到很好的招待，就在获知了一些重点事件和最后一些精选的新闻——一些刚平息下来的事情、战争与和平的前景、世界还能够合作维持多久等之后，我就从后面几条道路溜掉，又跑到我的森林中间了。

当我在城里待到很晚的时候，重新回到黑夜之中，真是很令人愉快，特别在那些漆黑的、刮大风的夜晚，我从某个光亮的村店或演讲厅那儿起航，背上带着一袋黑麦或玉米粉，驶进林中我那温暖舒适的港口，把外面的一切都捆扎得牢靠了，然后就带着愉快的思想退回到甲板下面，只留代表我外表的那个人把着舵，而如果航行很平稳，我就索性用绳子把舵也捆绑起来。当我航行的时候，在舱中烤着火炉，我脑子里尽是许多愉悦的思想。在任何气候中我的船都不会失事，虽然我遇到过一些猛烈的风暴，但我没有忧虑，也不会感到悲伤，就是在平常的晚上，森林里也比你们想象的要更黑。在最黑的夜晚，我常常要抬头看树叶空隙间的天空来认路，走到一些没有车道的地方，我还只能用我的脚来探索那条我自己走出来的道路，有时我用手摸出几棵记忆中熟悉的树来辨别方向，比如，从森林中两棵距离不过十八英寸的松树中间穿过，而且总是在非常黑的夜晚。有时，很晚了，我回家去是在漆黑而闷热的夜晚，我的脚探索着眼睛看不到的道路，我的心却一路都心不在焉，像在梦中，突然我不得不伸手开门了，这才清醒过来。我记不得我这一路是怎么走过来的，我想要是我的身体被灵魂遗弃了，它也还是能够找到回家的路，就好像手不需要任何帮助总可以摸到嘴巴。好几次，当一个访客一直待到夜深，而这一夜凑巧又是墨黑的时候，我可不能不从屋后送他到车道上去了，同时也把他要去的方向指点给他，他呢，当然是靠他的两条腿而不是靠他的眼睛摸索前进。在一个伸手不见五指的夜晚，我这样给两个到湖边来钓鱼的年轻人指点道路。他们住在离森林大约一英里外的地方，还是熟悉道路的呢。一两天后，他们中的一个告诉我，他们在自己的住所附近兜圈子兜了大半夜，直到天快亮了才回到家，夜间还碰上了几场大雨，树叶都湿淋淋的，他们给淋成了落汤鸡。我听说村中有许多人在街上都能走得迷了路，那是在黑暗最浓厚的时候，正如老话说的，黑得你可以用刀子把它一块一块切下来。有些住在郊外的人，驾车到镇上来办货，却不得不留在村里过夜；还有一些绅士淑女，出门拜客，离开他们的路线不过半英里路，由于只能用脚来摸索人行道，路什么时候拐了弯他们也不清楚。任何时候在森林里迷路，都会是惊险而难忘、宝贵的经历。在暴风雪中，哪怕是白天，个人走到一条走惯了的路上，也会迷失方向，不知道哪条路能到村子。虽然他知道他在这条路上走过上千次了，但是仍然不认得，对他来说，这条路就跟西伯利亚的一条路那样陌生了。如果是晚上，困难自然还要大得多。日常散步时，我们经常地——虽然是不知不觉但像领港的人一样，依照某个灯塔，或者某个熟识的海角来辨别方向，向前行进。如果我们走的路线不在熟悉的航线上，我们依然能在脑中浮现出一些邻近海角的印象，只有当我们完全迷了路，或者转了一次身——在森林中你只要闭上眼睛，转一次身，你就会迷路——到那时候，我们才感觉到大自然的宽广与奇异。不管是从睡眠还是其他心不在焉的状态中清醒过来，每一个人都应该在清醒之后就经常看看罗盘上的方向。不要非得迷了路，换句话说，非得要等到我们失去这个世界之后才开始发现我们自己，认识我们的处境，以及我们与大自然无穷无尽的关系。

有一天下午，在我的第一个夏天将要结束的时候，我进村子里去找鞋匠拿一只鞋子，结果被抓起来，送进了监狱，原因是——正如我在另外一篇文章里面说明了的——我拒绝纳税，也不承认政府的权威，因为就在这个政府参议员的门口，男人、女人和孩子被当牛马一样地买卖。我本来是带着其他目的到森林中去的。但是，不管一个人走到哪里，人们总用那套肮脏的机关体制来缠住他，伸出手来抓住他，如果他们能够办到，就总要强迫他回到属于他们的那个古怪的社会中。真的，我本以为猛烈地抵抗一阵，或多或少也会有点作用，我本还可以疯狂地反对社会，但是，我宁可让这社会疯狂地来反对我，因为社会才是孤注一掷的一方。然而，第二天我就被释放出来了，还拿到了那只修补过的鞋子。我回到林中，在费尔港山上吃了很多越橘。除了那些代表这国的人物之外，我从没有受到过任何人的骚扰。除了那张放我稿件的桌子之外，我连锁都没有，也没有门闩，在我的窗子上也没有一只钉子。我白天黑夜都不锁门，尽管我可能好几天都不在家；在第二年的秋天，我到缅因州的林中去住了半个月，我也没有锁门，然而我的房屋比周围驻扎着大兵还受尊敬。疲倦的漫游者可以在我的火炉边休息、暖暖身体，文学爱好者可以翻阅我桌上的几本书，或者某些好奇的人打开了我的橱门，也可以看我午餐后还剩下什么饭菜，知道我晚餐将吃点什么。虽然有各种各样的人跑到湖边来，但没有带来多大的不便之处，我没有丢失过什么，只少了一本小书，那是一卷荷马，大概因为封面镀金镀得过分了，我想这是兵营中的一个士兵拿走的。我确信，如果所有的人都生活得跟我一样简朴，偷窃和抢劫的事情就不会发生。之所以发生这样的事，是因为社会上有的人得到得太多，而另一些人却得到得太少。蒲伯所译的荷马应该尽快得到适当的传播……

> Nec bella fuerunt,
> Faginus astabat dum scyphus ante dapes.
> 当人们所需的只是山毛榉碗，
> 这世界就不会有战乱。

“子为政，焉用杀？子欲善而民善矣。君子之德风，小人之德草，草上之风，必偃。”

湖

有时，我对人类社会以及夸夸其谈感到厌倦，对我所有的乡村朋友也都感到厌倦了。于是，我便向西漫步，远离我的居所，走到这乡镇人迹罕至的地方，到达“新的森林和牧场”上；或者在夕阳西沉的时候，到费尔港山上，大吃一顿越橘和蓝莓当晚餐，再把它们捡拾起来，以备几天内的食用。水果可不会把它的色、香、味献给购买它的人去享受，也不是献给那些为了卖它们而栽培它们的商人去享受的。要享受那种色、香、味只有一个办法，只不过很少人采用这个办法。如果你要知道越橘的色、香、味，那你得去请教牧童和鹧鸪。从来不采越橘的人，以为自己已经尝到了它的色、香、味，这是一个庸俗的偏见。从来没有一只越橘到过波士顿，它们虽然长满了波士顿城外的三座山，但从没有进过城。水果的芳香和它的精华部分，在装上车子运往市场去的时候，就跟它的新鲜一块儿给磨损了。它变成了只不过是一种食物。只要永恒的自然法则还在统治宇宙，就没有一只真正的越橘能够从郊外的山上运到波士顿城里来。

干完了一天的锄地工作之后，偶尔，我也凑到一个没耐心的伙伴那边去。他从早晨起就一直在湖上钓鱼，静静地，一动不动，像一只鸭子，或一片漂浮在水面的落叶。他在思考着各种各样的哲学观点，而在我到来的时候，他已经得出结论，自认为是属于修道院僧侣中的古老教派了。有一位老人，他是个好渔夫，还擅长各种木工，他很愉快地认为我的屋子是为方便渔民而建筑起来的。他坐在我的屋门口整理钓丝，我也同样感到高兴。我们偶尔一起划船去湖上，他在船的这一头，我在船的另一头。我们并没有多少交谈，因为近年来他的耳朵变聋了，偶尔他会哼起一首赞美诗，这和我的哲学非常协调。这一来，我们的这一交往就完全是亲密的，回想起来觉得格外美妙，比通过言语的交谈要有意思得多。通常，当我找不到人谈话了，我就用桨敲打船舷，激起回声，使周围的森林回响起一圈一圈扩散的声浪，像动物园的管理员刺激兽群一样。我也让每一个山林和青翠的峡谷都发出了咆哮的声音。

在气候暖和的黄昏，我常常坐在船上吹笛子，观看鲈鱼在我的四周游动，好像被我的笛音迷住了一般，而月光移动在粼粼的水波上，湖底还凌乱地散落着森林的断树残根。很早以前，在夏天的夜里，我常跟一个同伴一起，一次次探险似的来到这个湖上。我们在水边生上一堆火，吸引鱼群；我们又在钓钩上放虫子做鱼饵钓起一条条鳕鱼；我们一直钓到深夜，才把燃烧的木头高高地抛掷到空中，让它们像流星烟火一样，从空中落进湖里发出咝咝的响声，然后熄灭。于是我们就突然一下子完全身处黑暗之中，用口哨吹着歌，穿越黑暗，又走上大路走到人类聚集的地方。只不过，现在我已经在湖岸上安下自己的家了。

有时，我在村中某户人家的客厅里一直待到主人一家子都休息了，才起身回到森林里。然后，也是为了明天的伙食，我把午夜的时间用来在月光下的湖面上垂钓，坐在一条船里，听猫头鹰和狐狸唱它们的小夜曲，不时还听到附近不知名的鸟雀发出尖厉的啸叫。这些经验对我来说是难忘的、宝贵的——在水深四十英尺的地方抛了锚，离岸约二三杆的地方，有时大约有几千条小鲈鱼和银鱼环绕着我。它们的尾巴在月光下的水面点出了无数的小水涡。我用一根细长的亚麻钓丝，和生活在四十英尺深水下的那些神秘的夜间游鱼打交道；有时我拖着长六十英尺的钓丝，任我的船儿在湖面上、在柔和的夜风中漂荡。我时不时地感到钓丝微弱的颤动，说明有一个生物在钓丝的那一端徘徊，但它比较蠢笨，对眼前碰上的东西迟迟下不了决心。到后来，你慢慢地拉起钓丝，一手又一手地往上拉，一条长角的鳕鱼就发出咯吱咯吱的声音、扭动着身子，被拉到了空中。尤其是在黑夜，当你思绪飞扬、想着其他天体宇宙的大主题的时候，你的手却感到了这微弱的颤动，你的思绪被打断了，你重新和大自然联结在了一起，这真的很奇妙。紧接着我仿佛会把钓丝抛到空中，正如我把钓丝垂入这密度未必更大的水中去一样。这一来我就用一只钓钩钓到了两条鱼。

瓦尔登湖的风景是卑微的，虽然很美，但不宏伟壮丽，对那些不常来游玩的人、不住在它岸边的人很可能就没什么吸引力；但是，这个湖以深邃和清澈而著名，值得我大写特写。这是一个又青又深的湖，长半英里，圆周约一又四分之三英里，面积约六十一英亩半。它是位于松树和橡树林中央的一片常年甘洌的老湖，除了降水和蒸发之外，还没有别的进水口和出水口。四周的山峰突兀地从水面上升起，到四十至八十英尺的高度，但在东南面的山峰大约有一百英尺高，而东边更高到一百五十英尺，都位于距离湖岸四分之一英里及三分之一英里的范围之内。山上全部都长满森林。我们康科德这地方所有的水面，至少有两种颜色，一种是站在远处望见的，另一种则是在近处看见的水面本来的颜色。第一种颜色取决于光线，依照天空的颜色而变化。在夏季晴朗的天气里，从稍远的地方望去，水面会呈现出蔚蓝的颜色，尤其是在水波荡漾的时候，从很远的地方望去都是一片深蓝。有风暴天气下，水面有时呈现出暗暗的蓝灰色。听说大海的颜色不是这样的，它今天是蓝色的，明天却可能变绿色了，尽管天气没有一丁点的变化。当白雪覆盖我们这一地区时，我看到我们这里的河流、水和冰几乎都是草绿色的。有人认为，蓝色“是纯净的水的颜色，无论那是液态的水，还是固态的水”。可是，从船上直接俯瞰我们这儿的湖水，水又有着非常不同的色彩。甚至从同一个观察点看去，有时是蓝的，有时又是绿的。湖面处在天地之间，所以它兼具这两者的色素。从山顶上看，它反映天空的颜色，可是走近了看，你能看到近岸的细砂的地方，湖水却是淡黄色的，然后变淡绿色了，最后逐渐地加深一点，直到湖的中心变成深绿色。有些时候在某种光线的照射下，从一个山顶望去，湖近岸处的水色是鲜绿的。有人说，这是青翠的草木的映照；可是在铁路轨道这边沙坝的衬托下，湖水也同样是绿色的。在春天，树叶还没有长大的时节，这也许是太空中的蔚蓝，掺杂了黄沙的颜色以后形成的一种单纯的效果。这是湖的虹膜的颜色。也正是在这个地方，春天到来时，湖底反射上来的太阳光热和土地传导的热量，使冰雪升温，融化形成一条狭窄的像运河那样的河道，而中间的湖面还是一片封冻。在天气晴朗的时候，像这地方其他的湖泊一样，当水面荡漾时，因为水波表面垂直反射着天空的光亮，或者是因为光线太强，隔一段距离望过去，湖水显得比天空更蓝；而在这个时候，我泛舟湖上，四处眺望，观看湖中的倒影，我发现了一种无可比拟、无法形容的淡蓝色，像波纹绸缎或者发光的绸缎；或者是一柄引人遐想的宝剑，看上去比之天空本身更近于蔚蓝。它和波光的另一面，即原来的深绿色交替闪现，那深绿色与前者相比颜色较为混浊。这是一种透明的带着淡绿的蓝色。我搜寻着自己的记忆，觉得它很像冬天日落前，在西方的乌云中显露出来的那一小片天空。可是，如果你举起一玻璃杯湖水敝到空中观看，它却跟空气一样没有任何颜色。大家都知道，一大块厚玻璃板会呈现出微绿的颜色。据做玻璃的人说，这跟玻璃的“体积”密切相关，一小片同样的玻璃就没有什么颜色。瓦尔登湖需要多少水量才能反映出这样的绿色呢？我从没测验过。通常，大多数湖泊，在直接朝下望着它的湖水时，它是黑色或深棕色的，到河水中游泳的人，也大多会被湖水染上一层淡黄色；但是，瓦尔登湖的湖水是这样纯净，所以，游泳者的身体看上去白得像大理石；更让人惊异的是，由于水把人的四肢放大了、扭曲了，人的身形就夸张得古怪，真适合让米开朗琪罗来研究一番。

湖水如此透明，二十五或三十英尺深的水底都很容易看清。在湖面用脚划水时，你会看见距水面许多英尺下的水中有成群的鲈鱼和银鱼，大约只一英寸长。前者身上的横纹也能看得清清楚楚，你会觉得这种鱼也是看破了红尘才跑到这里来寄生的。好几年前的一个冬天，我在冰上挖了几个洞想抓几条狗鱼。上岸之后，我把一柄斧头扔在冰上，可是好像有什么恶魔故意要捉弄我似的，斧头在冰上滑过了四五杆的距离，然后正好滑进了一个冰窟窿中，那里的水深二十五英尺。出于好奇，我趴在冰上从那窟窿往里望，看到那柄斧头稍稍偏在一边，头向下直立在那儿，随着湖水的荡漾而摇摇摆摆。要不是我后来把它吊了起来，它可能就会这样直立着摇摆，天长日久，直到木柄烂掉为止。就在这把斧头的正上方，我用带来的凿子，又在冰面上凿了一个洞，然后又用我的刀，砍下了我看到的附近最长的一根桦树的树枝。我做了一个活结的绳圈，然后放在树枝的一头，小心地垂下水去，用它套住斧柄凸出的地方，然后用力拉动桦树树枝上的绳子，就这样将那把斧头吊了起来。

湖岸是由一长溜像铺路石那样光滑的白色卵石铺成的，只有一两处是小小的沙滩。湖岸陡峭，在许多地方纵身一跃便可以跳到一人深的水中；要不是水波格外清澈，你绝不可能看到这个湖的底部，只有它又在对岸升起来时才能见到。有人认为瓦尔登湖深得没有底。它没有哪儿的水是混浊的，粗心大意的过客或许还会说，这湖里连一根水草也没有。至于容易见到的水草，除了最近给上涨的湖水淹没掉的、本身并不属于这个湖的草地之外，你就是细心地观察也绝不会发现菖蒲、芦苇，甚至也没有野百合。黄色的和白色的百合都没有，最多只有一些心形叶子和河蓼草，也许还有一两根眼子菜。然而，一个湖中的游泳者可能也不会看到它们；这些水草如此干净、鲜亮，像它们所赖以生存的湖水一样。湖岸的卵石伸展入水一两杆，湖底是纯净的细沙，只有那最深的部分有一点沉积物，也许是腐朽了的树叶，是过去的无数个秋天吹落到湖上来的。另外还有一些鲜绿的水藻，甚至在深冬时节会被铁锚钩上来。

我们还有另一个这样的湖，就是在九亩角的白湖，在西边约两英里半之处。但是，虽然我还熟悉许多以这里为中心的方圆十二英里之内的湖，却找不出还有第三个湖有这样纯净如同井水一般的水。可能历代的居民都饮用过这湖水，测量过它的深度并赞美过它，而后，他们又都消逝了。湖水却依然清澈、碧绿，没有遗漏任何一个春天。也许远在亚当和夏娃被逐出伊甸乐园的那个春天的早晨，瓦尔登湖就已经存在了，甚至那时候就有轻雾和一阵阵的南风，带来柔和的春雨飘落湖面，涟漪阵阵，成群的野鸭和天鹅在湖上游荡。它们根本不知道还有人类被逐出乐园这一回事，它们满足于这一片纯净的湖水。甚至那时候，湖水就已经有涨潮和落潮，让自己变得纯清，还染上了它现在所拥有的颜色，还占有了这一片天空，成了世间唯一的瓦尔登湖。它是那天上的露珠的蒸馏盘。谁知道，在多少篇早已遗失的民族文学作品中，这个湖曾被誉为神圣的灵感之泉呢？而在黄金时代，又有多少山林水泽的精灵曾居住在这里？这是康科德头冠上的最耀眼的明珠。

第一批到这个湖边来的人们可能留下了他们的某些足迹。我曾经十分惊奇地发现，就在沿湖被砍伐了的一片浓密的森林那儿，紧贴着陡峭的山岩，有一条狭窄的绕湖一周的高架小路，一会儿上升，一会儿下降，一会儿靠近湖，一会儿又离远一些。它大概和这儿的人类一样悠久，是土著的猎人用脚步走出来的。现在，这片土地上的居住者仍然不知不觉地用脚踩踏着这条小路。冬天站在湖中央看，它就更加清楚，特别刚下了一阵小雪之后，它就成了一条起伏的白线，干枯的杂草和树枝都不能遮蔽它。在四分之一英里外的许多地点，它看起来也非常清晰，而在夏季，即使走近去看也很难看出来。似乎是冬雪用清楚的白色把它像浮雕一样勾勒出来了。但愿将来的人们在这里建造别墅时，那装饰的庭园还能保留这条小路的痕迹。

湖水时涨时落，但是否有规律，或是有怎样的周期，没有人知道，虽然有不少人装作懂得这些。水位在冬天通常要高一些，夏天则要低一些，但水位与天气的干燥潮湿并没有固定的对应关系。我还记得，湖水何时比我住在那儿时低了一两英尺，何时又至少涨高了五英尺。有一片狭长的沙洲伸展到湖中，它的一侧是深水，离主岸约六杆。我曾在沙洲上煮过一锅杂烩，那大约是在1824年，可是一连二十五年，水把它淹没了，我无法再去那儿煮东西了。另一方面，当我告诉我的朋友们说几年之后，我会经常在森林中一个僻静的水湾里泛舟垂钓时，他们对此深表怀疑，因为那地方离他们现在看得见的湖岸约十五杆远，早已变成一片草地了。但这两年来，湖水一直在涨高，现在，1852年的夏天，比我居住在那儿的时候已经涨高五英尺了，跟三十年前的高度相当，又可以在那片草地上垂钓了。水位已涨了六七英尺，但实际上，从周围山上流下来的水量并不多，湖水上涨可能是由于它深处泉源的一些影响。在这同一个夏天，湖水又下降了。令人称奇的是这种涨落不管是否有周期，都需要好几年的时间才能完成。我曾经观察到一次湖水上涨，以及两次湖水下降的部分过程。我预测在十二年或十五年之后，水位又会降落到我以前观察过的地方。位于东面一英里的弗林特湖，除了进水口和出水口所引起的变化之外，它和其他一些较小的湖，其水位全都和瓦尔登湖同升同落。最近，它们也涨到了各自的最高水位。据我的观察，白湖的情形也是如此。

瓦尔登湖这种长久的涨落至少起到了这样一个作用：湖水在最高的水位保持一年时间，虽然让沿湖步行变得困难了，但自从上一次涨水以来，那些沿湖生长的灌木和油松、白桦、桤木、白杨等树木都给冲刷掉了。等湖水再下降时，就留下了一片平滑的湖岸。它不同于别的湖泊以及水位每天涨落的河流，在水位最低时，它的湖岸反而最清洁。在我屋子旁边的那片湖岸，一排十五英尺高的油松被淹没了，仿佛被杠杆拉倒了一般，这样就制止了它们对湖岸的侵占。这些松树的大小恰好说明了水位上次涨到这个高度后又过了多少年。就是利用这样的涨落，湖保持了它对湖岸的所有权。湖岸就这样被剃干净了，树木不能侵占它。湖的舌头不时舔一舔自己的嘴唇，使胡子不能生长出来。当湖水涨到最高时，桤木、柳树和枫树从它们那被水淹没的根上生长出大量纤维状的红根须，长达数英尺，最高的离地三四英尺，它们想这样来保存自己。我还发现了那些在岸边高处的通常不结果实的浆果，这种情况下果实倒特别多。

湖岸怎么会铺砌得如此整齐，有人对此觉得很费解。当地居民都听到过许多传说。老人们告诉我，他们年轻时候曾听说，在古时候，印第安人正在这儿的高山上举行狂欢庆典，山突然升得很高很高，高度堪比现在的湖陷入地下的深度。据说他们做了许多对神不敬的行为——事实上印第安人从没有犯过这种罪——正当他们这样亵渎神明的时候，山突然摇晃起来，接着沉下去，仅有一个名叫瓦尔登的印第安女人逃脱了，从此，这个湖就用她的名字来命名了。据猜测，在山摇地动之时，那些圆石滚落下来，成了现在的湖岸。无论如何，这一点可以确定：从前这里没有湖，现在却有一个。这个印第安传说和我前面提到过的那位古代的移居者是没有矛盾的。他非常清楚地记得，当他带着魔杖初来此地，他看见草地上升起一层薄雾，那根魔杖就直指向下方。于是他决定挖一口井。至于那些石子呢，很多人认为它们不可能是波浪冲刷山体所致。据我的观察，周围山上有很多相似的石头，因此，人们不得不在最靠近那湖的铁路的两边筑起了墙。再说，石头越多的地方湖岸越陡峭。所以，不幸的是，这对于我不再有什么神秘可言了，我观察出了铺砌石块的人是谁。如果这个湖的名字不是源于类似萨福隆·瓦尔登的英语地名，那么，我就可认为瓦尔登湖原来的名字可能是围墙湖。

于我而言，瓦尔登湖是一口现成的水井。一年中有四个月湖水都是冰凉的，正如一年四季湖水都是纯净的。我认为，湖水就算不是本镇最好的水，至少不会比其他的差。冬天，所有露天的水，都会比那些受到防护的泉水和井水更冷。从下午五点直到第二天，即1846年三月六日的正午，在我的房间里，温度上升到了六十五华氏度[1]（有时是七十华氏度），部分原因是太阳晒热了我的屋顶，而我放在这房子里的从湖中汲取的水，其

1　约合18.3摄氏度，华氏度 =32+摄氏度 ×1.8。

温度却只有四十二华氏度，比刚从村中最凉的一口井里打上来的井水还低了一华氏度。同一天内，瓦尔登湖西四面的沸泉温度是四十五华氏度，是我测量过的各种水中温度最高的了，但到了夏天，沸泉的水又是附近最低的——在浮在上面的浅浅的表层水并没有混杂进去时。夏天，瓦尔登湖的水没有在阳光底下的水那么温暖，因为它很深。在最炎热的天气里，我时常打一桶水放进地窖里。夜间一旦它冷却下来，第二天一整天它都会很凉。有时，我也到附近一处泉水那儿去打水。那水过了一个星期后还像刚打上来时一样好，且没有抽水机的味道。谁想夏天在湖边露营，只要在营地的阴凉处，把一桶水埋下去几英尺深，那就用不着冰块这种奢侈的东西了。

在瓦尔登湖有人捉到过狗鱼，有一条重达七磅。另外一条则极为快速地把一卷钓丝拉走了。渔夫因为没有看到它，估计它至少有八磅重。此外，还在这湖里捉到过鲈鱼、大头鱼。其中有的有两磅重，还有银鱼和齐文鱼（学名 Leuciscus Pulchellus），几条鲤鱼，两条鳗鱼，其中一条重四磅——我把鱼的重量写得如此详细，是因为它们的名声总是根据重量来决定的，而那两条鳗鱼，是我听说过的仅有的两条。我还隐约记得一条约五英寸长的小鱼，它的两侧是银色的，背脊却呈青色，像鲦鱼那样。我之所以在这儿提起这条鱼，主要是要把事实和寓言联系起来。总体来说，瓦尔登湖的鱼并不多。狗鱼虽不多，却是这湖值得夸耀的东西。有一回，我横躺在冰上面，至少看到了三种不同类型的狗鱼，一种扁长的，钢灰色，像那些从河里捉起来的一样；一种是金黄色的，带着绿色的闪光，在很深的深水中；最后一种金色的，形态跟上一种相近，但身体两侧有棕黑色或黑色斑点，间或还夹杂着一些淡淡的血红色斑点，很像鲑鱼。但学名 reticulatus（网状的）似乎不能用来指称它，guttatus（有斑点的）才更确切一些。这些鱼都很结实，它们的重量比看上去要重得多。银鱼、大头鱼、还有鲈鱼，这湖中所有的鱼，比一般的河流和大多数湖中的鱼都要清洁、漂亮、结实。这都是因为这湖里的水更纯净，人们可以很容易地把这儿的鱼区别出来。也许有鱼学家可以用这儿的鱼来培育一些新的品种。除了鱼，这儿还有清洁的青蛙、乌龟，还有少量的淡菜；麝香鼠和貂鼠也在湖畔留下了它们的足迹，偶尔还会有从烂泥中钻出来漫游的甲鱼。有一回，当我在黎明中把船从湖岸推开时，有一只夜里躲在船底下的大甲鱼被惊动而显得很不安。野鸭和天鹅常在春秋两季到来，白腹燕子（学名 Hirundo bicolor）在水波上掠过，翠鸟也在河湾迅疾飞翔，还有些斑鹬（学名 Totanus macularius）整个夏天在石头湖岸上晃荡。我有时还会惊起一只坐在白松枝上俯视湖面的鱼鹰。但是，就我的观察，海鸥还不曾飞到这儿来过，像它们曾飞到过费尔港去的那样。潜鸟每年最多光临一次。常到瓦尔登湖来的动物们，就是这些了。

在风平浪静的时候，你坐在船上可以看到，在东边水深八英尺或十英尺的沙岸附近，或者在湖的另一些地方也可以看到，水底有一堆堆高约一英尺、直径约六英尺的圆形的东西，是比鸡蛋略小一点的圆石，而在圆石周围则全是黄沙。一开始你会觉得惊奇，猜想那是否是印第安人为着某个神秘的目的在冰上堆积起这些圆石，然后，冰层融化，这些圆石就沉到湖底了；但是，就算这样，这些圆石还是堆得太有规则了，其中一些还像是堆积没多久的。它们和平常在河中看见的那些很相似，但这里没有胭脂鱼或八目鳗，我不知道这是哪一些鱼的杰作。也许这里是齐文鱼的巢穴。这些圆石给湖底增添了一层令人愉快的神秘感。

湖岸极不规则，所以看上去一点也不单调。我闭上眼睛，脑海里会浮现出西岸有如犬牙交错的锯齿形的深水湾。北岸更为陡峭，而南岸则呈现出美丽的扇形，一个个岬角相互交叠，使人想起岬角之间一定还有人迹未到的小水湾。湖的四周，群山环绕，站在湖中央极目四望，从水边直立而起的绵延在山上的森林真是绝佳的风景。森林倒映在湖水中不但形成了最美的前景，而且那弯弯曲曲的湖岸，恰又给森林划出了一条最自然又最令人愉悦的边界线。这儿没有一点不完美或者不完整的感觉，不像斧头砍伐出的一片林中空地，或者一片裸露的开垦出来的田地。在湖边，树木都有充分的空间来扩展自己，每一棵树都可以向湖面伸展出最富生机的枝条。大自然编织了一幅很自然的织锦，眼睛可以从沿岸最低的矮树渐渐地望上去，望到最高的树。这里看不到多少人工的痕迹。湖水还像一千年以前那样拍打着湖岸。

湖是风景中最美丽、最有表情的姿容。它是大地的眼睛，观望着它的人也可以掂量出他自己天性的深度。湖边的树木是湖的睫毛，而四周葱郁的群山和连绵的悬崖则是眼睛上浓密的眉毛。

九月里一个平静的下午，我站在湖东端平坦的沙滩上，望着薄雾中对岸影影绰绰的岸线，突然理解了何谓“波平如镜”。当你往下俯视湖面时，湖像一条精细的薄纱悬在山谷之上，在远处松林的衬托下闪着光，把大气隔出了层次。你会觉得自己可以从湖底走过去，直走到对面的山上而不会将身体打湿，你会觉得那些掠过水面的燕子甚至可以在水面停留。事实上，它们有时会潜到水平线以下，好像它们弄错了，然后才醒悟到这一点。当你向西朝湖对面望去的时候，你不得不用两手来保护自己的眼睛，挡开阳光，同时也挡开从水中反射过来的太阳光；如果这时你能够在这两种太阳光之间审视湖面，它的确就是“波平如镜”了。这时还有一些水黾，以同等距离散布在湖面，它们在阳光里发出了我们能想象得出的精美的闪光；或者有一只鸭子在整理它的羽毛；或者正如我刚才说过的，一只燕子在水面上掠飞，翅翼似乎碰到了水面。还有可能在远处，一条鱼在水面上方约三四英尺的空中画出一道圆弧，它跃起时有一道亮光，入水时又是一道亮光，这会构成一个完整的银色的圆弧；湖面或者还漂着一枝蓟草的冠毛，鱼向它一跃，水上便又激起一阵涟漪。这像是已经熔化的玻璃，虽已冷却但还没有完全凝结，而其中即使有一些尘埃和杂质，也是那么纯洁美丽，就像玻璃中的细胞。你时常还可以发现一片更平滑、更黝黑的湖水，好像有一面看不见的蜘蛛网把它同其余的湖水隔开，成了水中仙子们躺在湖面休息的场所。从山顶往下看，你几乎可以看到鱼儿在任何地方跳跃；在这样凝滑的平面上，每一条梭鱼的跳跃或银鱼在捕一个虫子时，都会破坏整个湖面的均衡。这件简单的事可以这么精巧地呈现，真是神奇——这桩鱼类的谋杀案暴露无遗——我从远远的高处看到了水上一圈圈扩展的旋涡，它们的直径有六杆长。你甚至可以看到水蝽（学名 Gyrinus）不停地在平滑的水面上滑行了四分之一英里；因为它们使水面起了微微的皱纹，一片很明显的涟漪，两侧则分布着界线；而水黾在水面上滑行时却不会留下明显的涟漪。水黾和水蝽在湖水激荡的时候是不会出现的，只在风平浪静的时候，它们才从自己的小窝出发，探险一般从湖的这边，用短距离的滑行不断地往前冲，终于滑到湖的那边。这真是令人愉快的事。秋高气爽，你充分享受着温暖的太阳光，坐在一个高处的树桩上，将湖面尽收眼底，欣赏湖面荡漾的水波，那些旋涡状的水波一圈圈不停地映在天空和树木的倒影中间，要不是有这些水波，你是看不到湖面的。在这片广阔的水面上，一切扰动都会立刻轻柔地归于平静，消失不见；就好像当你到湖边舀一瓶水时，那些颤动的水波流向岸边，然后立刻又平息下来。了。一条鱼跃出水面，一只虫子掉到湖面，都用一个个旋涡、一条条美丽的线表达出来，仿佛这是湖中泉水的经常的涌现，是它的生命在轻柔地搏动，是它的胸膛在呼吸起伏。这是欢乐的涌动还是痛苦的颤抖？没有人知道。湖的种种现象是多么和平啊！人类的工作又像在春天里那样发光了。是啊，每一片树叶、每一根树枝，每一颗石子和每一张蜘蛛网都在这午后的阳光里闪烁，就好像披挂着露珠的春天的早晨那样。一支船桨或一只虫子的每一次动作都会发出一道闪光，而当船桨划水，桨声又是那般悠扬！

在这样的日子，九月或十月，瓦尔登湖是森林中一面完美的明镜。它四周用石子镶了边，在我看来它们像稀世珍宝那样珍贵。世间再也没有什么像这片躺在大地表面的湖沼这样美、这样纯，同时又这样宽阔。真是水天一色！它不需要栅栏。曾经有许多民族来了又去了，都于它无损。这是石子敲不碎的明镜，它的水银永不掉落，它的外表的装饰，大自然不断地给它修补；任何风暴和尘埃都不能使它那常新的镜面黯淡下去——这样一面镜子，落在它上面的一切尘垢会马上沉淀，太阳会用雾做的刷子常常拂拭它，用光做的布给它扫去尘土。这样一面镜子，在它上面呵气也不会留下形迹，它的水汽会蒸腾成云朵，飘浮到高空，又立刻反映在它自己的怀中。

湖水还影响空中的精灵。它不断地从高空接受新的生命和新的动态。湖是大地和天空之间的媒介物。在大地上，只有草木能像波浪那样摇摆，但湖水本身却被风吹出了波浪。我可以从一道道水波和一片片水光中，看见风从湖上吹掠而过，能俯瞰水波真是一件妙不可言的事。也许我们还应该像这样俯视大气层的表面，看看是否还有一种更神奇的精灵在它上面掠过。

到十月下旬，严霜降临，水黾和水蝽终于不见了踪影；于是，到了十一月，风平浪静的天气里，再也没有任何东西在水面上激起涟漪了。

十一月的一个下午，已经一连几天的大雨终于停了，但天空还是阴沉沉的，水雾蒙蒙。我注意到湖水格外平静，因此，简直难以分辨出湖面来；它不再反映出十月绚烂的色彩，它却反映出了四周小山那阴沉的十一月的颜色。虽然我尽可能轻地划动船桨，但船尾激起的微波却远远地扩散到我的视野之外，湖上的倒影也就显得非常曲折了。但是，当我望向湖面，看到远处这儿那儿有一种微微的闪光，仿佛一些水黾躲过了严霜重新集合了，又或许是湖面太平静了，水底有涌起的泉源不知不觉也扰动了湖面。待把船划到那些地方，我才惊奇地发现自己已给成千上万的小鲈鱼围住，约五英寸长，构成绿水中一片华丽的青铜色。它们在那里嬉戏着，时常浮出水面来，给水面造成一些小小的涟漪，有时还在湖面留下一个个小水泡。在这样纯净透明的、看似无底的、倒映着云彩的湖中，我觉得自己好像是坐着气球飘浮在空中，而鲈鱼的游动又让我觉得自己在盘旋、滑翔，仿佛它们是一群数量庞大的飞鸟，就在我的左边或右边飞过，它们的鳍则像饱满的帆一样扬起。在这个湖中有许多这样的鱼类，它们显然是要在冬天降下那遮挡天光的冰幕之前再享受一下这个短暂的季节。那被它们激荡的水波，有时让湖面显得像有一阵微风掠过，或者从天空洒下了几滴小雨点。等到我粗心大意地接近它们，它们惊慌失措，尾巴横扫，激起水花，好像是有人用一根毛刷般的树枝抽打水面，它们立刻就都藏到深水里去了。最后，风吹得急了，雾也变浓了，水波开始流动，鲈鱼跳跃得更高，半条鱼身跳出水面，一下子就跳了起来，成百个黑点，都有三英寸长。有一年，已经到十二月月五日了，我还看到水面上起了水涡，空气中雾水很浓。我以为马上就会下大雨了，急忙坐到划桨的座位往家划去。这时，湖上的雨点越来越大，我却不觉得雨点打在我的面颊，其时我以为自己免不了要淋得全身湿透。但是，突然间，水涡全都消失了，原来这都是鲈鱼扰动水面的缘故。我的桨声又把它们吓退到深水中去了，我隐约看到它们成群结队地消失！当然，这天下午，我浑身干干爽爽的。

一个大约六十年前常来瓦尔登湖的老人告诉我，那时的瓦尔登湖周围密林蔽日。那时候，湖上满是野鸭和别的水禽，空中还有许多老鹰盘旋。他到这里来垂钓，用的是他在岸上找到的一条古老的独木舟，也就是用两根中间挖空的白松钉在一起，两端都削成方形。这独木舟很粗糙，但用了很多年，后来全部浸满了水，也许还沉到湖底去了。老人不知道这独木舟是属于谁的，也可以说是属于瓦尔登湖的。他常常把一条条山核桃树皮捆起来做成锚索。有一次，一个在革命以前住在湖边的陶器工人告诉老人，湖底下沉着一只大铁箱，他曾看到过。有时候，这个铁箱会给水漂到岸上来，可是等你走近前去，它就沉回深水里无影无踪了。我对这段关于独木舟的故事很感兴趣。这条独木舟取代了另外一条材质一样的印第安独木舟，那一条做得相当雅致。那原本是岸上的一棵树，后来似乎倒在湖水中，在那儿漂荡了二十多年，对这个湖来说这真是再适合不过的船。我记得当初我第一次望向这片湖水的深处时，模模糊糊地看到许多大树干沉在湖底，如不是大风把它们吹折的，便是经人砍伐之后放在冰上没有拿走，因为那时候木材的价格非常便宜，而现在，森林里这些大树大都消失了。

我初次在瓦尔登湖上泛舟时，湖完全被浓密高大的松树和橡树围绕。有些凹进去的湖岸边，葡萄藤爬到树上，形成一个个凉亭，船可以从下面通过。湖岸四围的山峦太陡峻，山上的树木又非常高，所以从西端望下去，整个湖像一个圆形的剧场，可以演出那些山林的故事。我年纪轻一点的时候常在湖上消磨时光，像和风一样地在湖上漂荡。我把船划到湖心，然后仰靠在座位上，在一个夏天的上午，迷迷糊糊地睡着，直到船撞上沙滩才醒来。我站起身来，看看命运之神把我推送到了哪一处湖岸。在那样的日子里，优哉游哉是最具诱惑力也是最多产的事业。许多个上午，我这样偷闲地过了，我宁愿把早晨——一天中最宝贵的时光虚掷掉，因为我是那么富有，虽然这富有与金钱无关。我说的是我拥有阳光灿烂的时光以及夏天的日子，我可以挥霍它们；我并没有把时光更多地花费在工场中或者教师的讲台上，我并不为此后悔。然而，自从我离开瓦尔登湖后，砍伐木材的人竟然在那儿大肆砍伐起来了。现在，要再在林间小道上漫步得等许多年才有可能了，也无法从森林中偶然望见湖光山色了。我的缪斯女神如果从此沉默不语，也是情有可原的。森林遭到砍伐，怎能期望鸟儿继续歌唱？

现在，湖底的树干、古老的独木舟，还有周围黑魆魆的林木都不存在了，村民们本来几乎不知道这个湖在什么地方。他们不来这湖里游泳或者饮水，而是想用一根管子把跟恒河之水一样圣洁的湖水引到村中去好让他们洗盘子。他们轻轻扭动一下水龙头或者拔起一个塞子就能利用瓦尔登湖的湖水！那魔鬼般的铁马，那刺破耳膜的嘶叫声整个市镇都能听到，它已经用肮脏的脚步弄脏了沸泉，也正是它吞下了瓦尔登湖岸边的森林。这匹特洛伊木马，肚子里藏了一千个人，全是那些唯利是图的商人想出来的！这个国家的战士到哪里了，摩尔大厅的摩尔应该到迪普卡特（英文“深切”的音译）那地方去复仇，把长矛刺入这傲慢的瘟神的肋骨间。

然而在我们知道的所有性格中，瓦尔登湖也许是坚持得最久的——最长久地保持了它的纯洁性。许多人都曾经被比作瓦尔登湖，但只有少数几个人能当得起这种比喻。尽管伐木的人已经把湖岸这一片和那一片的树木砍光了，爱尔兰人也已在那儿建造了他们简陋的居所，铁路线也已经侵入了湖边，卖冰的商人似已在那儿取过一次冰，但湖本身却没有变化，还是我年轻时所见的那片湖水，反倒是我改变了很多。尽管它依然涟漪阵阵，却没有一条永久的皱纹。它永远年轻，我还可以站在湖边看到一只燕子像过去那样扑向水面，从湖面衔起一条小虫。今晚，我被这情绪深深感染了，仿佛二十多年来我并非和它朝夕相处——啊，这就是瓦尔登湖，我许多年之前发现的那个林中之湖。去年冬天，这里有一片森林被砍伐了，另一片森林却又已经蓬勃生长起来；同样的思绪跟那时候一样又涌上了湖面。瓦尔登湖对于它本身和上帝依旧是荡漾着欢乐。是啊，这也可能是我的欢乐。这湖当然是一个勇敢者的作品，没有一丝一毫的做作！他用他的手围成了这一片湖水，并在他的思想中使这湖深化、澄清，并在他的遗嘱中将它传给康科德。我从它的水面上又看到了同样的倒影，我不由得要问：瓦尔登湖，这是你吗？

我不奢望，
装饰一句诗行；
要接近上帝和天堂
除非在瓦尔登湖　我生活的地方。
我是瓦尔登湖那多石的湖岸，
是吹过湖面的微风；
在我的掌中，
是它的水，它的沙，
而它最深邃之处
流淌在我的思想之上。

火车从来不会停下来欣赏湖光山色。然而我想那些火车司机、司炉工以及制动手，还有那些买了月票、常看到它的旅客，或多或少是会欣赏这儿的景色的。司机在夜里不会忘记它，或者说他的天性并没有忘掉它，白天他至少会与这宁静而纯洁的风景会一次面。虽然他只见一次，却可以帮助洗净议会街和那机车上的油污。有人提出建议，说这湖可以称为“神的水珠”。

我说过，我们看不见瓦尔登湖的进出水口，不过，它一方面与远处地势更高的弗林特湖间接地相连，中间隔着一连串的小湖沼，另一方面，它显然又直接和地势较低的康科德河相连，中间同样隔着一连串的小湖沼。在某些地质时期，瓦尔登湖也许曾流过这些小湖，只要稍加挖掘，它依然可以流到那边去，但上帝不许人们这么挖掘。如果说，瓦尔登湖这样简朴而自然，像长久生活在林中的隐士一样，得到了这样令人称奇的纯洁. 假如弗林特湖不纯洁的湖水流进了瓦尔登湖，或者瓦尔登湖甘美的水流到海洋中去了，那谁不会感到这是一种遗憾呢？

弗林特湖也称沙湖，是这儿最大的湖或内海，它位于林肯区，在瓦尔登湖以东大约一英里处。它要大得多了，据说有一百九十七英亩，鱼类也更丰富，但水位比较浅，而且不太纯净。散步穿过森林到那里去是我经常的消遣。即便仅仅是为了让风自由地吹拂你的脸庞，即便仅仅是为了看一看它的波浪，想象一下水手们的生活，那也是很值得的。秋天里刮风的日子，我曾去那里捡栗子，那时栗子掉进湖水里，又被波浪送到我的脚边。有一次我在芦苇丛生的岸边穿行，清新的浪花飞溅到我脸上。我碰到了一只船的残骸，两侧的船舷都没有了。它躺在灯芯草丛中，印象中它几乎只剩个平底了，不过，船的模型却还很清晰，似乎是一个朽烂了的巨大的垫板，木质纹路还很清楚。这残骸就像海岸上一艘给人最深刻印象的破船，其中所包含的教训也同样发人深省。但现在，它只成了长满植物的残骸和湖岸的一部分了，菖蒲和灯芯草都已从船体中间生长出来了。我常常欣赏北岸湖底沙滩上波浪留下的痕迹。水的压力已经把湖底压得很坚实，涉水者的脚能感觉到它的硬度；那些单行生长的灯芯草，一行一行随波浪摆荡，跟湖底的痕迹相呼应，看上去好像是波浪把它们种下的。在那里，我还发现了数量相当多的奇怪的球茎，一看就知道是很精细的草或根，也许是谷精草的根，直径从半英寸到四英寸不等，呈现出很完美的圆形。这些圆球在浅水中的沙滩上随波漂动，有时还被冲到岸上来。它们有些是紧密的草球，有些则是中心包着一些细沙。起初，你会认为这是波浪的冲刷造成的，就像圆卵石的形成那样；但是，最小的直径半英寸的圆球，其质地也跟大的圆球一样粗糙，并且，它们只在每年的一个季节内产生。还有，对于一个已经形成的东西，波浪对它的破坏当然是多于建设的。这些球体，在出水变干燥以后还会保持它们的形状。

弗林特（吝啬的）湖！我们的命名多么贫困！那个肮脏愚昧的农夫有什么资格用他自己的名字来给这个湖命名呢？他在这片水天之间耕作，又粗暴地砍伐湖岸的林木。他很可能是一个吝啬鬼，他更爱一块银圆或一枚光亮的硬币，因为他从中可以看到自己那黄铜色的厚脸皮。他甚至认为飞来的野鸭也是入侵者。由于长期残忍贪婪地攫取东西，他的手指已经像弯曲的坚硬锋利的鹰爪。所以，这个湖的名字一点也不合我的意。我到那里去散步，绝不是看这个弗林特，也绝不是去听人家说起他；他从没有看见这个湖，从没有在里面游泳，从不爱它，从不保护它，从不说它句好话，也从不因为上帝创造了它而表示感谢。这个湖还不如用在湖里优游的那些鱼儿的名字来命名。用常到这湖上来的飞鸟或走兽的名字来命名，用生长在湖岸上的野花的名字来命名，或者用什么野人或野孩子的名字来命名，他们的生命曾经和这个湖相互交融过。总之不要用他的名字，除了某个与他臭味相投的邻人或立法机构发给他契约以外，他没有任何权力破坏这个湖——他想到的只是金钱；他的到来是整个湖岸的灾难，他要耗尽湖边的土地，放干湖水；他为这个湖不是一个生长英国干草或越橘的牧场感到遗憾——在他看来，这个湖的存在真是一笔巨大的损失。他甚至可以放干湖水然后用湖底的污泥去卖钱。湖水又不能为他转动水磨，他不觉得观赏这片风景是一种荣幸。我一点不敬重他的劳动，他的农场处处都标上了价钱。他会把风景，甚至可以把上帝都拿到市场上去卖，只要这些可以给他带来收益；他到市场上去就是为了他的这个上帝。在他的农场上，没有一样东西能自由地生长。他的田里不会生长庄稼，他的牧场上不会开出花，他的果树上也不会结出果，只会生长金钱。他不喜欢水果的美，他认为水果只有能兑换成金钱时，才算是成熟的。就让我来享受那真正富有的贫困生活吧。越是贫困的农民越能得到我的尊敬和关注！一个模范农场，那里的田舍像粪堆上长出来的菌类，人、马、牛、猪有各自清洁或不清洁的房间，彼此连成一片！人像畜生一样住在里面！这会是一个大油渍，肥料和奶酪的气味混杂在一起！在高度的耕作状态下，人的心和人的脑子也成了重要的肥料！仿佛你要在墓地边的空地上种豆一样！这就是模范农场！

不，不，如果最美的风景应当以人的名字来称呼，那就用最高贵、最值得尊敬的人的名字吧。我们的湖至少应得到伊卡洛斯海（希腊神话中的英雄）这样真正的名字，在那里，“海浪依然传颂着一次勇敢的尝试”。

雁湖比较小，在我到弗林特湖去的半路上；费尔港，康科德河的延伸部分，面积约七十英亩，位于西南面一英里之处；而白湖，面积约四十英亩，距离费尔港约一英里半。这就是我的湖区。这些，再加上康科德河，是我享有的湖区；夜以继日，年复一年，他们把我带去的粮食碾碎。

自从那些伐木工、铁路以及我自己亵渎了瓦尔登湖之后，所有这些湖中最动人的——即使不是最美丽的——要数白湖了，它是林中的明珠；它的名字太平凡了，大约是得名于其水的纯净，也或许是得名于其沙粒的颜色。然而，这两方面同其他的特征一样，它是比瓦尔登湖略逊一筹的孪生兄弟。这两个湖如此相似，你会觉得它俩在地下一定是相连的。同样是圆石的湖岸，湖水的颜色也相似。正如瓦尔登湖那样，在酷热的夏天穿过森林俯瞰一些不是很深的湖湾，湖底的反光会让水波染上一种雾蒙蒙的青蓝色或者绿灰色。许多年前，我常到那里去运载一车车的沙子来制成砂纸，此后我经常前去游玩。常去那儿游玩的人觉得称它翠湖比较合适。根据下面的情况，也许它还可以被称为黄松湖。大约在十五年前，你还可以在那儿看到一株北美油松的树冠。人们对这种松树所属的品种不是很明确地了解，但这一带人们称之为黄松。这株松树离岸有几杆远，树冠从深水中伸出湖面。有人甚至据此判断这个湖下沉过。这棵松树就是以前这地方的原始森林所遗留下来的。事实上，早在1792年就有人说过这样的话，有一个本地居民写过一部《康科德镇志》（马萨诸塞州历史学会藏书库中有这本书）。作者在谈了瓦尔登湖和白湖之后说："当白湖水位降低时，可以看到一棵树，似乎它原来就是生长在湖中的，虽然它的根是在水面下五十英尺的深处。这棵树的顶部早已断了，断处经测量，其直径有十四英寸。"1849年的春天我和一个住在萨德伯里最靠近这个湖的人交谈过，他告诉我，十年或十五年之前就是他把这棵树弄走的。据他回忆，这树离湖岸十二至十五杆，那里的水有三十或四十英尺深。当时是冬天，上午他在那儿取冰，决定下午请他的邻居来帮忙，把这老黄松弄掉。他锯去了一长条冰，开了一条通往湖岸的路，然后用了几头牛来拖树，打算把它从湖底拔起来，拖出冰面，可是，还没拉一会儿，他就惊奇地发现，拔起的是相反的一头，那些残枝都是向下的，细端牢牢抓住了沙质的湖底。粗端直径约一英尺，他原来希望能得到一块可以锯开的木料，可是树干已经腐烂得最多能做柴烧。那时候，他家里还留着几块这样的木材，木材底部还有斧痕和啄木鸟啄过的痕迹。他认为这原是湖岸上的一棵死树，后来被风吹到湖里，树顶被水浸透了，但其底部还是干燥的，因此较轻，漂在湖中之后就颠倒过来了。他的八十岁的父亲都不记得湖中何时曾有这棵黄松。湖底还可以见到几根很大的圆木，因为水面的波动，它们看上去像巨大的水蛇在蠕动。

这个湖很少有过船只，因为其中没什么吸引渔夫的水产品。这里也没有白百合花——它离不开污泥，也没有常见的菖蒲，纯净的湖水里只有稀疏地生长着的变色鸢尾花（学名 Iris versicolor），它们长在沿岸多石的湖底。六月里，蜂鸟飞来了，鸢尾花那蓝色的叶片和花朵，特别是它们的倒影，跟那灰绿色的湖水真是相当和谐。

白湖和瓦尔登湖像大地表面上两块巨大的水晶。它们是水面光洁的湖，如果它们能永远地冻结起来，而且又小巧玲珑到可以握在手心，也许它们早已经给一些臣仆拿走，像宝石一样点缀在国王的皇冠上了；可是，由于它们是液态的而且水面那么宽阔，得以永远保留给我们和我们的子孙后代。我们因此就忽视了它们，去追求什么世界上最大的钻石。这两个湖如此纯洁，不会有市场价值，因而它们没有被玷污。它们比起我们的生活来不知要美多少倍，比起我们的性格来不知要透明多少倍！我们从没发现它们有什么平庸与拙劣之处。它们跟农家门前给鸭子游泳的池塘比起来不知要美多少倍！洁净的野鸭来到这里。还没有一个人间的居民能够欣赏大自然的美。鸟儿披着漂亮的羽毛，唱着动听的曲调，与野花相得益彰，然而，有哪个少年或少女，能同大自然粗犷、丰富多彩的美协调一致呢？大自然自在地蓬勃生长，远离着人们居住的市镇。说什么天堂啊！你玷污了大地。

贝克农场

有时我散步到松林里，松林像高高的庙宇耸立着，又像装备齐全的海军舰队，树枝像波浪般摇曳起伏，又像水中涟漪般闪烁着光泽，看到这样柔和而翠绿的浓荫，便是德鲁伊教的人也会放弃他的橡树林而跑到这些松林里来顶礼膜拜了；我有时散步到弗林特湖边的雪松林里，那些高大的雪松结满了灰白色的果子，一株比一株高，它们就是被移植到英烈祠前面去都毫无愧色，而铺地柏则以果实累累的藤蔓覆盖着地面；有时，我还散步到沼泽地带去，那里的松萝地衣像花彩一样从云杉上垂挂下来，还有遍地的蘑菇，它们是沼泽地诸神的圆桌，摆设在地面，那些更加美丽的真菌则像蝴蝶或贝壳装点着树根；在那里，淡红的石竹和山茱萸生长着，红红的桤果像妖女的眼睛闪闪发亮，南蛇藤在攀缘时，在最坚硬的树上也会刻下深槽并勒坏树干，那些野冬青的浆果更是美得让人看了流连忘返；

此外还有许多野生的不知名的浆果让观者目眩神迷，它们真的太美了，不是凡人能品尝的。我并没有去拜访哪个学者，而是拜访那一棵又一棵的树，拜访在这一带附近也很罕见的稀有林木，它们或是远远地耸立在牧场的中央，或长在森林和沼泽的深处，或者就长在山顶上；譬如黑桦木，我就看到好些样本，直径有两英尺；还有它们的远亲黄桦木，穿着宽大的金黄色的马甲，散发出像黑桦木一样的香味，山毛榉的树干十分匀称，清洁的树干披着光鲜亮丽的地衣，每一个细小之处都很美。这种树除了一些散生在各地的样本，据我所知在本镇这一带，我仅仅知道有一小片这样的林子，树身已相当高大了，据说还是附近山毛榉的果实吸引来的鸽子顺便带到这里来播种的；当你劈开这种木头的时候，银色的木纹闪烁发光，真让人大饱眼福。这里还有椴树、角树，还有朴树，即假榆树，不过那儿只有一棵长得比较好；还有，可以像挺拔的桅杆一般的高高的松树，以及能做木瓦用的树，还有比一般松树更完美的铁杉，像一座宝塔一样矗立在树林中；我还能说出许多其他的树。在夏天和冬天，我拜访的就是这些神庙。

有一次，真是很碰巧，我就站在一条彩虹的拱座上，这条彩虹贯穿大气层的下层，给周围的草叶都染上了多彩的颜色，使我眼花缭乱，好像我是透过一个彩色的水晶去观看周围的一切。这里成了一个虹光的湖沼，片刻之间，我像一只海豚生活在其中。要是彩虹持续得更长久一些，那它就会把我的事业与生命都染成彩色了。而当我在铁路堤道上行走的时候，我常常惊奇地看到我的身影周围有一个光环，我不由自主地认为我就是上帝的选民。有一个访客告诉我，他前面的那些爱尔兰人的影子周围并没有这种光环，只有本地人才有这种特殊的标识。意大利雕塑家贝温尤托·切利尼在他的回忆录中告诉过我们，当他被禁闭在圣安琪罗城堡中并产生了一个可怕的噩梦或幻觉之后，他见到一个光亮的圆环罩在自己影子的头上，不论是在黎明还是黄昏，不论他后来是在意大利还是法兰西，尤其是草地上露珠闪烁时，那光环更是清晰可见。这大约跟我上面说到的是同一种现象，它在早晨看上去格外清楚，在其余的时间，甚至在月光下也可以看到。尽管这经常发生，却从没有被注意，对切利尼那样想象力丰富的人，这就足以构成他迷信的基础了。此外，他还说他只愿意把这情况指点给少数人看，可是，那些意识到自己头上有着这种光环的人，难道不是真的很特别吗？

有一天下午我穿过森林到费尔港去钓鱼，以弥补我粗茶淡饭的不足。我沿路经过了那片附属于贝克农场的欢乐草地，有个诗人曾经歌唱过这块偏僻安静的地方，开头是这样写的：

眼前是一处欢乐的场所，
那些披挂苔藓的果树，
给一条淡红色的溪水让路，
可爱的麝香鼠在水边居住，
还有水银般的鳟鱼，
自在地来去。

在住到瓦尔登湖之前，我曾想过去那里生活。我曾去“钩”过苹果，纵身跃过那道小溪，吓跑过麝香鼠和鳟鱼。在那样的下午，你觉得时间似乎特别漫长，许多事情都有可能发生，我们可以在这里寄托余生，虽然出发的时候，时间已过去了一半。我还在途中碰上了阵雨，这让我不得不在一棵松树下躲了半小时雨，我在自己的头顶上面搭一些树枝，再用我的手帕来遮盖；后来我索性下了水，在水深及腰的地方，在梭鱼草上放下了钓丝，突然，我发现自己已在一块乌云底下，紧接着雷声已开始轰隆作响，我没有别的办法了，只好听声响。我想，天上的诸神真神气，要用这些叉形的闪光来迫害我这个手无寸铁的可怜渔人，所以我赶紧奔到最近的一个棚屋中去躲一躲，这间棚屋距离任何一条路都有半英里远，但它离湖泊就比较近，这里已经很久没有人住。

这是一位诗人所建，
在他淡泊的晚年，
看这小小的木屋，
怎样面临损毁的危险。

缪斯女神就是这样说的。可是我看到那儿现在住着一个爱尔兰人，叫约翰·菲尔德，还有他的妻子和好几个孩子，大孩子脸庞宽阔，已经能帮他的父亲做工了，这会儿他正跟着父亲从沼泽地跑回来躲雨，小的婴儿则有个圆锥形的脑袋、满脸皱纹，像个先知一样，坐在他父亲的膝盖上像坐在贵族的宫廷中，从潮湿又饥饿的家里好奇地望着陌生人。这当然是一个婴儿的权利，婴儿什么都不知道，不知道他自己是贵族世家的末代，不知道他是世界的希望、全世界注目的中心，而并不是什么约翰·菲尔德的可怜的、饥饿的小子。我们一起坐在最不漏水的那部分屋顶下，而外面却是雷雨交加。我从前曾多次坐在这里，还在那艘载着他们这一家漂洋过海到美国来的船造好之前。这个约翰·菲尔德显然是一个老实又勤恳却没有多少主意的人，他的妻子则毅然地把在高高的炉子前面做饭的差事，接连不断地承担起来，她有一张圆圆的、油腻的脸，露着胸，她还梦想着有一天要过好日子呢，她手中从来不放下拖把，可是没有一处地方看得出需要拖把发挥作用。小鸡也进屋躲雨了，在屋子里大模大样地走来走去，像个家庭成员一样，这一来太有人情味了，我想把它们烤了吃是不妥当的。它们站着，毫不畏惧地盯着我的眼睛，故意来啄我的鞋子。同时，我的主人把他的身世告诉了我，他如何在沼泽上给邻近的农民打工，如何用一把铲子或在沼泽地上用的锄头翻起一片草地，报酬是每英亩十美元，并且这片土地和肥料可由他使用一年，而他那个个子矮小、脸庞宽阔的孩子就在父亲身边愉快地干活儿，并不懂得他父亲和别人做了一笔多么不赚钱的交易。我想用我的经验来帮助他，告诉他我们是近邻，我呢，是来这儿钓鱼的，看外表就知道是一个游手好闲的人，但也跟他一样是个自食其力的人；我还告诉他我住在一座干净明亮又整洁的屋子里，那造价可并不比他租用这种破房子一年的租金多；如果他愿意的话，他也能够在一两个月之内，给他自己造起一座这样的宫殿来；我不喝茶，不喝咖啡，不吃牛油，不喝牛奶，也不吃鲜肉，因此我不必为了得到它们而工作；而因为我不拼命工作，我也就不必拼命地吃，所以我在伙食上花费很少；但他呢，因为一开始就要喝茶、喝咖啡、喝牛奶，吃牛油和牛肉，他就不得不拼命工作来偿付这一笔支出，他越拼命地工作，就越要吃得多，以弥补他体力上的消耗——结果，他的开支越来越大，而那开支之大确实比拼命工作的所得一点不少，事实上还亏损了，因为他不能得到满足，他的一生就这样消耗在里面了。然而，他还是认为，到美国来是一件大好事，在这里可以每天喝到茶、咖啡，吃到肉。可是，真正的美国应该是这样的一个国家，你可以自由地过一种能够摆脱这些东西的生活，而且这个国家不需要强迫你支持奴隶制度，也不需要你来支持一场战争，也不需要你因为使用这些东西而付出一笔间接或直接的额外费用。我特意这样跟他说，把他当成一个哲学家，或者把他当作希望做一个哲学家的人。任大地上的草地荒芜下去，如果是因为人类开始要赎罪，而后才有这样的结局，那我会感到很愉快。一个人不必去读历史，才明白什么东西对他自己的文化最有益。可是，哎呀！一个爱尔兰人的文化竟是用那种像是沼泽地带常用的锄头一样的观念来开发的事业。我告诉他，由于在沼泽上拼命做苦工，他就得有厚靴子和耐穿的衣服，但它们很快就弄脏了、磨损破烂了，我却只穿薄底鞋和薄衣服，花费还不到他的一半，在他看来我倒是穿得衣冠楚楚，像一个绅士（事实上并不是那样），而我可以不花什么力气，像消遣那样用一两小时劳动，如果我高兴的话，捕到足够吃一两天的鱼，或者赚够我一星期用的钱。如果他和他的家庭可以简朴地生活，他们可以在夏天都去捡拾越橘，其乐融融。听到这话，约翰长叹一声，他的妻子两手叉腰地瞪着我，似乎他们都在考虑，他们有没有足够的资本来开始过这样的生活，或者他们学到的算术是不是够把这种生活维持下去。在他们看来，那是依靠测程和推算进行的航程，弄不清楚这样怎么能到达他们想去的港岸；于是，我揣测，他们还是会勇敢地用他们自己的那个生活方式，面对贫困，竭力奋斗，却没法用任何精锐的楔子揳入生活的大柱子，让它裂开，然后细细地加以雕刻。他们只是粗略地对付生活，像人们对付那多刺的蓟草一样。可惜他们是在非常恶劣的形势下作战的——哎呀，约翰·菲尔德啊！没有计算的生活，很容易就彻底失败啊。

“你钓过鱼吗？”我问道。“啊，钓过，有时在我休息的时候，在湖边钓到够吃一顿的鱼，我还钓到过很好的鲈鱼。”“你用什么钓饵？”“我用蚯蚓钓银鱼，又用银鱼为诱饵钓鲈鱼。”“你最好现在就去，约翰！”他的妻子容光焕发、满怀希望地说。可是约翰犹豫不决。

阵雨已经过去了，东面的树林上横跨着一道长虹，应当会有个晴朗的黄昏，所以我就起身告辞了。走出屋子以后，我又向他们要了一杯水来喝，希望借此看一看他们的水井，完成我对这一家的一番调查。可是，哎呀！这井很浅，还尽是流沙，绳子也断了，水桶已经破得没法修理了。这期间，他们把一只厨房用的杯子找了出来，似乎把水蒸馏了一遍，经过一番磋商，一再拖延之后，最后杯子递到了口渴的人的手里，还没凉下来，而且还是混浊的。我想，在维持着这几条生命的就是这种肮脏的水；于是，我闭上眼睛，很巧妙地把尘土摇到一旁，为了那真诚的好客尽情干杯。在涉及礼貌问题的时候，我绝不拘谨。

雨后，当我离开爱尔兰人的屋子，又朝着湖边走去时，一瞬间我突然感到，我这样急于去捕捉狗鱼，踩过草地上积水的泥坑和沼泽区的窟窿，穿越荒凉的旷野，对于我这个上过中学、进过大学的人来说，未免太窝囊了。但是，当我走下山坡，向着红霞满天的西方行进，一条长虹垂落在我的肩上，轻微的铃声透过明净的空气传到我的耳中，我又似乎不知道从何处听到了我的守护神在对我说话了——出去渔猎，每天要走远一点——越远越好，越宽广的地方越好——你就在许多的溪水边和许多户人家的火炉边休息，不必担心；记住你年轻时候的创造力。每到黎明，你就无忧无虑地起来，出发去探险，中午时你会在另一个湖边。夜晚，你可以到处为家；没有比这里更宽广的土地了，也没有比这样做更有价值的消遣了。按照你的天性无拘无束地生活，好比那芦苇和凤尾蕨，它们是永远不会变成英吉利的干草的。让雷声轰鸣，虽说对农民的庄稼有害，但这又有什么关系呢？这并不是要你关注的信息。别人躲在马车里、木屋里避雨，你则可以躲在云下避雨。别让谋生变成你的职业，而应该让生活成为游戏。你尽可以去欣赏大地，但不要想去占有大地。由于缺少进取心和信心，人们现在总是买进卖出，过着奴隶一样的生活。

呵，贝克农场！
一点点灿烂的阳光
就是大地最美丽的风光。
……
那片牧场给围上了栏杆，
没有人会跑去纵酒狂欢。
……
你不曾跟别人辩论，
也从没有被你的疑问所困，
初见时与现在一样温顺，
你穿着褐色的粗布衣裙。
……
喜欢你的人到来，
讨厌你的人也会到来，
圣戛之子，
和州里的盖伊·福克斯，
把那些历史的阴谋
从牢固的树枝上垂下！

人们总是夜晚一来就服服帖帖地从附近的田地或街上回到家里，他们的家里响着生命平凡的回音，他们的生命日见衰弱，因为他们反反复复地呼吸着自己的鼻息；早晨和黄昏的影子比他们本人的脚步走得还远。我们应该从远方，从奇遇、冒险和各种新的发现中，带着新的经验、新的思绪而回家来。

我还没有走到湖边，约翰·菲尔德已在某种冲动下，跑到湖边了。他改变了计划，今天日落以前不再去沼泽地工作了。可是他，可怜的人，只钓到两条鱼，而我却钓了一大串，他说这是他运气不佳；可是，后来我们换了座位，运气也跟着换了位。可怜的约翰·菲尔德！（我想他是不会读这一段话的，除非他读了会受到启发）——他想在这原始的新土地上用传统的方式来生活——用银鱼做诱饵来钓鲈鱼。我承认，这有时是很好的钓饵。尽管他的地平线完全属于他所有，但他却是一个穷人，生来就穷，随身继承了他那爱尔兰人的贫困或者贫困的命运，还继承了亚当的老祖母那种沼泽地的生活方式，他或是他的后裔在这世界上都不能飞升，除非他们那长了蹼的、在泥沼中艰难跋涉的脚穿上了长翅膀的靴子。

更高的规律

当我提着一串鱼，拖着钓竿穿过树林回家的时候，夜色已经完全降下来了。我瞥见一只土拨鼠偷偷地穿过小路，感到了一阵奇怪的令人颤抖的野性的欢喜，我有一个强烈的念头：抓住它，把它活活吞下肚去。倒不是因为我当时肚子饿了，仅仅是因为它代表着野性。我在湖上生活的时候，曾经有过一两次发现自己在林中来回奔跑，像一条半饥饿的猎犬，带着奇怪的放纵自己的心情，想要找寻一点可以吞而食之的野味，任何野兽的肉我都能吞下去。野性膨胀到极点的景象我已经莫名其妙地变得熟悉了。我在自己的内心发现，而且还将继续发现，我有一种追求更高等的生活，或者说追求精神生活的本能，许多人也都有这样的本能，但我另外还有一种追求原始的野性生活的本能，这两者我都很尊崇。我爱野性不亚于我爱善良。钓鱼就是一种具有野性和冒险性的活动，这也是我喜欢钓鱼的原因。

有时候我喜欢粗野的生活，更像野兽一样过我的日子。也许，我和大自然的亲密无间很大程度上得益于我在年纪非常轻的时候喜欢钓鱼打猎。渔猎很早就把我们引向自然风光，将我们与自然紧紧联系在一起，要不是那样的话，在当时那样的年龄，是无法熟悉自然风光的。渔夫、猎人、樵夫等，他们在山野森林中度过漫长人生，从某个特殊意义上说，他们已经是大自然的一部分，他们在劳动的间隙比那些总是带着一定目的前去观察自然的诗人和哲学家都更适宜于大自然。大自然不怕向他们展现它自己。旅行家在草原上自然而然地成了猎人，在密苏里河和哥伦比亚河起源的地方却成了捕兽者，而在圣玛丽大瀑布那儿又成了渔夫。但那个仅仅是去旅行的旅行家得到的知识总是第二手的、不完整的，他只是一个可怜的权威。我们最发生兴趣的科学报告，是那些通过实践或者出于本能而发现了一些什么的报告，因为只有这样的报告才是真正的人文科学，或者说忠实地记录了人类活动的经验。

有些人说美国人很少有娱乐，因为他们公共假日很少，男人和小孩玩的游戏也不像英国那么多。但是这话错了，因为在我们这里，渔猎之类更原始、更孤独的消遣还没有让位给那些游戏呢。在我的家乡新英格兰，几乎每一个跟我差不多大小的儿童，在十岁到十四岁时都扛过猎枪，而他们捕鱼打猎的场地也不像英国贵族那样划定了界线，他们的场地甚至比野蛮人的还要宽广得多。因此，这就难怪他不常到公共场所玩游戏了。不过，现在的情况已经在发生变化，并不是因为保护动物意识的增强，而是因为猎物大为减少，也许猎人甚至会成为被猎的禽兽的好朋友呢，保护动物协会当然也不例外。

再说，住在湖边时，我捕鱼只是想改善改善我的伙食。我真的像早期捕鱼的人一样，是出于吃的需要才去捕鱼的。无论我编织出什么人道的理由来反对捕鱼，那都会是假话，是我在哲学上的考量，而不是发自我的情感。（我现在只说到捕鱼，长久以来，我对猎鸟产生了不同的看法，在我到森林中来之前，我就已经卖掉了我的猎枪。）这倒不是因为我比别人残忍，而是因为在捕鱼这件事上我一点也感觉不到我有什么恻隐之心。我既不怜悯鱼，也不怜悯做鱼饵的生物。这已成了习惯。至于猎鸟，在我还背着猎枪的最后几年，我借口我是在研究鸟类学，我找的只是一些新的或者罕见的鸟类。可是现在我承认，有比这更好的研究鸟类的方法。这方法要求你去这样严密仔细地观察鸟类的习性，只凭这样一个理由，就完全可以让我抛弃猎枪了。但是，不管人们如何根据人道主义来反对，我还是情不自禁地怀疑，这世间是否有同等价值的娱乐来取代打猎。当一些朋友不安地征询我的意见，问他们是不是应当允许孩子们去打猎，我总是回答：是的——因为我记得这是我早年所受教育中最好的一部分。把他们培养成猎人吧，虽然起先他们只是爱好户外的运动员，但如果可能的话，最后他们会成为好猎手，那时他们会觉得，在这里或任何原野森林里都没有足够的鸟兽值得他们去捕猎的。迄今为止，我仍然同意乔叟笔下那个修女的意见，她说：

从没听到拔了毛的母鸡说过
猎人不是圣洁的人。

在个人的和种族的历史中还曾经有过这样一个时期，那时猎人被赞美为“最好的人”，阿尔冈昆的印第安人就曾这样称呼过他们的猎人。我们不能不可怜那些从没有放过枪的孩子，他不再是更有人情味，而是他的教育可悲地遭受到了忽视。对那些沉湎于打猎的青少年，我也会说这样的话，我相信他们将来会很快超越这个人生阶段。还没有一个人在无忧无虑地过完了他的童年之后，还会任性地杀死任何生物，因为他应当明白生物跟他一样有在这世界生存的权利。兔子在无路可逃的时候，会像一个小孩那样呼号。我要告诫你们，母亲们，我的同情心并不总是偏向于人类这一边。

青年人往往是通过打猎才接触到森林以及他身体里面最有天性的那一部分。他跑到森林中去，先是作为一个猎人、一个钓鱼的人，到后来，如果他身体里已播有更善良生命的种子，他就会发觉他的正当的人生目标也许是当一名诗人或者成为一名自然科学家，这样，猎枪和钓竿就被他抛到一边了。在这一方面，大多数人依然还是并且将永远是年轻的。在有些国家，打猎的牧师也并不少见。这样的牧师也许可以成为一头好的牧犬，但绝不会成为一个“好的牧羊人”。我感到奇怪的是，除了伐木、挖冰，或者其他这一类事，据我所知，现在就只剩下一件事，还能够把我的任何市民同胞，无论老少都吸引到瓦尔登湖上来停留整整半天，那就是钓鱼——只有这一件事例外。常常，他们还不认为他们很幸运，可以一直欣赏瓦尔登湖的风光，除非他们钓到了长长一串鱼，他们才觉得这半天过得还算值得。他们得去垂钓一千次，然后才把这种庸俗的看法沉到湖底，让他们的目标得到净化。毫无疑问，这样的净化过程会一直进行下去。州长和议员们对于湖泊的记忆也已经很模糊了，因为他们只在童年时代钓过鱼，现在他们年老了，地位升高了，怎么会去钓鱼呢？因此他们永远不会再知道钓鱼的乐趣、不再认识这个湖泊了。然而，他们却希望自己最后到天堂去呢。如果有立法机关考虑到这个湖泊，那也主要是规定只准许多少钓钩在这湖里钓鱼；但是，他们不知道那钓钩上钓起了最好的湖泊风景，而立法机关也成为鱼钩上的钓饵了。所以，甚至在文明社会中，处于不成熟状态的人，也要经过渔猎阶段才能得以发展。

近年来我一再地发现，我每钓一次鱼，总觉得我的自尊心就降低了一些。我一而再再而三地尝试钓鱼。我有钓鱼的技巧，像我的许多同伴一样，这种天生的垂钓嗜好一再驱使着我钓鱼去，可是等到我这样做了，我又觉得还是不钓鱼更好些。我想我并没有错。这是一个微弱的暗示，好像黎明时候薄薄的晨光一样。毫无疑问，我这种嗜好是属于造物中一种低劣的天性，然而，我的捕鱼兴趣逐年减少，目前已经不再钓鱼了，但人道观点或者智慧，却并没有在我的心中增长。可是我很清楚，如果我生活在旷野里，我就会再一次受到钓鱼和打猎的引诱。此外，鱼肉以及所有的肉食，基本上都是不洁的，而且我开始明白，那么多家务到底从何而来，每天注意仪表、穿得清洁而可敬的愿望又从何而来，房屋要保持美观，没有脏乱，也没有任何难看的景象，要做到这点，得花掉一大笔钱。好在我身兼屠夫、杂工、厨师，又兼品尝那一道道菜肴的老爷，所以我能根据非常完整的经验来说话。我反对吃兽肉，主要是因为它不干净，此外，当我捕了鱼，将它洗干净，煮熟并吃下我的鱼之后，我也并不觉得它给我提供了什么特别好的营养。这营养不值一提，又没有必要，却费了很大一番工夫。一个小面包，几个土豆就够吃一顿了，既没有那么多麻烦，又一点也不肮脏。像我的许多同时代人一样，我已经好几年没怎么吃兽肉或者喝茶、喝咖啡了，这倒不是因为我在它们身上看到了什么缺点，而是因为它们跟我的想法不相符合。对兽肉产生反感并不是我的经验，而是出于一种本能。艰苦的、简陋的生活在许多方面都显得很美，虽然我还不曾做到这一点，但至少也做到了使我的想象力感到满意的地步。我相信每一个热衷于把他更高级的或者诗意的官能保持在最好状态的人，都会特别倾向于不吃兽肉，不多吃任何食物。昆虫学家认为这是一个很有含义的事实

（我从柯尔比和斯班司的书中读到），“有些昆虫在成虫阶段，尽管生长着饮食的器官，却并不使用这些器官”，他们把这总结为“一种普遍性的规律，处在成虫时期的昆虫要比它们处在蛹期时吃得少得多，当贪吃的毛虫变成了蝴蝶……贪食的蛆虫变成了苍蝇”，只需要一两滴蜜或其他甜的液体就很满足了。遮蔽在蝴蝶翅下的腹部还表现出蛹的形状，正是这一点引来了食虫动物将它杀掉。暴饮暴食的人就是处于幼虫状态的人；有些民族就处于这种状态，这些民族的民众没有幻想，没有想象力，这正是他们的大肚子出卖了他们。

要提供和烹调一顿简单的、清洁的、不触犯想象力的饮食是很难办的一件事。但我想，我们的身体需要营养，我们的想象力也同样需要营养，二者应该同时得到满足，这也许是可以做到的。有限度地吃些水果蔬菜并不会使我们为自己的胃口感到羞惭，绝不会妨碍我们从事最有价值的事业。但要是你在盘中再额外加上一点儿的作料，那可就要毒害你了。顿顿吃山珍海味的生活是不值得的。大多数人，要是给人看到在那里亲手做一顿荤的或素的美食，都难免不好意思，其实每天都有人在替他做这样的美食。要是这种情形不改变，我们就算不上文明人，即使是有身份的绅士和淑女，也算不上是真正的男人和女人。这个问题当然已提供了应当怎样改变的内容。人们不需要去问想象力为什么不能与兽肉和脂肪很好地协调，懂得它们无法协调一致就够了。说人是一种食肉动物难道不是一种谴责吗？的确，在很大程度上，人可以捕食别的动物来生存，事实上也的确这样活下来了，但是，这是一个可悲的方式——任何捉过兔子、杀过羊羔的人都知道。如果有人能教育人类只吃那些洁净的、更有营养的食物，那他就是人类的恩人。不管我自己实践的结果如何，我一点也不怀疑，这是人类命运的一部分，人类在发展的过程中必然会逐渐地把吃肉的习惯抛弃，这是必然的，就像野蛮部落和较文明的人接触较多之后，把吃掉对方俘虏的习惯抛弃掉一样。

一个人如果听从了他天性中最微弱却又最坚韧的建议——那建议当然是真切的，那么，他也不会知道这建议将要把他引导到什么极端或者疯狂的事情中去；可是当他变得更坚定更有信心时，他前面的路就是一条正路。一个健康的人内心里那种微弱而自信的反对，都能战胜人类的种种雄辩和知习。人们总是很少听从自己的天性，除非在它带人走入歧途时。尽管结果是肉体感官上的退化，然而却没有人会为此感到遗憾，因为这些生活符合更高的规律。如果你欢快地迎接每一个白天和黑夜，让自己的生活散发着鲜花和香草的芬芳，而且更加轻松，繁星满天，更加不朽——那么，你就是成功的。整个自然界都会向你祝贺，此时你有充分的理由为自己祝福。最大的成就和价值总是受不到人们的赞赏。我们很容易怀疑它们是否真的存在，我们很快把它们忘记了，它们是最高的现实。也许，那些最令人震撼、最真实的事实从来就没有在人与人之间交流。日常生活中，我每天最真实的收获，也仿佛朝霞暮霭那样难以捉摸、不可言传。我得到的只是一点尘埃，一段彩虹而已。

然而，就我来说，我这个人对生活从不苛求。如果有必要，一只油煎老鼠，我也可以津津有味地吃下去。我很乐意自己很久以来喝的是清水，其中的原因正如我爱好大自然的天空，而不愿意见识吸食鸦片烟的人在吞云吐雾中想象的天堂。我欢喜经常保持清醒，对清醒的陶醉程度是无穷无尽的。我相信一个聪明人的唯一饮料是清水，酒并不是怎样高贵的液体，试想，一杯热咖啡就可以破灭一个早晨的希望，一杯热茶就可以驱散夜晚的美梦！啊，我受到它们的诱惑之后，我会堕落到多么低的位置！甚至音乐也能使人麻醉。就是这样一些微小的原因竟然让希腊和罗马毁灭，将来还会毁灭英国和美国。在一切醉人的事物中，谁不愿意为新鲜空气陶醉呢？我发现，我反对长时间地做苦工的一个重要原因是它迫使我大吃大喝。不过，说实话，我近来在这些方面也似乎不那么挑剔了。我很少把宗教仪式带上饭桌，我也不去要求祝福，这不是因为我更加聪明了，而是，我不能不老实地承认——不管多么遗憾——随着年岁增长，我变得更加粗俗、更加冷漠了。也许这一些问题只有年轻人才去关心，就像他们关心诗歌一样。我的实践不值一提，我的意见却写在这里了。然而，我并不觉得我是《吠陀经》上所说的那种特权阶级，它说过："对万物主宰有大信心者，可以吃一切存在之事物。"意思是说他可以不用问吃的是什么，是谁给他预备的，然而，即使在他们那种情形下，也有一点应当注意，正如一个印度的注释家说过的那样，《吠陀经》把这一特权是限制在"危难之时"的。

谁没有过大吃大嚼而胃中却空空如也的时候？我曾经兴奋地想到：由于粗俗的味觉的启发，我得到了某些感悟、某些灵感。坐在小山上吃的浆果滋养了我的天性。"心不在焉，"曾子说过，"视而不见，听而不闻，食而不知其味。"能知道食物真味的人绝不可能成为饕餮之徒，不这样的人才是饕餮之徒。一个粗俗的清教徒可能狂吞他的面包屑，正如一个议员吃甲鱼一样。吃食物并不能玷污一个人，但他吃这种食物的胃口却足以玷污他。问题不在于食物的质与量，而在于我们口腹的嗜好，如果吃东西不是为了养活我们的生命，也不是为了激励我们的精神生活，而是为了满足肚皮里的蛔虫。一个猎人爱吃甲鱼、麝鼠和其他野生动物，一个漂亮太太爱吃小牛蹄做的冻肉或来自海外的沙丁鱼，他们都是一样的，猎人到他的湖边去，漂亮太太则去拿她的肉冻罐。让人惊奇的是他们，你、我，怎么能过如此卑劣的野兽般的生活，怎么能只知道吃喝？

我们的整个生活是一种令人吃惊的精神性的生活。在善与恶之间，从没有过一时半会的休战。善是唯一的投入，而且永不失算。在全世界为之震鸣的竖琴音乐中，善的主题让我们兴奋激动。这竖琴就像宇宙保险公司里的旅行推销员，宣传公司的条例，我们小小的善行也就是我们应付的保险费。虽然青年人最后总是要变得冷漠下去，宇宙的规律却不会变得冷漠，而会永远站在最敏感的人那一边。从西风中听听那谴责的声音吧，因为这声音就在那儿，谁要是听不到，那他可真是不幸。西风每弹拨一根弦，每移动一个音栓，引人入胜的寓意就会滋润我们的心灵。许多讨厌的噪声在传了很远之后，听起来像是音乐了，这是对于我们卑贱生活的一个高傲而妙不可言的讽刺。

我们能意识到我们身体里面有一种动物性，我们更高的天性越麻痹大意，这种动物性就越清醒。它像一条毒蛇一样在我们体内匍匐前行，也许难以完全驱走它；它也像一些寄生虫，甚至在我们还很健康的时候，仍然寄生在我们体内。我们也许能躲开它，却永远改变不了它的本性。恐怕它自身也有一定的抵抗力，我担心我们很健康却永远不能是纯洁的。几天前我捡到了一只野猪的下颚骨，雪白的牙齿和长牙仍然完好，这是一种和精神健康不同的动物性的康健和活力。这是动物用一种与节欲和纯洁不同的方法得到的。“人之所以异于禽兽者几希，”孟子说，“庶民去之，君子存之。”如果我们谨守着纯洁，谁知道将会得到什么样的生命？如果我知道有这样一个聪明人，他能教给我保持纯洁的方法，我会立刻去找他。“控制我们的情欲和身体的外在官能，多做好事，照《吠陀经》的说法，这是在心灵上接近神所不可缺少的条件。”然而，精神是能够一时渗透并控制身体的每一个官能和每一个部分，并把外表上最粗俗的耽于酒色转化为内心的纯洁与虔诚的。生殖的精力如果被放纵，这将使我们荒淫而不洁；克制了它则会使我们精力充沛并得到鼓舞。贞洁是人的花朵，而所谓创造力、英雄主义、神圣等，都只不过是它结出的各种果实。当纯洁的航道畅通了，人便立刻流到上帝那里。我们一会儿为自身的纯洁所鼓舞，一会儿又因不洁而感到沮丧。确信自己身体内的兽性在一天天地减少，而神性在一天天地增长的人是有福的，人和低等的兽性结合，总会让人感到羞耻。我担心我们只是半神——就像半人半兽的农牧之神和淫荡的森林之神——与兽性结合的妖怪，是贪求各种感官欲望的动物。我担心，在一定程度上，我们的生命本身就是我们的耻辱——

这人多快活，清除了脑中茂盛的杂草林木，
把内心的野兽驱赶到适当的地方。
能利用他的马、羊、狼和其他野兽，
和自己的兽性相比，自己不是一头蠢驴。
否则，人不但是一群猪，
而且也是一群鬼怪妖魔，
使兽性更加疯狂，更加凶恶。

一切的淫欲，虽然形式多样，却只是一个本质；而一切纯洁也只有一个本质。一个人大吃大喝、男女同居、睡眠，都只是一回事。它们属于同一胃口，我们只需要看一个人做其中任何一件事，就能够知道他是怎样的一个好色之徒。不洁和纯洁是不能并肩而立、一起就座的。就像蛇，我们只要在穴洞的一头攻击它，它就会在另一头出现。如果你要贞洁，你就必须有所节制。什么是贞洁呢？一个人怎么知道他是否贞洁呢？也自己是不会知道的。我们听到过这种美德，但不知道它是怎样的。我们草率地按照我们听到过的传说来对它加以说明。智慧和纯洁来自于身体力行，无知和淫欲总是出自懒惰。对一个学生来说，淫欲是他心智懒惰的结果。一个不洁的人惯于懒惰，他坐在炉边烤火，他在阳光下晒太阳，还没有一点疲倦就要休息。如果你想要避免不洁和其他一切罪恶，你就得认真去工作，哪怕是打扫牛棚马厩。天性难以克制，但必须克制。如果你不比异教徒纯洁，如果你不比异教徒更加克制自己，如果你不比异教徒更虔诚，那你就算是基督徒又有何用呢？我知道有很多被认为是异教徒的宗教制度，它们的严格教律会使读者感到羞愧，并且会促使他们去做新的努力，虽然只不过是履行仪式而已。

我并不太愿意说这些话，但并不是由于主题——我也不管我的用字是何等猥亵——而是因为当我说起这些话，我就暴露出我自己的不洁。我们常常可以肆无忌惮地畅谈某种形式的淫欲，对于另一种却又闭口无言。我们已经太堕落了，连人类天性中必不可少的某一部分功能都不能谈一下。在人类早期时候的某些国家，每一样活动都可以正经谈论，并且制定相关的法律来控制。印度的立法者是丝毫不嫌烦琐的，尽管现在的人对此不以为然。他教导人们应当如何饮、食、同居、如厕等，把卑贱的提高了，而不把这些事情简单地称为琐事就避而不谈。

每个人都是一座圣庙的建筑师，他的身体是用来供奉他自己的神的圣殿，即使他另外去雕琢大理石，他仍然有自己的圣殿与神。这样说来，我们都是雕刻家和画家，用我们自己的血、肉和骨骼做材料。任何崇高的品质，一开始就使一个人的面貌得到改善，而任何卑贱或淫欲则立刻使他沦成禽兽。

在一个九月的黄昏，约翰·法默辛苦工作一天之后，在他的家门口坐着，他的心事还放在他做的工作上。洗澡之后，他坐下来让自己的理性休息一会儿。这是一个相当寒冷的黄昏，他的一些邻居担心会降霜。他沉思了一会儿便听到笛声传来，笛声跟他的心情十分契合。他还在想他的工作，但是，情况起了变化：虽然他的确在想工作，还在不由自主地计划着、设计着，可是他却有些心不在焉了。工作的事无非就是些皮屑，随时可以丢开它。而笛子送来的乐音，是从一个与他的工作完全不同的环境中吹出来的，催促他沉睡的某些官能醒来。柔和的曲调让他忘记了他所在的街道、村子和国家。有一个声音对他说，——在有可能过着光荣的生活时，你为什么甘愿留在这里过这种卑贱而辛苦的生活呢？同样的星星在一片与这儿不同的大地闪耀着。——但是，如何从这种境况中跳出来，真正迁移到那里去呢？他所能够想到的只是实践一种新的简朴的生活，让他的心智沉到他的肉体中去解救它，并且以日渐增长的敬意来看待自己。

动物为邻

我有一个钓鱼的伙伴，有时他从市镇那一头，穿过村子到我的小屋来。我们一同捕鱼，就好像别人宴请客人一样，是一种社交活动。

隐士：我不知道这世界现在怎么啦。三个小时了，我甚至没有听到香蕨木上传来一声蝉鸣。鸽子都睡在鸽棚里——它们的翅膀都没有扑腾一下。此刻，在树林外面吹响的是不是农民正午的号角声呢？雇工们要回来吃那煮好的腌牛肉和玉米粉面包，喝苹果酒了。人们为什么要这样自寻烦恼？人若不吃不喝，那就用不着去工作了。我不知道他们有多少收获。谁愿意住在那个地方？狗吠之声吵闹得让人无法思考？啊，还有那些要料理的家务！还得把铜把手擦亮，这样好的天气里还要去擦洗浴盆！还是没有家的好。还不如住在空心的树洞里；也就不会再有什么早上的拜访和夜晚的宴会！只有啄木鸟啄木的声响。啊，那里人们成群结队；那边太阳太热；对我来说，他们这些人情世故未免太深奥了。我从泉水中汲水，架上有一块黑面包——听！我听到树叶的沙沙声。是村中某只饥饿的狗在追猎？这是一头据说迷了路的小猪跑到森林里来了？雨后我还看见过这头小猪的脚印呢。脚步声越来越近了；我的漆树和多花蔷薇在颤抖了——啊，诗人先生，是你吗？你觉得今天这个世界怎么样？

诗人：看这些云，多美妙地悬挂在天上！这就是我今天所看见的最伟大的东西了。在古画中看不到这样的云，在外国也都没有这样的云——除非我们是在西班牙的海岸。这是一片真正的地中海的天空。我想，既然我得生活，而今天却没有吃东西，那我就该去钓鱼了。这是诗人真正的工作。这也是我唯一学会的营生。来吧，让我们一道去钓鱼。

隐士：我不能拒绝你，我的黑面包快要吃完了。我很乐意立刻跟你一起去，不过我正在完成一次严肃的沉思，我想这很快就完了。那就请你让我再孤独地待一会儿。可是，为了避免大家的时间都被耽误，你可以先掘出一些钓鱼的诱饵来。这一带很少看见能做钓饵的蚯蚓，因为这儿的土壤没有施过肥料，它们快要绝种了。如果肚子还不太饿，那么，挖掘鱼饵跟钓鱼其实一样有意思，这个好差事今天你一个人去做吧。我倒要劝你用铲子去那边的花生丛中挖一下，你看见那边的狗尾草在摇摆吗？我想我可以保证，如果你在草根中间仔细地寻找，就跟你是在除杂草一样，那每翻起三块草皮，你准可以捉到一条蚯蚓。或者，如果你愿意走远一些，那也是不错的主意，因为我发现钓饵的数量，恰好跟距离的平方成正比。

隐士独白：让我看看，我刚才想到什么地方去了？我觉得刚才我是沉浸在这样的思绪之中，我是从这样的角度看周围世界的。我是应该上天堂去呢，还是应该去湖边垂钓？如果我立刻可以结束我这种沉思，难道还会有别的这样美妙的机会吗？我刚才几乎已经和万物的本体融为一体，有生以来我还从没有过这样的经验。我担心我的这些思想是不会再回到我脑子里了。如果吹口哨能召唤它们回来那就好了。当初思绪向我们涌来的时候，我还说一句：要让我想一想，这是不是不够明智？现在，我的思想杳无踪影，我找不到我的思路了。我刚才在想什么问题呢？这是一个非常迷蒙的日子。我还是来想一想孔夫子的三句话吧，也许能帮助我恢复刚才的思路。我不知道那是抑郁，还是一种愉悦的处于抽芽发枝的状态。写一句备忘录：机会是只有一次的。

诗人：现在怎么啦，隐士，是不是太快了？我已经捉到了13条整的，还有几条不完整或者太小的鱼，用它们来钓小鱼也不错；它们不会把钓钩完全挡住。这村子的蚯蚓可就太大了，银鱼可以饱餐一顿而还没碰到串起蚯蚓的钩呢。

隐士：好的，让我们去吧。我们要不要到康科德去？如果水位不太高，就可以在那儿玩个痛快了。

为什么恰恰是我们看到的这些事物构成了这个世界呢？为什么人只有这样一些动物做他的邻居呢？好像天地之间，只有老鼠才能够把这个窟窿填充起来？我想写动物寓言故事的比尔拜等人利用动物已经达到了信手拈来的地步，那些故事里的动物都负有某种重量，可以说，是负载着我们的部分思想。

常来我屋子里的老鼠并不是平常的那种老鼠，平常的那种据说是从外地带到这野地里来的，而常来我家的却是在村子里没见过的土生野鼠。我送了一只给一个著名的博物学家，他对它很感兴趣。还在我造房子那时，就有一只这样的老鼠在我的屋子下面做窝，而在我还没有铺好楼板，刨花也还没有扫出去之前，每到午饭时分，它就到我的脚边来吃面包屑。

大概它以前从没看见过人；我们很快就亲热起来，它从我的鞋面上跑过去，爬到我的衣服上。它能够很容易就爬上墙壁，三两下就蹿上去了，样子和动作都很像松鼠。后来，有一天，我就这样坐着，肘子支在凳上，它爬上我的衣服，沿着我的袖子跑，绕着我盛放食物的纸不断地打转，而我把那张纸拉向自己，躲开它，然后又突然把纸推到它面前，跟它玩捉迷藏的游戏，最后，当我用拇指与食指拿起一片干酪来，它过来了，坐在我的手掌中，一口一口地吃了下去，然后，像苍蝇那样把它的脸和前掌舔一舔，这才扬长而去。

很快就有一只美洲鹟飞到我屋子里筑巢，还有一只知更鸟在我屋旁的一棵松树上栖居，以获得我的保护。六月里，鹧鸪（Tetrao umbellus）这样很容易受惊的飞鸟带着一群幼鸟经过我的窗子，从我屋后的树林飞到我的屋前，像一只老母鸡那样咯咯咯地唤它的孩子们，它的这些举动说明了它的确是森林中的老母鸡。你一走近它们，这位母亲就发出一个信号，幼鸟们就一哄而散，像一阵旋风吹散了它们一样；鹧鸪的颜色又真像枯枝败叶，经常有旅客一脚踩进一窝幼鸟中间，只听得老鸟拍翅飞走，并发出焦虑的呼号，它的翅膀扑扑地拍动，以吸引那些旅客不去注意他们的前后左右。母鸟在你面前打滚、翻飞，弄得羽毛蓬乱，使得你一时之间不认识它是哪一种禽鸟了。幼鸟们安静地、扁平地蜷缩着，它们的头常常缩入一片树叶底下，然后专心听它们的母亲从远处发来的信号，你就是走近它们，它们也不会跑出来被你发觉。甚至你的脚已经踏在它们身上了，眼睛还望着它们呢，但你还是不能发觉你踩的是什么。有一次我把它们放在我摊开的手掌中，因为它们从来只听从它们的母亲与自己的本能来行事，一点也不恐惧，不发抖，它们只是一动不动地蹲着。这种本能是如此之完美，有一次我又把它们放回到树叶上，其中有一只由于不小心而卧倒在地了，可是我发现，十分钟之后它还是和别的雏鸟一起，还是原来那个侧卧的姿势。鹧鸪的幼鸟不像其他的幼鸟那样不长羽毛，比起小鸡来，它们的羽毛长得更快，而且更加丰满。它们那宁静的眼睛，显出很成熟，但又很天真的样子，令人一见难忘。一切智慧似乎都在这种眼睛里得到了反映。它们不仅展示了婴儿期的纯洁，还展示了受到经验洗练过的智慧。这样的眼睛不是这鸟儿与生俱来的，而是和它所反映的天空一样悠远。森林里还没有产生过像它们的眼睛那样的宝石。一般的旅行家也都不大望到过这样井水般清澈的眼睛。无知而鲁莽的猎人常常在这种时候枪杀它们的父母，使这一群无辜的幼鸟成了四处觅食的野兽或猛禽的牺牲品，或逐渐地化为那些和它们如此相似的枯叶。据说，这些幼鸟要是由老母鸡孵出来，那它们稍微听到点什么就惊得四散奔走，很难存活，因为它们听不到母鸟召唤它们的声音。这些就是我的母鸡和它的幼鸟。

令人吃惊的是，在森林里，有许多动物是自由自在地生长的，一边处于秘密的状态下生活，一边还在乡镇的周围觅食，只有猎人才能猜到它们在哪儿。水獭在这里过着多么隐蔽的生活啊！它长到4英尺长，像一个小孩子那样大，也许还没有被人看到过呢。我以前还在屋子后面的森林中看到过浣熊，现在，我在晚上似乎依然能听到它们的嘤嘤之声。通常我在上午的耕作之后，中午会在树荫之下休息一两个小时，吃完午饭，还在一道泉水旁边读读书，那泉水是从离我的田地半英里远的勃立斯特山上流下来的，那儿也是附近一个沼泽地和一道小溪的发源地。到这泉水边去，得穿越一连串渐次低洼的草洼地，那里长满了苍松的小树苗，最后到达沼泽附近一片较大的森林。在那里的一个僻静而浓荫遮蔽的地方，一棵枝繁叶茂的白松树下面有片干净而坚实的草地可以坐坐。我挖出泉水，挖了一口井，清亮的银灰色水流出来，我可以汲上满满一桶水而井水不致浑浊。仲夏时分，湖水温度较高，我几乎每天都去泉边取水。山鹬把幼鸟也带到那里，在泥土中找蚯蚓，又沿着泉水在幼鸟上方大约一英尺高的地方飞翔，而幼鸟们则成群结队地在下面奔跑，可是后来这山鹬看到我，便离了它的幼鸟，绕着我盘旋，越来越近，只有四五英尺的距离，它装出翅膀或脚折断了的样子，吸引我的注意，好让我放过它的孩子们——那时它们发出微弱的吱吱的叫声，按照这位母亲的指示，排成单行穿过了沼泽。有时，我没看见大鸟，却听到了幼鸟的吱吱声。斑鸠也在那边的泉水上坐着，或者振翅从我头顶上面那棵柔软的白松的一根枝条上飞到另一根枝条上；而红色的松鼠从最近的树枝上盘旋着溜下来，也对我格外亲切，对我格外好奇。你只需要在森林中一个有吸引力的地点坐上一会儿，就可以看见森林的全体居民依次出来展现它们的存在。

我还是一些比较不平和的事件的目击者和见证人。有一天，我出门走到我那一堆木柴，或者说一堆树根那儿去的时候，我观察到两只大蚂蚁，一只是红的，另一只要大得多，有半英寸长，是黑色的，它们俩正在恶斗。一抓住对方，它们就谁也不肯放松，拼命决斗，在木屑上不停地打滚。再往远处看，我更惊奇地发现，木屑上布满了这样的格斗者，看来这不是决斗，而是一场战争，一场两个蚁民族之间的战争，红蚂蚁总跟黑蚂蚁作对，还经常是两只红蚂蚁对付一只黑蚂蚁。在我放置木料的庭院中，到处都是这些迈密登军团（希腊神话中跟随阿喀琉斯前往特洛伊作战的民族）。地面上已经布满了死者和奄奄一息的伤者，黑蚂蚁和红蚂蚁都有。这是唯一一场我亲眼目睹的战争，唯一一次我曾亲临的战火纷飞的战场。两败俱伤的战争啊，一边是红色的共和派，另一边则是黑色的帝国派。双方都奋不顾身做殊死的战斗，虽然我听不到它们的声音，但我敢肯定人类从没进行过这样坚决的战争。在明亮的阳光下，在木片之间的小山谷中，我看到一双蚂蚁死死抱成一团、互不松开，现在是正午，它们准备厮杀下去，直到日落，或者生命完结为止。个头儿较小的红色勇士，像一把老虎钳一样紧紧咬住敌人的脑门不放。虽然在战场上不停地翻滚，但丝毫不放松地咬住了对方一根触须的根部，而对方另一根触须已经被咬掉了；那更强壮的黑蚂蚁呢，却不停地把红蚂蚁撞过来撞过去，我走近一看，它已经把红蚂蚁的好些肢节都咬断了，它们打得比斗牛犬还要凶狠。双方都没有一点要撤退的意思，显然它们的战争口号是"不战胜，毋宁死"。这时，在这山腰上出现了一只红蚂蚁，它显然非常激动，大概不是已经杀死了一个敌人，就是还没有参加战斗；很可能是后一个理由，因为它的身体还完好无损。它的母亲命令它应当拿着盾牌凯旋，或者就躺到盾牌上回去。也许它是阿基勒斯式的英雄，独自在一旁怒气冲冲，现在就来救它的好朋友，或者替朋友报仇。它从远处看见了这不对等的战斗——因为黑蚂蚁的个头儿比红蚂蚁大了将近一倍——它忙靠近一点，直到它距离那一对战斗者只半英寸远，于是，它看好时机扑向那黑色的勇士，从这黑蚂蚁的前腿根上开始了它自己的军事行动，根本不顾黑蚂蚁反咬它身上的哪一个部位。这一来，三只蚂蚁牢牢抱成一团在拼命，好像出现了一种新的胶合力，任何铁锁和水泥都比不上这种胶。这时，如果看到它们有各自的军乐队，排列在比较显眼的木片堆上，吹奏着各自的国歌，以激励那些落后的战士，并鼓舞那些垂死的战士，我绝不会感到惊奇。我看得相当激动，好像它们是人一样。你越想，越觉得它们和人类并没有什么不同。且不说美国的历史，至少在康科德的历史中，无论是就参加战斗的人员数量来说，还是就它们所表现的爱国主义与英雄主义来说，没有一场战争可以跟这一场战争相比。论人数与残杀的程度，这是一场奥斯特利茨之战（拿破仑击败俄奥联军的决定性战役），或一场德累斯顿之战（拿破仑赢得的一场著名战役）。康科德之战就算不了什么，爱国者这边死了两个，而路德·布朗夏尔受了重伤！啊，这里的每一只蚂蚁，都是一个巴特里克，高呼着——"射击，为了上帝的荣耀，射击！"——于是，成千上万的生命都像戴维斯和霍斯默的命运一样被英军射死。这里没有一个雇佣兵。我不怀疑，它们是为了原则而战争，正如我的祖先一样，不是为了免去三便士的茶叶税，至于这一场大战的结果，对于参战的双方都是如此之重要、永远不能忘记，至少像我们的邦克山之战一样。

上面是我特别描写的三个战士在同一块木片上的搏斗，我把这块木片拿进家里，放在窗槛上，罩在一个大玻璃杯下面，以便观看战斗的结局。我用放大镜先看那最初提起的红蚂蚁，我看到的是：虽然它猛咬敌人前腿的附近，又咬断了它剩下的触须，它自己的胸部却完全给那个黑蚂蚁撕掉了，露出了内脏，而黑色战士的胸部铠甲却太厚，它没法刺穿，这位受难者的黑色眼珠发出了只有战争才能激发出来的凶狠的光芒。它们在杯子下面又格斗了半小时，等我再去看时，那黑色勇士已经使它敌人的头颅同它们的身体分了家，但是那两个依然活着的头颅，就挂在它的两边，好像挂在马鞍边上的两个可怕的战利品，依然牢牢咬住它不放。它正企图做微弱的挣扎，因为它没有了触须，只留下了一条腿的残余部分，而且还不知身上其他地方受了多少伤，所以它很难甩掉它们；又过了半个小时之后，它总算把它们甩开了。我拿掉了玻璃杯，它就在这残废的状态下，爬过了窗槛。经过了这场战斗之后，它是否还能活着，是否会在荣誉军人院中消磨它的余生，这我就不知道了，但我想它以后干的工作是没多少价值的了。我不知道后来作战的双方究竟哪一方是胜利者，也不知道这场大战的起因；可是，在这一整天里我就因为目击了这一场战争而激动、痛苦，仿佛就在我的门口发生了一场尸横遍野的残酷的人类战争。

柯尔比和斯彭司告诉我们，蚂蚁的战争很久以来就备受赞誉，大战役的日期在史册上也曾有过记载，虽然据他们说，博物学家胡勃似乎是见证了蚂蚁大战的唯一现代作家，他们还说，教皇“埃涅阿斯·西尔维乌斯曾经十分详细地描述了一棵梨树树干上进行的一场大蚂蚁对小蚂蚁的异常坚韧的战斗以后”，接下来补充道——“‘这一场战斗发生于教皇尤金四世之时，目击者是著名律师尼古拉斯·皮斯托里恩西斯，他很忠实地叙述了这场战争的全部经过。’奥劳斯·芒努斯也记载过这样一场类似的大蚂蚁和小蚂蚁之间的战斗，结果小蚂蚁胜了，据说战后它们还埋葬了自己这边的士兵的尸首，可是对战死的大块头敌人则暴尸不埋，听任禽鸟啄食。这一战事发生于暴君克里斯蒂恩二世被逐出瑞典之前。”至于我这次见证的这场战争，则发生于波尔克总统任期之内，具体时间是在韦伯斯特制定的《逃亡奴隶法案》通过之前五年。

许多村中的牛，行动迟缓，只配在储藏食物的地窖里追逐乌龟，现在却以它那种笨重的躯体来到森林中奔跑炫耀了，而它的主人对此全然不知，它嗅嗅老狐狸的窟穴和土拨鼠的洞，毫无结果；也许是那些瘦小的杂种狗给它带路才进来的，这些狗在森林中灵活地穿来穿去，林中鸟兽对这些恶狗本能地有一种恐惧；现在，老牛则远远落在它那导游者的后面了，向树上的一些小松鼠叫着，那些松鼠就躲在上面仔细观察它，然后，公牛慢慢跑开，那笨重的躯体把灌木丛都压弯了，它自以为在追踪一些迷了路的沙鼠。有一次，我惊奇地发现了一只猫在湖边的石子岸上散步，它们很少会离家走这么远的，我和猫都感到惊奇了。然而，就是整天都躺在地毯上的最温顺驯服的猫，一到森林里它也好像是回了老家，从它那隐秘的狡猾的步伐上可以看出，它比土生的森林动物更像这儿的土著居民。有一次，在森林里捡浆果时我遇到了一只猫，这只猫带领着它的一群小猫，那些小猫全都野性十足，像它们的母亲一样地弓起了背脊，凶狠地向我咕噜咕噜怒叫。在我迁居森林的前几年，在林肯城离湖最近的一个叫吉利安·贝克先生的农场里，有一只人们叫它“有翅膀的猫”。一八四二年六月，我专门去拜访她（我不能确定这只猫是雌的还是雄的，所以我采用了这一般称呼女性的代名词），她已经像往常那样，去森林中猎食去了。据这猫的女主人告诉我，她是一年多以前的四月来到这附近的，最后被她收容到家里。猫身上的皮毛呈暗褐灰色，喉部有个白点，脚也是白的，像狐狸一样有一条毛茸茸的大尾巴。到了冬天，她的毛越长越密，沿着两侧披挂下来，形成了两条十英寸至十二英寸长、两英寸半宽的条带，在她的下巴那儿也好像有了一个皮手笼，上面的毛比较松，下面却像毡子那样缠结着，一到春天，这些附着物就全都掉落了。他们送给我一对猫的“翅膀”，我至今还保存着。“翅膀”的外面似乎并没有一层膜。有人以为这猫有一部分飞松鼠的血统，或别的什么野兽，因为这并不是不可能的，据博物学家说，貂和家猫交配会产生许多这样的杂种。如果我要养猫的话，这倒正好是我愿意养的猫，因为诗人的马既然可以插翅飞跑，他的猫为什么不能呢？

秋天里，潜水鸟（Colymbus glacialis）像往常一样飞来了，在湖里换羽毛并且洗澡，我还没有起床，它狂放的笑声就在森林里回响了。一听说潜鸟已经到来，磨坊拦河坝上爱好打猎的猎人们都出动了，有的坐马车，有的步行，三三两两，带着特许的枪支、圆锥形的子弹，还有小望远镜。他们行进时沙沙作响，像秋天的落叶穿过森林，一只潜水鸟至少有十个守候的猎人。有些驻扎在湖的这一边，有的则在湖的那一边放哨，因为这可怜的鸟不可能无处不在，要是它从这边潜入水里，它一定会从那边浮上来的。可是，那仁慈的十月的风吹起来了，吹得树叶沙沙作响，湖面起了粼粼水波，再听不到也看不到潜鸟了，虽然猎人用望远镜仔细搜索水面，虽然枪声还在林中回荡，鸟儿的踪迹却都没有了。水波汹涌而起，愤怒地冲击湖岸，它们和水鸟是同仇敌忾的，爱好打猎的人们只得空手回到镇上的店里，还得去继续他们未完的事务。不过，他们的事务常常是很有收获的。黎明，我到湖边汲水的时候，常常看到这种姿态高贵的潜鸟从河湾驶出来，与我相距不过数杆。如果我想坐船追上它，看它如何活动，它就潜下水去，踪影全无，从此再也看不见它了，有时要到当天的下午它才又出现。可是，在水面上，我还是熟悉它的，它通常是从阵雨中飞来。

一个风平浪静的十月的下午，我沿着北岸划船，这种日子里，潜水鸟往往会像乳草的绒毛一样出现在湖上。我正纳闷怎么找不到潜鸟，突然间有一只从湖岸上出来，向湖心游去，在我前面只有几杆的距离，它发出一阵狂笑，引起了我的注意。我赶忙划桨追上前去，它就潜入水中，但是等它再冒出水面，我却更加接近它了。它又潜入水中，这次我把方向估计错误了，它再次冒出水面时，已经离我五十杆远了，距离这样扩大是我自己判断失误造成的。它再一次大声哗笑了半天，这次当然笑得比上一次更有道理了。它这样灵活机敏，使我无法进入距离它五六杆的范围。每一次，它冒到水面上，头四面扭动着，冷静地观察一番湖面和陆地，显然它是在选择方向，以便它再浮起来时，恰好在湖面上最开阔、距离船只又最远的地方。令人惊奇的是它如此迅速地做出决定，又将决定立即付诸实施。它立刻把我引诱到湖面最宽阔的水域那儿，但我却不能驱使它离开那儿了。当它用脑子思考着什么的时候，我也努力用脑子推测它在想什么。这真是一盘有意思的棋局，在波平如镜的湖面上，一个人和一只鸟正在对弈。突然，对方让它的棋子在棋盘上消失了，问题是你得把你的棋子下在这棋子下次出现时最接近它的地方。有时它出乎意料地在我对面浮出水面，显然它是从我的船底穿过去了。它一口气非常长，而且不知疲倦，然而，等它游了很远很远；又会立刻潜到水下；任何才智都无法推测在这个深湖里、在这样平滑的湖面下，它能像鱼儿那样迅速游向什么地方，因为它有能力也有时间去到最深处的湖底游览一番。据说在纽约湖中，曾有潜鸟在八十英尺深的水下被捕鳜鱼的鱼钩钩住。不过，瓦尔登湖比纽约湖深得多。我想水中的鱼看到从另一世界来的这个不速之客能在它们的中间潜来潜去，一定会大感惊奇！然而，潜鸟显然对水下的路线熟悉得很，在水下游得和水上一样快，甚至在水下潜泳还显得更为迅速。有一两次，我看到它接近水面时激起的涟漪，然后，它刚把脑袋探出来观察了一下，立刻又潜下去不见了。我发现，我估计它下次出现的地点，跟停下桨来等它自己出水，结果是一样的，因为一次又一次，当我向着一个方向望眼欲穿时，却突然听到它在我背后发出一声怪笑，吓我一跳。可是，它为什么每次在狡猾地捉弄了我之后，再钻出水面，一定要放声大笑，暴露自己呢？它的白色的胸脯还不足以让自己被人发现吗？我想，它真是一只没脑子的潜鸟。我一般都能听到它出水时水花的响动，这一来我就能发现它了。可是，这样玩了一个小时，它仍然兴致勃勃、劲头十足，心甘情愿地潜入水中，潜得比一开始时还要远。当它钻出水面时，又不紧不慢地游开，胸前的羽毛一丝不乱，显然是它在水面下时用自己的脚蹼抚平了胸上的羽毛，这真叫人称奇。它通常的声音是这像魔鬼般的笑声，还算有点像水鸟的叫声，但有时它非常成功地躲开了我，潜水到老远的地方再钻出水面，它就发出一声长长的怪叫，不像是鸟的叫声，更像是狼嚎，就像一只野兽把嘴贴近地面发出的那种号叫声。这是潜鸟的叫声，这是这一带能听到的野性十足的叫声，整个森林都被这声音震动了。我想它是在用这笑声来嘲笑我徒费力气，并且觉得它自己是足够聪明的。尽管此时的天空阴沉着，湖面却很平静，我还未听到它的声音，却看到它在何处冒出水来。它的胸羽雪白，空气宁穆，湖水平静，这一切本来都是于它不利的。最后，在离我五十杆远的地方，它又发出了这样的一声长啸，仿佛它在召唤潜鸟之神出来援助它，立刻从东方吹来一阵风，风吹皱了湖水，整个空中水雾蒙蒙，好像潜水鸟的召唤得到了神灵的回应，守护它的神灵生我的气了，于是，我离开了它，任它消失在波浪汹涌的湖面上。

在秋天，我常常一连几个小时观望野鸭如何灵活地游来游去，始终待在湖中央，远远离开猎人们；它们的这种聪明，在路易斯安那州的沼泽地带是不必要的。在必须起飞时，它们可以飞到相当高的空中，来回盘旋，像天空中的一些小黑点。它们从这样的高度，应当是可以观测到别处的湖泊和河流了；可是，当我以为它们早已经飞到别处去了时，它们却突然间又斜飞而下，飞了约有四分之一英里，降落到了远处一个不受干扰的地方；但是，它们飞到瓦尔登湖中心来，除了安全的原因，还有没有别的呢？这我就不知道了，也许它们是爱这一片湖水，理由跟我一样吧。

木屋生暖

十月，我到河边草地去采摘葡萄，满载而归，葡萄的色泽和芳香胜过它的美味。我也欣赏那儿的越橘，它们像小小的蜡宝石垂挂在草叶上，鲜红的颜色使它们像珍珠一样，我不舍得去采摘，但这儿的农夫们却用耙来采集这些越橘，把平滑的草也弄得一团糟，他们只懂得漫不经心地用蒲式耳和美元来衡量越橘的价值，把这些从草地上掠夺来的宝物卖到波士顿和纽约。越橘注定了要被做成果酱，去满足那儿的爱好大自然的城里人的口味。同样，那些屠夫还在草地上到处耙野牛舌草，不顾那被弄伤的、低垂的植物。光洁闪亮的伏牛花果也让我的眼睛大大地得到愉悦。我倒是采集了一点野苹果，拿来煮了吃，这地方的业主和旅行者还没有注意到这些东西呢。还有栗子成熟时，我藏了半蒲式耳以备冬天食用。这样的季节里，漫步在林肯一带无边无际的栗树林里，真是一件非常令人兴奋的事——现在，这些栗树却已长眠在铁路下边了。还记得那时我肩上挎一只布袋子，手中提一根棍棒来拨开那些有芒刺的坚果——因为我有时不愿意等到霜降来临。就这样，我在枯叶的飒飒声、赤松鼠和樫鸟聒噪责怪声中散步，有时我还偷吃它们已经吃了一部分的坚果，因为它们所选中的有芒刺的果子中一定有一些是较好的。偶尔我还会爬上树，摇动栗树，我屋后也长着栗树，有一棵大得几乎荫蔽了我的屋子。

栗树开花时，它就成了一束巨大的花，远近都闻得到它的芬芳，但它的果实大部分却给松鼠和樫鸟吃掉了；一大清早樫鸟就成群地飞来，它们在栗子树上歇下来之前先把果仁从果皮里面拣出来。我把这些树让给了它们，自己去找更远处那片全都由栗树组成的森林。依我看，这种果实可以作为面包的优良替代品。也许还可以在这儿找到别的许多种替代品。有一天我在土壤里挖鱼饵，发现了成串的野豆（Apios tuberosa），是一种土著居民的土豆，一种奇妙的食物。我心生奇怪，怀疑自己到底是否像他们告诉过我的，在童年时代挖过这种植物。如果我吃过它们，为何我后来不曾梦见过它们。我常常看到它们那有点发皱的、像红天鹅绒一般的花朵，由其他植物的枝茎支撑着，我不知道原来是它们。耕耘差不多彻底把它们消灭了。它有一股淡淡的甜味，像霜降之后的土豆，我觉得把它们煮熟后吃比烤着吃更好。这种块茎像是大自然的一个无言的许诺，让它将来有一天简单地抚养自己的孩子，就用这些来喂养它们。现在，人们崇尚养肥牛，喜欢看见麦浪翻滚的田地，在这种时代里，这种曾作为印第安人图腾的野豆被人遗忘了，或者只知道它那开花的藤蔓。其实，只要让狂野的大自然重新统治这里，那些脆弱而奢侈的英国谷物说不定就会在无数天敌面前消失，而且在没有人类照看的前提下，乌鸦甚至会把最后一颗玉米的种子再送往西南方，送到印第安之神的大玉米田里去，据说这种种子以前就是由乌鸦从那儿带过来的。到那时候，不怕那天寒和地荒，野豆这现已几乎灭了种的果实也会获得重生，蓬勃生长，以证明它自己就是这儿土生土长的，而且它还要恢复古代曾作为游猎民族主食的那种重要地位和尊严。一定是印第安的谷物女神或智慧女神发明了它，保存了它，把它赐予了人类。当诗歌的统治时代在这里开始，它的叶子和成串的坚果就可能在我们的艺术作品上得到描绘。

九月一日，我就看到湖对面两三株小枫树的叶子红了，就在三株岔开的白杨树下面，在一个湖角与水相接的地方。啊！它们的颜色诉说着多少故事。慢慢地，一个星期又一个星期，每株树的性格都显露出来了，它欣赏着自己映照在明镜般的湖水中的倒影。每个早晨，这个画廊的经理都会取下墙上的旧画，挂出一幅新的更鲜艳或者色彩更和谐的画。

十月里，数以千计的黄蜂飞到我的住所来，好像是来越冬的，它们住在我的窗户里边以及屋子上方的墙头上，有时还把来访的客人阻挡在屋外呢。每天早晨都有几只黄蜂被冻死，我就把它们扫出去，不过，我不愿意费力赶走它们。我甚至觉得它们肯光临我简陋的屋子越冬，我应当引以为荣。虽然它们跟我一起睡，但从未令我过分烦恼；慢慢地，它们也消失了，不知躲到什么隙缝里去躲避冬天和酷寒了。

就像那些黄蜂一样，到十一月，在我躲到冬季住所去之前，我常常到瓦尔登湖的东北岸去。在那里，阳光从苍松林和石岸上反射过来，使我就像坐在炉火边。如果有条件，晒太阳取暖要比生火取暖更加令人愉快，也更加健康。夏天像猎人一样已经离去了，留下了还在发光的余火，我就烤着这余火暖和自己。

当造烟囱的时候，我把砖瓦工的手艺研究了一番。我的砖头都是用过一遍的，必须用泥刀刮干净，这一来，我对砖头和泥刀的性质比一般人要了解得多。砖头上的灰浆已经有五十年历史，据说年头越长它就越牢固，不过这话人们只是反复地说说而已，也不知对不对。这种话的本身倒是越有年头就越牢固，必须用砖刀猛敲，才能粉碎它，才能让一个自作聪明的人从此不再说这种话。美索不达米亚的许多村子都用一些从巴比伦废墟里拣出来的质地很好的旧砖头建造房屋，它们上面的灰泥也许更古老，照那道理应当就更牢固啦。不管怎么样，那泥刀倒是让我感到吃惊，多次用力猛击，钢刃却丝毫无损。我砌壁炉用的砖，都是从以前一个烟囱上拆下来的，虽然上面并未刻着巴比伦国王尼布甲尼撒的名字，但我还是尽量多拣了一些。有多少就拣多少，既节省人力又避免浪费，我在壁炉周围的砖头之间填塞了从湖岸捡来的圆石头，并且就用湖中的白沙来做我的灰浆。我为炉灶花了很多时间，我把它看作屋子最重要的一部分。我干得真是非常仔细，所以尽管我是一清早就开始工作的，到晚上却只从地上叠起了不过数英寸高的一层砖头，供我睡在地板上时做一个枕头。但我并没有因此睡成硬脖子，我的硬脖子是从前睡成的。大约是这时候，我招待一个诗人来这儿住了半个月，这使我因腾不出地方而感到有些困难。他带来了他自己的刀子，我也有两把刀子，我们常常把刀子插进地里，这样来把它们擦亮磨快。他帮我分担做饭烧菜的工作。我很高兴看到我的壁炉方方正正、结结实实地逐渐升高起来。我想，虽然我的工作进展很慢，但这样建起来之后应当会更加坚固耐用。在某种程度上，烟囱是一个独立结构，它立足地面，穿过屋子，升上天空；甚至有时候房子烧掉了，它却还牢牢站立着，它的独立性和重要性是显而易见的。那还是快到晚夏之时，现在却是十一月了。

北风已经开始吹凉湖水，但要让湖水结冰可还要连续不断地再吹几个星期，因为湖水太深了。当我第一天晚上生了火，烟在烟囱里畅通无阻，因为那时我还没有给板壁涂上灰浆，所以墙壁有很多漏风的缝。然而，我在这寒冷透风的房间内度过了几个愉快的晚上，四周尽是些有节疤的褐色粗木板，还有一些没去掉树皮的椽木，高高地横在头顶上方。后来我涂上了灰浆，房子就没有这样赏心悦目了，尽管我不能不承认这样更舒服些。人住的每一所房子难道不应该有很高的顶，高得有些朦胧的感觉吗？到了晚上，火光投射的影子在椽木之上跳跃。这种影子的形态，比起壁画或最贵重的家具来，应该是更适合于幻觉与想象的。我可以说，现在我是第一次住在我自己的房子里了，第一次用它来取暖而不仅仅是遮蔽风雨。我还弄到了两个旧的薪架以使木柴离开壁炉的地面，看到我亲手造的烟囱的背后积起了烟灰，这让我感到欣慰，让我拨火时比平常更加理直气壮、更加满意。我的房子很小，无法引起回声，但作为一个单独的房间，和邻居又离得很远，这就感觉要大一些。一幢房屋所具有的一切有吸引力的东西都集中在这一个房间内，它是厨房、寝室、客厅兼储藏室。无论是父母或子女、主人或仆役，他们住在一个房子里所得到的一切满足，我也都享受到了。加图说，一个家庭的主人（patremfamilias）在他的乡居别墅中，必须拥有“cellam oleariam, vinariam, dolia multa, uti lubeat caritatem expectare, et rei, et virtuti, et gloriae erit”，也就是说，“一个放油放酒的地窖，放进许多桶以防艰难的时日，这有利于他的利益、美德和光荣”。在我的地窖中，我有一小桶的土豆，大约两夸脱的豌豆以及附着在上的象鼻虫，在我的架子上还有一点儿白米，一大壶缸糖浆，还有黑麦和玉米粉各一配克[1]。

有时我梦见一所更大的、能容得下很多人的屋子，挺立在神话中的黄金时代中，材料经久耐用，没有华而不实的装饰，但这所屋子仍只有一

1　配克：英制容积单位。1配克（英）=9.0922升。

个房间，一个宽敞、简朴、实用而具有原始风格的厅堂，没有天花板和灰泥的粉刷，只有不加修饰的椽木和桁条，支撑着头顶上那片较低的天穹——足以防御雨雪的屋顶，在那里，在你一进门向一个平躺着的古代的农神致敬之后，你就看到桁架中柱和屋梁在接受你的致敬；一个像洞穴一样的房间，你必须把火炬装在一根长竿上方高举着才能看到屋顶，在这间屋子里，有人可以住在炉边，有人可以住在窗口凹进的地方，有人在高背长椅上，有人在大厅这一头，有人在另一头，如果他们中意，也可以和蜘蛛一起住到椽木上；这屋子，任何人一打开大门就住到了里边，不必再拘什么礼节；在那里，疲倦的旅客可以洗漱、吃喝、交谈、睡觉，不用再继续行路，这正是那种在暴风雨之夜你企求到达的一间房屋，有一切生活必需品，又没有管理家务的麻烦；在那里，你一眼可以看到屋子里的一切财富，凡是人生活所需要的都挂在钉子上；这屋子兼具厨房、餐厅、客厅、卧室、仓库和阁楼的作用；在那里，你可以看见木桶或梯子这样的实用的东西，以及碗橱之类的方便的设备，可以听到壶里的水在沸腾，还可以向煮你的饭菜的火焰和焙你的面包的炉灶致敬，而必需的家具与用具就成了主要的装饰品；在那里，洗好的衣物不必晒在外面，炉火不熄，女主人也不会生气，也许厨子有时会要你移动一下，好让他从地板门里走下地窖去，你不用蹬脚就能知道脚下是虚是实。这房子，像鸟巢那样敞开着，一目了然；你不可能从前门进来从后门出去而看不到里面的房客。在这里，做客人也完全享有房屋中的全部自由，并不会被禁止在房屋的八分之七外，并不是把你安排在一个特别的小房间中，让你在里面自得其乐——实际是使你孤零零地受到禁锢。如今的主人一般都不肯邀请你到他的炉火旁边去，而是叫来泥水匠，另外给你在回廊上造一个火炉，所谓“殷勤招待”，其实是把你安置在最远处的一种委婉的表达。关于做菜，也有一些秘密方法，好像主人要毒死你。我知道我到过许多人的住宅，他们完全可以根据法律把我哄走，可是我不认为我到许多人的家里去过。如果我走到了像我在上面描写的那种大屋子里，我就可以穿着旧衣服去访问过着简朴生活的国王或王后，可是如果我进到一个现代的宫殿里，我最先学会的本领就是从那儿撤离。

这样看来，仿佛我们在客厅里说的高雅言语已经失去了它的全部力量，完全退化成了毫无意义的废话，我们的生命已经远离了言语的实际意义，隐喻与借喻都变得那么牵强，像是用送菜升降机送上来的。也就是说，客厅与厨房或作坊离得太远。甚至连吃饭也只不过是吃饭的比喻了，仿佛只有野蛮人才跟大自然和真理挨近住着，能够向它们借用转喻。远远住在西北部疆土或马恩岛的学者怎么能知道厨房里的议会式的话语呢？

我的客人中，只有一两位还有勇气跟我一起吃玉米糊；可是当他们看到那种危机接近，就立刻躲开，好像它可以把屋子都震坍似的。然而，我煮过那么多玉米糊了，房屋却还是好好地屹立在这儿。

直到天气变得很冷了，我才开始给墙涂灰泥，为此，我用一叶扁舟到湖对岸去取来更洁白的细沙。有了船这样的交通工具，必要的话，就是旅行得更远我也是高兴的。在这期间，我的屋子已经四面都钉上了薄薄的木板条子。在钉这些墙面板的时候，我能够一锤就钉好一只钉子，这让我感到很高兴。我更雄心勃勃，要迅速而漂亮地把灰泥从木板上涂到墙上。我记起了一个骄傲自大的家伙的故事。他常常穿着很好的衣服在村里游荡，对工人们指手画脚。有一天他忽然想用实际行动来代替他的高谈阔论，他卷起了袖子，拿了一块泥水工用的木板，放上灰浆，这一切总算没出差错，于是，他得意扬扬地望了望头顶上的板条，用了一个勇敢的动作把灰浆糊上去，这一下，他马上出丑了，全部灰浆掉回到了他那有精美饰边的胸口。我再次欣赏灰浆，它能这样经济又这样便利地挡住寒冷，它平滑又漂亮，我也明白了一个泥水匠可能会碰到的一些意外事故。我惊奇地看到，在我抹平以前，那些饥渴的砖头如何吸走灰浆中的全部水分，为了造一个新的壁炉，我需要用多少桶水啊！前一个冬天，我就曾经试验过，用我们的河流里学名叫 Unio fluviatilis 的一种贝壳烧制成的少量石灰；这样，我就知道我能从什么地方取得材料了。如果我愿意的话，我还可以走一两英里路找到更优质的石灰石，自己动手来烧成石灰。

在此期间，最背阴处和最浅的湖湾那儿已经结起了薄冰，比整个湖面结冰要早几天甚至几个星期。第一块冰特别有趣、特别完美，因为它是那么坚硬、黝黑、透明，我可以借此机会来观察浅水地方的湖底，因为在一英寸厚的冰上你已经可以躺下来，像那种生活在水上的长足昆虫，然后，我可以惬意地研究湖底，距离我不过两三英寸，我好像在看玻璃后面的画片，那时的水当然一直是平静的。沙上有许多沟槽，很多生物曾在那儿爬来爬去；至于残骸，那儿到处是白石英细粒形成的石蚕壳。也许正是它们的爬行造成了沟槽吧，因为那些死亡的石蚕就在沟槽之中，不过，那些沟槽跟石蚕比较起来又显得太深太宽。事实上，冰本身是最有趣的东西，但你得利用最早的机会来研究它。如果你在冻冰以后的那天早晨仔细观看它，你就可以发现原先那些仿佛是在冰层中间的气泡，实际上却是紧贴在冰下面的，并且还有好些气泡正从水底一个接一个地升上来，此时的冰层还是比较结实、黝黑的，所以，你能穿过冰层看到下面的水。这些气泡的直径从八十分之一英寸到八分之一英寸不等，那么清晰、美丽，你能看到在冰层中的这些气泡反映出来你的脸的镜像。一平方英寸里，可以数出三四十个气泡来。也有一些是存在于冰层之内的垂直气泡，约半英寸长，呈狭长的椭圆形、圆锥形的一端朝着上面，如果是刚刚冻结的冰，常常有一串珍珠般的圆形气泡，一个顶在另一个的上面。但在冰层中间的这些气泡并没有附在冰下面的那么多，也不那么明显。我常常投一些石子去试试冰的强度，那些穿越冰层的石子带了空气下去，就在下面形成了很大很明显的白气泡。有一天，我在过了四十八小时之后再去看，虽然冰层又厚了一英寸，但是我看到那些大气泡还完好无损地在那儿，我透过一块冰边上的裂缝将它们看得很清楚。不过，由于前两天天气暖和得仿佛小阳春，所以，冰不再是透明的了，看不到水和湖底的暗绿色，而是不透明的，呈现出灰白的颜色，冰层已经比以前厚了一倍，却不比以前坚固，因为热量使气泡大大扩展，凝集到了一块儿，没有先前那么有规则，也不再是一个顶着一个，而是像一只袋子里倒出来的银币，叠在一起，有的呈现薄片状，仿佛挤在一个细小的裂隙里。冰的美感已经消失了，再要研究湖底已经来不及了。我很好奇，想知道那些大气泡在新的冰层里占着什么位置，我挖起了一块有中型气泡的冰块，把它翻转过来。在气泡之下和周围已经结了一层新的冰，这样，气泡就是夹在两片冰的中间；它完全处在下一层冰中间，却又贴着上一层的冰，样子是扁平的，有点像扁豆形，圆边，深四分之一英寸，直径约四英寸。我惊奇地发现，就在气泡的下面，冰融化得很均匀，像一只颠倒的茶托，在中央八分之五英寸的高度，水和气泡之间有着一个薄薄的隔层，薄得还不到八分之一英寸，在隔层里的许多地方，小气泡向下爆裂，也许在最大的直径一英尺的气泡底下根本就是没有冰的。我明白了，我第一次看到的附在冰下面的小气泡现在也给冻结在冰块中了，它们每一个都以不同程度在冰层下对冰块起了凸透镜的作用，要把冰块融化，融冰爆裂时还发出细小的声响。

终于，冬天来了，那时我刚在墙上涂完灰泥，狂风就开始在屋子的周围怒号，仿佛它等了很久才获准号叫。一夜夜，大雁在黑暗中飞来，呼呼地拍动着翅膀，甚至在大地上已经铺上一层白雪之后，有些大雁还飞到瓦尔登湖来歇息，有的则低飞过森林朝着费尔港的方向，准备上墨西哥去。好几次，在夜里十点或十一点光景，从村子里回来，我听到一群大雁或者野鸭的脚步声，就在我屋子后踩响洼地边林中的枯叶，它们到那儿去觅食，我还能听到它们领队发出的催促的低唤声。一八四五年，瓦尔登湖第一次全面冻结是在十二月二十二日的晚上，弗林特湖和其他较浅的湖沼早在十多天前就全部冻上了；一八四六年是十二月十六日夜里封冻的；一八四九年大约是十二月三十一日夜里；一八五〇年大约是十二月二十七日；一八五二年，一月五日；一八五三年，十二月三十一日。十一月二十五日以来，白雪已经覆盖了大地，严冬的景象突然展现在我的面前。我深深地躲进我的小窝里，希望在我的屋子和我的心中都点亮一个火。现在，我的户外工作就是到森林中去搜寻枯木，用手或者我的肩膀把它们拿回我的屋子，有时一边用肩扛一边还在左右两臂下都挟些干枯的松枝，把它们拖回来。曾经在夏季用作篱笆的硕大的松树，现在够我拖的了。我拿它们去祭火神，因为我已经用它们祭过土地神了。这是多么有意思的事，一个人刚到森林中去猎取，或者说是去偷窃燃料来煮熟一顿饭！这样，他的面包和肉食都格外香了。在我们大部分乡镇的森林里都有足够的柴薪和废木料可以用作燃料，可是目前它为何却没有给任何人以温暖，有人还认为它们阻碍了幼林的生长。湖上还有许多浮木。夏天里，我曾发现一个油松做成的木筏，是造铁路的时候，爱尔兰人钉起来的，上面的树皮都还保留着。我把它们中的一部分拖上了岸，它们已经被浸泡了两年之久，接着又在高处放了六个月，虽说吸饱了水没法晒干，却是质量上好的木料。这个冬季里的某一天，我把木头一根根拖到湖这边来，以此自娱，要拖半英里的距离，木料有十五英尺长，一头搁在我肩上，一头放在冰上溜过来；要不我就把几根木料用白桦树的枝条捆在一块儿，再用一枝较长的桦木或桤木的枝丫钩住它，然后拖过湖来。这些木头虽然饱和着水，并且重得像铅，但是却不仅经烧，而且烧的火还很旺。我甚至觉得它们浸湿了更好烧，好像浸过水的松脂，点灯时烧得特别久。

吉尔平在他对英格兰森林居民的记录里面写着："一些人非法侵占了土地，在森林中就这样筑了篱笆，造起了房子。"这样的行为"在古老的森林法规中是被认为很有害的，而且会以强占土地的罪名被重罚的，因为ad terrorem ferarum——ad nocumentum forestae 等"，也就是说他们的行为使鸟兽受到恐吓，使森林受损。可是，我比猎人或伐木者更关心野兽和森林的保护，仿佛我是护林的公职人员一样；假若它的一部分给烧掉了，哪怕是我自己不小心烧掉的，我也会为之悲痛，这悲痛的程度和时长要超过任何森林主本人。而且，森林主人砍伐林木时我也会感到悲痛。我希望我们的农夫在砍伐一片森林的时候，能够感觉到这种悲痛；古罗马人在把一片神圣的森林（lucu mconlucare）里的树木砍得稀疏一点，以便让阳光能照进去，他们也会有所畏惧，因为他们觉得这个森林是属于天神的。罗马人会先祈祷来赎罪，无论你如何称呼，这片森林的神啊，愿你赐福给我，给我的家庭和我的子孙们。

甚至在这种时代，在这片新大陆上，森林依然是极有价值的，有一种比黄金更永久更普遍的价值，这的确很令人吃惊。我们已经发明和发现了许多东西，但没有人能轻易舍弃一堆木料。它对我们还是那么宝贵，正如对我们的撒克逊和诺曼底的祖先一样。如果他们是用木材来做弓箭，我们则是用木材来做枪托。米肖在三十多年前说过，纽约和费城的燃料的价钱，"几乎等于、有时甚至于还要超过巴黎最好的木料的价钱，虽然这大城市每年需要三十万'考得'的木材，而且周围三百英里的土地都是已开垦过的耕地”。在本镇上，木料的价钱几乎每一天都在见涨，唯一的问题是今年要比去年涨多少。亲自到森林里来的机械师或商人，没有特别的事情，那他们一定是来参加木材拍卖的；甚至有人愿出很高的价钱来取得在伐木工走了以后捡拾木头的权利。多少年来，人类总是到森林中去找燃料和艺术的材料；新英格兰人，新荷兰人，巴黎人，凯尔特人，农夫，罗宾汉，布莱克老妇人和哈里·吉尔等；世界各地的王子和乡下人，学者和野蛮人，都需要到森林里去拿一些木材以便生火、取暖、煮饭。我也同样少不了这些木材。

每一个人看见了他的木材堆都会感到高兴。我喜欢把我的木材堆放在我的窗下，木片越多就越能使我想起那愉快的工作。我有一柄没人要的旧斧头，冬天里我常常在屋子向阳的那一面，用斧头砍那些豆田中挖出来的树桩。正如我耕田时所租用的马匹的主人曾预言过的那样，这些树根会给我两次温暖，一次是我劈开它们的时候，一次是我在燃烧它们的时候，这一来，就再没有任何燃料能够发出比它更多的热量了。至于那把斧头，有人劝我到村中的铁匠那里去锻一下，可是我自己锻好了它，并用一根山核桃木做斧柄，给它装上，然后就可以继续用了，虽然它比较钝，但我还是把它修好了。

几片树脂多的松木是特别珍贵的。不知道还有多少这样的燃料藏在大地的腹内，这真是一件有趣的事。几年前，我常常在光秃秃的山顶上“勘察”，那地方曾经生长着一大片油松，我挖出过一些油脂多的松树根。它们几乎是无法毁灭的。至少有三四十年的老树桩了，树心还是完好的，虽然外表那一层已经腐烂了，厚厚的树皮在树心外边四五英寸的地方形成了一个和地面齐平的环。你用斧头和铲子勘探这个矿藏，沿着那黄牛油脂一般的髓质，你仿佛找到了金矿的矿苗一般，一直深入到地里去。我通常用森林中的枯叶来引火，那是在下雪以前我储藏在我的棚子里的。伐木工在森林中生营火时所用的引火则是被精巧地劈开的核桃木。有时，我也预备一些这种燃料。当村中的炊烟袅袅升起，我的烟囱上也有烟冒出来，让瓦尔登湖谷地中的许多原始居民知道我还醒着呢：

展翅轻飞的炊烟啊，你这伊卡罗斯之鸟，
向上升腾，你的羽毛就要消融在天际；
你是那不出声响的云雀，是黎明的信使啊，
你盘旋在村屋上，那儿有你的巢；
要不然，你就是逝去的梦，
午夜迷蒙的身影，给你整理衣裙；
你给夜间群星蒙上面纱，白天，
你把光明抹去，把太阳遮挡；
你是我焚的薰香，去吧，从这火炉上升，
见到诸神，请他们宽恕这旺盛的火焰。

虽然我很少用坚硬的刚刚劈开的绿色木材，它却比任何别种燃料更适合我。冬天的下午我出去散步的时候，留下了一堆旺盛的火，三四个小时之后回来，这火还在熊熊地燃烧着。似乎在我出去之后，房中并不是空无一人，而是有一个愉快的女管家在这儿照料。住在那里的是我和火，一般来说，这位女管家真是可靠的。然而，也有过那么一天，我正在劈木头，忽然觉得我应该到窗口去看看屋子里是否着火了。这是我记忆中唯一一次产生这种担心，我去窗口看了，我看到一粒火星烧着了我的床铺．于是我就走了进去，把火扑灭了，它已经烧去了像巴掌那么大的一块地方。我的房屋处在一个这样阳光充足又避风的位置，而且屋脊又很低，所以，几乎任何一个冬天的中午，我都可以让炉火暂时熄灭。

鼹鼠在我的地窖里做了窝，每次要啃去三分之一的土豆，它们利用我糊墙以后剩下来的兽毛和几张牛皮纸，做了一个温暖的巢，因为即便是野性最强的动物，它们也像人类一样喜欢舒服和温暖，也只有这样小心做一个窝，它们才能度过一个又一个寒冬。有几个朋友，认为我跑到森林里来好像是为了把自己冰冻起来。动物只是在荫蔽的地方做一个窝，以自己的体温来取暖；人却因为发现了火，就在一个宽大的房间内把空气关了起来，并把它弄得很温暖，但不是靠自己的体温，然后就把这暖室做成他的卧床，以便让他可以少穿许多厚实的衣服走来走去。在冬天里保有夏天，而且还有窗户能让阳光进入屋子，再用一盏灯火把白昼拉长。就这样，他就超过了他的本能一步或两步，以便节省下时间来从事美术了。每当我长时间暴露于狂风之下，我的全身就开始感到麻木，可是，等回到了温暖如春的房间里，我立刻就恢复了我的官能，延长了自己的生命。就是住在最奢华的房子里的人在这方面也没有什么值得夸耀的，我们也不必费神去猜想人类最后将怎么毁灭。这还不容易吗？只要从北方吹来一股稍为严寒刺骨的狂风，随时都可以结束他们的生命。我们往往用寒冷的星期五和大雪这种说法来计算日期，但是，只要一个更寒冷些的星期五，或者一场更大的雪，就可以把地球上人类的生存抹去。

第二个冬天，为了经济起见，我用了一只小小的炉灶，因为附近的森林并不属于我所有，不过它比不上壁炉的火焰那样旺盛。那时候，煮饭对我而言不再是一个诗意的工作，而只是一种化学的过程。在使用炉灶的日子里，人们很快就忘记了，我们曾像印第安人那样在火灰中烤土豆。炉灶不仅占用较多的空间，还熏得满屋子一股烟味，而且把火遮挡了，让我觉得好像失去了一个伴侣似的。你经常可以在火中看到一个面孔。劳动者在晚上凝望着火，常常会把白天积聚起来的杂乱的、粗俗的想法都放到火中去净化。但我再也不能坐着凝望火焰了，有一位诗人的诗句形容我这情况很贴切，我被深深感染了：

明亮的火焰啊，永远不要抛弃我，
你那可爱的生命的憧憬，亲密的情意，
难道是因我的希望你才向上升腾如此明亮？
难道是因我的命运你才随夜色变得低迷？

你是所有人都欢迎、钟爱的，
却又为何被逐出我们的炉边和大厅？
难道是因为你的样子太富于想象了，
不适宜去照亮那些迟钝的生命？

你那神秘的光芒
难道不是在跟我们的灵魂交谈？
难道这交谈秘不可泄？
是的，我们安全而强壮，因为此刻
我们坐在炉旁，没有火焰的阴影在摇曳，
也没有欢喜与悲伤，只有炉火，
温暖我们手和脚——我也不渴望更多；
有了这密集又实用的一堆火，

周边的人可以坐下来，可以安然入睡，
不必怕什么鬼魂，从阴暗的过去走来，
来到古树闪闪的火光边和我们交谈。

昔日的居民，冬天的访客

我经历了几次快活的风雪，在炉边度过了好些愉快的冬夜，那时风雪在外面狂飞乱舞，连猫头鹰的叫声也给压下去了。好几个星期以来，除了那些偶尔到林中来伐木的并且用雪橇把木材运到村里去的人，我在散步时再没有遇到过一个人。然而大自然的力量却帮助我从林中积雪深处开辟出一条路径来，因为有一次我走过去以后，风把一些橡树叶子吹到了我踏过的地方，橡树叶躺在那里，它们吸收了太阳光，从而使积雪融化，这样，不但我的脚可以踩到干燥的树叶上，而且到晚上，它们连成的黑色线条可以给我引路。至于与人交往，我只能想念这一带森林中以前的居民。镇上许多居民都记得，我屋子附近那条路上曾响彻居民的闲谈与笑声，而道路周围的树林里，到处点缀着它们的小花园和小住宅，虽然当时的森林，比起现在来要浓密得多。在有些地方，我也是记得的，浓密的松木刮擦着轻便马车的两侧，不得不只身步行到林肯去的女人和孩子，经过这里往往害怕得很，甚至有一大段路是狂奔而过的。虽然这条路说来主要是到邻村去的一条无足轻重的小路，或者说只是伐木的人走的路，但是它弯弯折折富于变化，曾经迷惑了一些旅行者，在他们的记忆中也更值得留恋。现在有一大片空旷的原野从村子延展到森林中间，当时道路在那地方穿越一片枫树沼泽地区，路基是用许多原木做的。现在小路成了尘土飞扬的公路，从斯特拉登农场，即现在的救济院，一直通到布里斯特山下，那些原木的痕迹，毫无疑问就在这条公路下面。

加图·英格拉哈姆曾居住在我的豆田之东面，就隔着那条路。他是康科德的乡绅邓肯·英格拉哈姆老爷的奴隶，这位老爷给他的奴隶造了一座房子，还允许他住在瓦尔登林中——这个加图不是尤蒂卡的那个加图，而是康科德人。有人说他是几内亚的黑人。有少数人还记得他胡桃林中的一块小地，他将胡桃培育成林是希望他自己老了以后可以有个依靠，但最后，一个年轻白种人的投机家买下了这片胡桃林。不过，现在加图还是拥有那所狭长的房子。加图那残留了一半的地窖至今还在，但知道的人很少了，因为地窖边长着一行松树，挡住了旅行者的视线。现在那里长满了光滑的漆树（学名 Rhus glabra），还有一种黄色紫苑（学名 Solidago stricta）最早的一个品种也在那里长得郁郁葱葱。离乡镇更近，就在我的豆田转角的地方，是黑种女人齐尔发的一幢小房屋，她在那里编织细麻布卖给当地人。她有一副响亮激越的好嗓子，唱歌的时候，尖锐的歌声在整个瓦尔登森林中回荡。最后，一八一二年，她的住宅给一些假释的英国战俘烧掉了，她的猫、狗和老母鸡都一起给烧死了。她过着十分艰苦的生活，几乎是非人的生活。有位常到这片森林的老人还记得，一天中午当他经过她的家时，他听到她在对着咕噜作响的壶喃喃自语——“你们全是骨头，全是骨头啊！”在那片橡树林中我还看见过一些砖头。

沿路走下去，在右手边的布里斯特山上，住着布里斯特·弗里曼，他是“一个心灵手巧的黑人”，曾经是卡明斯老爷的奴隶。这个布里斯特亲手培植起来的苹果树现在仍在那里生长，现在已经是很大很古老的树了，可是那果实我吃起来还是一股野苹果的味道。不久以前，我还在旧林肯墓地看到了他的墓碑，他躺在几个从康科德撤退时战死的英国士兵旁边——墓碑上写他的名字是“西皮奥·布里斯特”——他倒是有理由被称为非洲的西庇阿（古罗马时期远征非洲的罗马执政官）——“一个有色人种”，好像他的皮肤曾经是无色似的。墓碑上一个醒目的位置写着他去世的日期，这是一个间接告诉别人这人曾经活过的办法。和他长眠在一起的是他那位殷勤好客的妻子芬达，她替人算命，不过很讨大家喜欢——她长得很健壮，身体又圆又黑，比任何黑夜的孩子还要黑，这样黑黑的圆球，在康科德一带是空前绝后的。

沿着山再下去，在左手边的林中古道上，还保留着斯特拉顿家的残迹；他家的果树园曾经布满了布立斯特山的斜坡，可是果树也老早给苍松灭绝了，只剩下几个树墩，那些根上又生出了许多枝繁叶茂的野树。

离乡镇更近，在道路另一边的森林的边缘，你到了布里德区域，那地方因为有一个妖怪兴风作浪而出名。这妖怪尚未单独收入古代神话中，但他在我们新英格兰人的生活中有着极重要的、惊人的地位，正如许多神话中的角色那样，有那么一天，也会有人给他写一部传记。他总是先乔装成一个朋友，或者一个雇工来到你家，然后抢劫并谋杀你的全家老小——他号称新英格兰的怪人。但历史还不能把这里所发生的一切悲剧写下来，让时间多少洗去悲剧色彩，给它们一层迷蒙的蔚蓝的颜色吧。根据一个最模糊的传说，这里曾经有过一个小酒店，正是这同一口井，给旅客提供饮料，使他们的马解渴解乏。过去人们在这里欢聚，交流新闻，然后各走各的路。

十二年前，布里德的草屋还没倒但早就没有人住了。这幢小屋的大小跟我的房子差不多。如果我没弄错，那是在一个总统大选之夜，几个顽皮小孩放火把这屋子烧了。那时我住在村子边上，正出神地读着戴夫南特的《冈迪伯特》，这年冬天我被昏睡病折磨——顺便提一下，我一直不知道这是不是家传的老毛病，因为我有一个叔叔，他刮胡子的时候都会睡着，为了保持清醒，信守他的安息日，星期天他不得不在地窖里给土豆摘去嫩芽。也许另外的一个原因是那时候我想一首不漏地读完查默斯编的英文诗集，所以我读得昏昏然了。正当我脑袋越垂越低时，火警的钟声响了，救火车焦急异常地奔上前去，前面是一群男人和小孩在杂乱地奔跑，我跑在最前列，因为我一跃就过了溪流。我们以为火烧的地点远在森林的南边——我们以前都救过火的，谷仓、商店，或者住宅啦，或者是所有这些全都烧起来了。有人嚷道："是贝克的谷仓。"另外的人则又肯定地说："是科德曼的家。"接着又一阵火星腾上了森林的上空，好像屋顶塌了下去，于是我们都喊起来："康科德人来救火了！"马车狂奔向前，上面坐满了人，其中说不定还有保险公司代理人，不管火灾离他多远，他都必须到场。然而救火车的铃声越落越后，变稳变慢了，后来大家都私下谈论说，跑在前面的就是那些放了火，又报火警的人。就这样，我们只顾向前跑，像真正的理想主义者，全然不理会我们眼观耳闻的现实，直到道路拐了个弯，我们听到了火焰噼噼啪啪的响声，真真切切地感到了墙那边火的热度，这才明白过来，哎呀！火灾现场就在这个地方。然而走到火边，我们的热情降温了。起先我们想把一个池塘的水都用来浇火，但后来决定还是让它烧下去，那房子已经烧得差不多了，再说它又一文不值。于是我们就站在救火车旁边，拥来拥去，在扬声喇叭中发表我们的观点，或者低声交谈这世界上曾经发生过的大火灾，包括巴什科姆商店的那一次，但我们私下里觉得，要是凑巧我们带着“桶”去到那里，而且附近又有个涨满水的池塘，那我们完全可以把那场吓人的大火变成另一次大洪水。最后，我们什么坏事也没做，就都回去了——回去睡觉，我回去看我的《冈迪伯特》。说到这本书，序文中有一段话是关于机智是灵魂的化妆用品的话：“可是大部分人不懂得机智，正如印第安人不懂得化妆用品。”对此我颇不以为然。

第二天晚上，差不多在同样的时间，我凑巧又走过了大火烧过的地方，我听到那片废墟上有人在低沉地呻吟。我在黑暗中摸索着走过去，发现我认识这个人，他是那家中唯一的幸存者，他继承了他家族的优点和缺点，也只有他还关心这场火灾。现在他趴在地窖边上，一面从地窖的墙边望着里面还在冒烟的灰烬，一面喃喃自语，这是他的习惯。他一整天都在远远的河边草地上干活儿，一有点稍稍空闲的时间，就立即来到他祖辈和自己童年时代住过的家。他依次从各个方向、各个地点，凝望着地窖，身子总趴着，好像他记得还有什么宝贝藏在那堆烧剩的砖石和灰烬中间。房子已经烧掉了，他还看着残存的部分。仅仅因为我出现在他身边，他就仿佛得到了同情和安慰，他指点给我看一口井，他尽可能从黑暗中指给我看这口井被盖住的地方，井是永远不会被烧掉的吧；他还沿着墙久久地摸索过去，找出了他父亲亲手制造和架起来的吊水架，叫我摸摸那重的一端吊重物用的铁钩——现在这是他唯一能抓到的东西了——他要我相信这绝不是一个普通的架子。我摸了这铁钩，后来每次散步到这里总要看看它，因为它上面还钩着一个家族的历史。

在左边，在能够看见井和墙边的丁香花丛的地方，在现在的空地里，曾经住过纳丁和勒格罗斯。但让我们回到林肯那边去吧。

在森林里比上述任何一个地方更远些的地方，就在路最靠近池塘的地方，陶匠怀曼蹲在那里，他制出陶器卖给乡亲们，还留下子孙来继承他的事业。他们在物质上是很贫穷的，活着的时候，勉勉强强能守住那块土地，官员常常来征税也是白跑一趟，只能象征性地“带走一些不值钱的东西”，因为他们实在是没有什么值钱的东西。我从官员的报告里发现过类似的话。仲夏的一天，我正在锄地，有个带着许多陶器到市场去的人在我田边勒住了马，向我打听小怀曼的近况，他说很久以前向小怀曼买过一个制陶器用的陶轮，他很希望知道小怀曼现在怎么样了。我只在经文之中读到过制陶器的泥和陶轮，却从未注意过，我们所用的陶器并不是从古时完好无损地传到现在的，也不是像葫芦一样长在哪棵树上的，我很高兴听到在我附近，还有人做着这样一种富于创造性的工作。

在我之前，最后一个林中居民是爱尔兰人，叫休·夸尔（如果我把他的名字说得对的话），他曾借住在怀曼那儿——他们叫他夸尔上校。传说他曾经作为一名士兵参加过滑铁卢之战。如果他还活着，我一定要他把战争重温一遍。他在这里的职业是挖沟。拿破仑到了圣赫勒拿岛，而夸尔来到了瓦尔登森林。我知道的有关他的事情都是很悲惨的。他举止很有风度，是见过世面的人，说起话来比你所能听得到的还要有教养得多。因为患了震颤性谵妄症，在夏天里他还穿着一件大衣，他的脸是胭脂红色的。我到森林中之后不久，他就死在了布里斯特山下的路上，所以在我的记忆中他不算是我的邻居。他的房子被拆以前，他的同伴都认为那是“一座凶险的城堡”，都避而不去，我倒是进去看了看，看到高高架起的木板床上放着他曾穿过的那些旧衣服，就好像看到了他本人一样。壁炉上放着一根断烟斗，而不是在泉水边打破了的碗。而泉水，是不能作为他死亡的象征的，因为他对我说，虽然他久闻布里斯特泉，却从没有去看过。地板上撒满了肮脏的纸牌，那些方块、黑桃、红心老 K 等。有一只没有给行政官员捉去的黑色羽毛的小鸡，依然栖宿在隔壁房间里，羽毛黑得像黑夜，静得也像是黑夜，一声不吱，仿佛在等着列那狐来抓它。屋后隐约可见一个像花园的园子，花园里曾经种过什么，但一次也没有锄过，因为他的手抖得厉害，虽说现在已是收获的时候了。罗马苦艾和叫花草长满了园子，叫花草的小果实都粘在我的衣服上了。房屋背后有一张土拨鼠皮新近张绷在那儿，这是他最后一次滑铁卢的战利品，可是现在他不再需要什么温暖的帽子或者手套了。

现在只有地上的一个凹坑可以作为这些住宅曾经的印记，地窖中的石头深深陷下，在向阳的草地上生长着草莓、木莓、覆盆子，榛树和漆树挨在一起；烟囱那个角落现在则给苍松或多节的橡树占去了，原来是门槛的地方，一棵芬芳的黑杨树在那儿婆娑摇曳。有时，还能很清楚地看见井坑，从前这里有泉水冒出，现在则只有干巴巴的草；最后一个离开此地的人搬来扁平的石头盖住井，还用草皮遮蔽住，让井深藏地下，直到很久以后才有人发现。把井遮盖起来——这是多么悲哀的一件事！人们也许会泪如泉涌。这些地窖的凹痕，像一些被遗弃了的狐狸洞、古老的洞穴，这里也曾经有过热热闹闹的人类生活，他们当时也曾用不同的形式、方言或者其他办法讨论过诸如“命运，自由意志、绝对的预知”等哲理。据我所知，他们讨论的结果只是“加图和布里斯特拔过羊毛”，这应当跟比较著名的哲学流派的历史同样地富于教育意义。

而在门框、门楣、门槛都消失了二三十年之后，丁香花还是生机勃勃地生长着，每年春天都开放出芳香的花朵，让沉思的旅行者去采摘。丁香是从前一双小孩子的手在屋前的院子里种下的——现在都生在墙脚边僻静的草地上，并且渐渐地让位给了新生的森林——那些丁香是这个家庭唯一的幸存者，最后的残余。那些皮肤黝黑的小孩子几乎不会料到，他们插在屋前阴影里地上的只有两个芽眼的细枝，经过他们天天浇水，居然会生根发芽，活得比他们还要长久，比在后面遮蔽着它们的屋子还要长久，甚至比大人的花园果园还要长久，在他们长大而又死后的半个世纪，丁香花还在向孤独的旅行者讲述他们的故事——而它们的花朵跟第一个春天里一样，开得那么美，散发着甜蜜的香味。我还注意到了它那依然柔和、谦逊而愉快的丁香的色彩。

可是这个小村庄，本来应该可以发展出更多的萌芽，为什么康科德还在老地方，它却消失了呢？难道没有自然的优势——譬如说，水源不好吗？啊，深深的瓦尔登湖，甘冽的布里斯特泉，多么丰富，喝了又多么有益健康，可是这些人除了用这些水来冲淡他们的酒之外，丝毫也没有好好地利用。他们全都只是些口渴的家伙。为什么编篮子、做马棚扫把、编席子、烘玉米、织细麻布、制陶器等这些生意在这儿都没有让他们发达起来？让这荒野开出像玫瑰花一样的花朵，让无数子孙后代来继承他们祖先的土地呢？贫瘠的土地本来至少可以避免低地的退化。可叹啊！这些人类居民的回忆几乎无法增加哲理的风景的美！也许大自然要拿我来试试，让我成为第一个移民，让我去年春天建的房子将来成为这个村子里最古老的建筑。

我不知道以前是否有人在我占用的这块土地上建筑过什么房屋。千万不要让我住在一个建筑在古城之上的城市里，这一来，它就是以古城的废墟为材料，以墓地为花园了。那儿的土地已经变得贫瘠、苍白，已经受到了诅咒。而要在这些成为事实之前，大地本身恐怕也曾被毁灭。就是通过以上这样的回忆，我重新让森林住进来了很多人，同时自己也安静下来，慢慢入睡。

在这种季节，我那儿极少有客人来。积雪最深的时候，往往连续一个星期，甚至两个星期都没有一个人敢走近我的屋子，但我在那儿生活得很舒服，就像草原上的一只田鼠，或者一头牛，或者一只鸡，据说它们即使长时期地埋葬在积雪中，没有食物吃，也能活很久呢；或者，我像本州的萨顿城里那家最早的移民，据说在一七一七年的大雪中，他自己不在家，可是大雪严严实实盖住了他的草屋，后来幸亏一个印第安人凭着烟囱喷出的热气在积雪中融化出的一个洞，这才把他的一家人都救了出来。可是，我这儿却没有友好的印第安友人来关心我，他也不需要来，因为屋子的主人现在就在家里。好大的雪啊！听到下雪是多么令人愉快啊！农夫们无法赶着他们的马车到森林或沼泽地中去，他们不能不把门口那些遮阳的树木砍伐下来了，而在积雪压实了、地面变坚硬后，他们就去沼泽地砍一些树，到第二年春天再去看，原来他们是在离地面十英尺高的地方砍下那些树的。

积雪最深时，从公路到我家的那条半英里长的路，好像是条弯弯折折的虚线，每两点之间都有很大一片空白。如果接连一个星期天气很平静，我总是来回走着同样的步数，同样长度的步伐，像一只圆规一样准确地踩在我自己深深的足印上——冬天常常把我们约束在这样的套路里，这些足印往往映照出天空的蔚蓝色。但不管什么天气，其实都没有彻底地阻挠过我的散步，或者说阻止我出门，因为我常常在最深的积雪中步行八英里或十英里，去跟一株山毛榉，或一株黄桦，或松林中的一个旧相识约会，那时冰雪压得它们的树枝都垂挂下来了，树顶就显得更尖，把松树变成杉树的样子。有时，我跋涉在两英尺深的积雪中，上到最高的山顶，几乎每跨一步，都得把我头顶上的一大团雪摇落下来，有几次我索性手脚并用地在地上爬行了，这时候猎人都躲在家里过冬。有一个下午，我饶有兴味地观察一只横斑猫头鹰（学名 Strix nebulosa），光天化日之下，它坐在一株白松下面靠近树干的枯枝上，我站在离它不到一杆远的地方，当我踏雪移动时，它可以听到，可是它看不清我。我发出很大的声音，它就伸伸脖子，竖起颈上的羽毛，睁大眼睛，但立刻它的眼皮又合上了，而且又开始点头打瞌睡了。这样观察了半个小时之后，我自己也昏昏欲睡了，它半睁开着眼睛睡着，真像是一只猫，它是猫的有翅膀的兄弟。眼皮之间只留下一条细小的缝，它就这样和我保持了一个若即若离的关系，它就这样从它的梦乡望着我，极力想认识我这个朦胧的物体，或是它眼睛中妨碍它视线的一粒灰尘。最后，或许是声音更响了，或许是我更接近它了，它在枝丫上懒懒地转一个身，好像因美梦被打扰而感到不耐烦，当它展翅在松林中翱翔时，它的翅膀出人意料地展开得很宽，但我一点儿拍翅膀的声音也听不到。就这样，它似乎不是靠视觉，而是靠感觉，在松枝之间盘旋，仿佛它那羽毛都是有感觉的，在微薄的光线中，它找到了一个新的可供栖息的树枝，在那儿，它可以安静地等待它快活的一天拂晓。

当我走过那条贯穿草地的铁路堤道时，我遇到了一阵阵吹透肌骨的冷风，因为只有在那儿冷风才刮得更自由。而当吹起的霜雪拍打了我左边的脸颊，虽然我是一个异教徒，我就把右颊也给转过来让它吹打。从布里斯特山下来的那条马车路也不见得好多少。因为我还是要像一个友好的印第安人一样到市镇上去，当时那宽阔的田野上的白雪积在瓦尔登路两侧的墙垣间，不要半小时，前面一位行人经过之后的足迹就看不见了。回来的时候，又吹起了一个新的雪堆，我在雪堆里踉踉跄跄地前行，那忙碌的西北风就在路的一个大转弯处堆满了银粉似的积雪，连兔子的足迹也看不到，更不用说一只田鼠细小的脚迹了。可是，即使在隆冬时节，我还是找到了温暖、松软的沼泽地，青草和观音莲依然在那里呈露出四季常青的叶子，偶尔也看到一些耐寒的鸟坚持着在等待春天的归来。

有时，尽管下雪，我晚上散步回来，发现有伐木工深深的足印从我门口延伸出来，在火炉上我发现一堆他无目的地削下的木屑，屋子里还留有他烟斗的味道。或者在某一个星期日的下午，如果我碰巧在家，我会听见一个长脸的农夫踏在雪上的窸窣之声，他老远穿过了森林而来找我聊天，他是极少数的“农庄人物”之一。他穿的不是教授的长袍，而是一件工装服；他引用教会和政府的那些道德言论，就像他从牛栏里拉一车肥料一样简单。我们谈到了原始、单纯的年代，那时候的人在寒冷又清新的气候里，人们围着一大堆火焰坐着，个个头脑清楚；如果没有别的东西可吃，我们就用牙齿来试试那些松鼠早已不吃的坚果，因为那些壳最硬的坚果里面往往还是空的呢。走过最远的路，穿过最深的积雪和最可怕的暴风雪来到我家的是一位诗人。农夫、猎户、士兵、记者，甚至哲学家都可能会吓得不敢来，但是什么也挡不住一个诗人，他是被纯粹的爱所驱动的。谁能预言他的来去呢？为了创作，即使是在医生都睡觉的时候，他也可以出门。我们让这小小的木屋里回响着笑声，时而还传出喃喃的但清醒的谈话，这样可以缓解瓦尔登山谷长久以来的沉默。相形之下，连百老汇也显得寂静而且荒凉。在适当的间歇，经常有笑声出现，这也许是为了刚才出口的一句俏皮话，也可能是为了一个正要说出口的俏皮话。我们一边喝着稀粥，一边创造出许多“崭新的”人生哲理，这样，既宴饮了宾客，又宜于清醒的哲学讨论。

我不能忘记，我在瓦尔登湖居住的最后一个冬天，还有一位受欢迎的访客。有一次他穿过雪、雨和黑暗，直到他从树丛间看见了我的灯火，他和我消磨了好几个漫长的冬夜。他是最后一批哲学家中的一个——是康涅狄格州把他献给世界的，他起先推销这个州的商品，后来他宣布要推销他的想法了。他还在推销这些，赞扬上帝，斥责世人，只有他的头脑才是果实，像果仁才是坚果一样。我想，他一定是世界上有信仰的活人中信仰最强的一个。他的话和他的态度总是假设有一种比别人所了解的更好的情况，随着时代的变迁，他恐怕是最后那位感到失望的人，目前他的推销还没有任何业绩。虽然他现在不太受人关注，可是，等到他的时机到来，大部分人意想不到的法规就将要起作用，家长和统治者都要来找他征求意见。

世事清澈却看不见，这是多么盲目啊！

人类真正忠实的朋友，几乎就是让人类不断进步的唯一朋友。一个老凡人，倒不如说是一个神仙吧，怀着不倦的耐心和信念，要把人类身上铭刻着的形象解释明白，这就是人类的神，而芸芸众生只不过是神的有点损毁的纪念碑。他用慈祥的智慧拥抱孩子、乞丐、疯子和学者，接受一切人的思想，同时又常常给这些思想拓展广度、增加精度。我想他应该在世界大道上开一家旅馆，招待全世界的哲学家，而且在招牌上应该写一句："招待人，不招待人的兽性。有闲暇、心平气和的人、寻找正路的人请进。"也许他是头脑最清醒的人，在我所认识的人中他最不会钩心斗角，昨天和明天，他都始终如一。从前我们一起散步谈天，全然把我们的世界抛在身后，因为他从不属于这世界的任何机构，生来自由，胸怀坦荡。不论我们转上哪一条路，天地始终都连接在一起，因为他这个人给这儿的风景增添了美丽。一个穿蓝衣服的人，最适合他的屋顶便是苍穹，天空会映照出他的清朗。我不相信他将来会死，大自然是舍不得让他离去的。

我们各自谈着各自的思想，干脆利落得好像把木片都晒干了那样，于是我们就坐下来，试着把这些思想的木片削得更尖一些，试试我们的刀子，欣赏着那些松木清晰光亮的纹理。我们这样温和地、虔诚地涉过溪水，或者，我们轻拉慢引，让我们思想的鱼儿不会被吓得从溪流中跑开，也不怕岸上垂钓的人。鱼儿快活地来去，就像西边天空中飘过的白云，那珠母色的云时聚时散。我们在那儿工作，修订神话、润色寓言，建造空中楼阁，因为这世界上没有能承受这楼阁的基础。伟大的观察者！伟大的预见者！和他谈天是新英格兰之夜的一大乐事。啊，我们曾有过这样的谈话，隐士和哲学家，还有我前头提到过的那个老移民——我们三个人，谈得让我的小屋膨胀，我不敢说，这得有多少磅的重量压在每一英寸的土地上，它裂开了缝，以后又要塞进多少乏味的话才能防止它泄露啊——不过，我已经捡了不少这一类的麻絮以备将来之需了。

另外还有一个人，我曾经在村中他自己的家里跟他有过一段“极为充实的共处”，真是难忘。他也不时来看我。但除此之外，就再也没有别的人可以交谈了。

正如在别处一样，有时我也期盼那些永远不会到来的客人。《毗湿奴往世书》上说，“黄昏时，屋主人应当待在大门口，待给一头奶牛挤完奶的工夫，如果他愿意，还可以待得更长，以等待客人到来”。我常常这样虔诚地等待，时间都够给一群奶牛挤完奶了，但还是没有等到有人从市镇上过来。

冬天的动物

等到湖水冻成结实的冰，到许多地方去就有了经过湖面的新的捷径，而且还可以站在冰上看周围那些熟悉的事物呈现出新的风景。当我穿越积雪以后的弗林特湖，虽然我曾在上面划船溜冰，但这会儿它却大得出人意料，而且很陌生，老让我想起巴芬湾。在我四周，林肯山矗立在一个茫茫雪原的尽头，仿佛我以前没到这片平原来过；在这片冰原上不知多远的远处，渔夫带着他们的狼犬在缓缓移动，好像是猎海豹的人或是爱斯基摩人[1]一般，如果在雾蒙蒙的天气里，就飘飘忽忽如同神话传说中的奇异生物，我不知道他们究竟是巨人还是侏儒。晚上我去林肯演讲总是走这一条路，所以，在我的木屋与讲演室之间，我没有走过任何别的路，也没有经过任何一座屋子。途中经过的雁湖也是麝鼠的安家之所，它们把窝高高筑

1 爱斯基摩人：因纽特人的旧称。

在冰上，然而我经过时却没有看到过一只麝鼠。瓦尔登湖像另外几个湖一样，常常是不积雪的，最多盖一层薄薄的、没有连成一片的雪，它就相当于我的庭院，这时候其他地方的积雪却差不多有将近两英尺深，村民们都给封锁在他们的街巷里，我却可以在湖上自由地散步。在这远离着村中街道的地方，好久才会听到雪车上的铃声，我独自滑雪、溜冰，仿佛身处一个踏平了的广阔的鹿苑中，鹿苑的边缘悬垂着橡木和庄严的松树，它们不是给积雪压弯了，就是披挂着许多冰柱。

冬夜里，往往还在白天，我就能听到猫头鹰从不知多远的地方送来的凄哀而优美的鸣声，仿佛是用合适的拨子弹拨这冰冻的大地所发出的声音，这正是瓦尔登森林的方言，后来我对这鸣声很熟悉了，虽然从没有看到过那只猫头鹰歌唱时的样子。冬夜，我几乎推开门就能听到它“呼，呼，呼哦，呼”的叫声，极为响亮，而且头三个音听来似乎是在说“你好”；有时它也只简单地“呼，呼”地叫。初冬的一个晚上，湖水还没有全部冻结，大约在九点钟，一只雁的大声鸣叫让我吓了一跳。我走到门口，又听到它们低低飞过我屋子时拍翅的声音像林中的一阵风暴。它们飞过瓦尔登湖，飞向费尔港，好像是我的灯光让它们吓得不敢降落，它们的领头雁用有规律的节奏叫个不停。突然间，我听得那么真切，离我很近的一只猫头鹰发出了最沙哑而颤抖的声音以此回应路过的雁群，这是我在森林中还从来没听到过的，而且这只猫头鹰的鸣叫有着有规律的停顿，好像它要尽量侮辱那些来自赫德森湾的闯入者，为此，它发出了音量更大、音域更宽的“方言”，“呼，呼”地要把雁群逐出康科德的领空。在夜晚这个只属于我的时刻，你却要惊动整个城堡，为什么呢？你是不是以为这个时候我睡着了，你是不是以为我没有你那样的肺和喉音呢？“布—呼，布—呼，布—呼！”我从来没有听到过这样叫人恐怖的不和谐的声音。然而，如果你有一个会辨别声音的耳朵，这其中还是有和谐的成分的。这情形在这一带的原野上真是从没有看见过，也从没有听到过。

我还听到湖上的冰块发出哮吼般的鸣声，仿佛这湖是康科德这个地方和我同床共眠的一个大家伙，好像他在床上睡得不舒服，很想翻一个身，而且有一些肠胃气胀或者是做了个噩梦；有时我被严寒把地面冻裂的声音弄醒，仿佛有人赶着马车撞到我的门上了，早晨起来，我会发现有一道四分之一英里长、三分之一英寸宽的裂痕。

有时我听到狐狸走过积雪的声响，它们在月夜出来寻找鹌鹑或者其他猎物，像森林中的狗一样发出凶恶刺耳的叫声，好像它很心急，又好像它要表达一些什么，要去寻求光明，要变成狗，自由地在街上奔跑。如果我们考虑更长远的年代变迁，难道禽兽不会跟人类一样，形成它们的文明吗？我觉得它们像原始人，穴居的人，时时保持警惕，等待着它们的进化。有时候，一只狐狸会被我的灯光吸引，走近我的窗子，向我叫出一声狐狸的诅咒，然后就撤走。

通常，总是赤松鼠（学名 Sciurus Hudsonius）在黎明时分把我叫醒，它在屋脊上跳窜，又在屋子的四侧爬上爬下，好像它们就是为了这个才走出森林的。整个冬天，我在门口的积雪上差不多抛撒了半蒲式耳的没有成熟的玉米穗，然后兴致勃勃地观察那些被玉米诱惑过来的各种动物的姿态。在黄昏与黑夜，兔子经常跑来饱餐一顿。一整天赤松鼠跳来跑去，看了它们灵活的动作我尤其感到愉快。先是一只赤松鼠谨慎地从矮橡树林中溜出来，像一片被风吹着走的叶子，在雪地里跳跳停停；一会儿它向这个方向跑几步，一会儿它向那个方向也跑那么几步，速度惊人，而且精力也耗得过了头，它用“跑步”的姿态快得不可想象地急奔，似乎它是要孤注一掷，但每一次总不超出半杆的距离；然后，突然间做一个滑稽的表情停下脚步，无缘无故地翻一个筋斗，仿佛全宇宙的眼睛都在看着它——即便在森林最深最寂寞的地方，一只松鼠的行动也好像舞女一样暗示着有观众在周围。这松鼠浪费了很多时间在拖延、兜圈子，如果直线进行，早就跑完全程了，我从没有看见过一只松鼠能正常地走它的路。然而，突然间，它已跳上一棵小油松的树梢，拧紧了它的发条，责骂所有想象中的观众，又像是在独白，同时又像是在向整个宇宙说话，我真猜不出这是什么理由，我想，它自己也未必能说明白这是为什么。最后，它终于到了玉米旁，挑了一个玉米穗，还是用那不规则的三角形的路线跳来跑去，跳到了我窗前那一堆木料的顶端，它在那里与我对视，而且一坐就是几个小时。它时不时还去找来一根新的玉米穗，起先它贪婪地啃着，把只吃了一半的玉米芯子扔掉，后来它变得更加精明了，拿着它的食物玩耍，只吃一粒粒的玉米。而当它用一只前爪举起的玉米穗忽然不小心掉到了地上，它就做出一副拿不准的滑稽表情低头看着那玉米穗，好像在怀疑那玉米穗是活的，没法决定要去把它捡起来还是该另外去拿一个过来，或者干脆就此离开这儿；它一会儿想看那玉米穗，一会儿又听听风里传来什么声音。就这样，这个冒冒失失的家伙一个上午就糟蹋了好些玉米穗，直到最后，它抓起其中比自己身体还要大得多的一根玉米穗，灵巧地背在身上走回到森林里去了，那样子就好像一只老虎背着一只水牛，而且它还是走着弯弯曲曲的路线，走一会儿停一会儿，那玉米穗似乎太重了，老是从它背上掉落下来。它呢，让玉米穗处在介乎垂直线与地平线之间的对角线状态，下定决心要把这食物拖到目的地去——一个少见的轻佻、自不量力的家伙，就这样它把玉米穗带到了它住的地方，或者是四五十杆之外的一棵松树顶上，过后我总可以看见被乱扔在森林各处的玉米芯。

最后樫鸟来了，我早就听见过它们那不协调的声音，当时它们小心地飞到距离我八分之一英里的地方，偷偷摸摸地从一棵树飞到另一棵树，越飞越近，沿途啄食那些松鼠掉下来的玉米粒。然后，它们歇息在一棵油松的枝头，想快速吞下那粒玉米，可是玉米粒太大，把它的喉咙卡住了，它费了很大的力气才把玉米粒吐出来，然后用它的嘴反复啄这食物，企图把玉米粒啄破。它们显然是一群盗贼，我很瞧不起它们。倒是那些松鼠，虽然开始有点羞答答，不久就像拿自己的东西一样不客气地把玉米拿走了。

这时还飞来了成群的山雀，它们捡起松鼠丢下的玉米屑，然后飞到最近的枝丫上，把屑粒按在爪子下，用小嘴敲击，好像这食物是一只只生活在树皮中的小昆虫，一直把屑粒啄到很小，可以让它们的细喉咙咽下去。每天都有一小群这样的山雀到我的木材堆中来大吃一顿，或者吃我门前的那些屑粒，一边发出微弱又急促的叫声，就像冰凌在草丛中发出的那种声音，要不然，就发出轻快的“嘚、嘚、嘚”的呼号，尤其难得的是在春天般暖洋洋的日子里，它们从森林边发出了夏天才有的琴弦般的“菲——比”的声音。它们跟我相处得熟了，到后来，竟然会有一只山雀飞落到我胳膊下正搬进屋去的木柴上，毫不畏惧地啄木头。有一次，我在村中园子里锄地，一只麻雀飞来停落在我肩上待了一会儿，当时我觉得，即便佩戴任何肩章都比不上这样的光荣。松鼠后来也跟我很熟了，偶尔抄近路时也无所顾忌地从我的脚背上踩过去。

在大地还没有完全给雪封住，以及在冬末朝南的山坡和我柴堆上的积雪开始融化的时候，无论早晚，鹧鸪都要从林中飞到这儿来觅食。无论你在林中哪一边走，都会有鹧鸪突然拍着翅膀飞去，把枯叶和枝丫上的雪花震落下来，雪花在阳光下飘落，像金光闪闪的尘埃。这种勇敢的鸟是不怕冬天的，它们常常给积雪盖了起来，据说，“有时它们振翅飞入柔软的雪中，能在里面躲藏一两天之久”。黄昏的旷野里，我常常在它们飞出林子，到野苹果树上来吃蓓蕾的时候故意惊飞它们。每天傍晚，它们总是飞到它们常停歇的几株树上，而狡猾的猎人也正在那儿守候它们，远处紧靠林子的那些果园里也因此会遭殃。不过，无论怎样我还是很高兴这些鹧鸪能找到食物。它们依赖果树的蓓蕾和水为生，它们是大自然自己的鸟。

在昏暗的冬天的早晨，或是短促的冬天的下午，有时候我听到一群猎狗的吠声响彻整片森林，它们抑制不住要去追猎的本能，同时还有不时吹响的追猎的号角，这意味着有人跟在猎狗后面。森林又响彻了它们的叫声，可是，并没有狐狸奔到湖边开阔的地带，也没有一群追逐者在追他们的亚克托安（希腊神话中因看到狩猎女神沐浴而变成杜鹿的年轻猎人）。也许到黄昏，我看到猎人回来找他们的旅馆过夜，只有一根毛茸茸的狐狸尾巴拖在雪橇后面作为战利品。他们告诉我说，如果狐狸躲在冰冻的地下，它一定还是会安然无恙的，或者，如果它是沿着直线逃跑的，那就没有一只猎犬能追得上它，但是，一旦它把猎犬远远抛在后面了，它就会停下来休息，并且仔细倾听，直到猎犬又追上来，等它再奔跑的时候，它会兜一个圈子回到原来的老窝，而猎人正在那里等着它。有时，它在墙顶上跑几杆的距离，然后纵身跳到墙的另一面，它似乎知道水不会保留它的臊气。一个猎人曾告诉我，有次他看见一只被猎犬紧追不舍的狐狸跳到了瓦尔登湖上，那时冰上浮着一个个浅水坑，它就跑一段又回到了原来的岸上。不久，猎犬追上来了，可是到了这里，猎犬们嗅不到狐狸的气味了。有时，一大群猎犬自己追逐着来到我的屋前，从门前经过，绕着屋子兜圈，只顾号叫，一点也不理睬我，好像它们害了某一种疯病，什么也不能让它们停止追逐，它们就这样绕着圈子追逐着，直到它们闻到一股新近的狐臭，一只聪明的猎犬总是会不顾一切地去追逐狐狸。有一天，有人从莱克星顿到我的木屋来打听他的猎犬，这只猎犬追逐了很长一段路，而且时间长达一星期。只是我把我所知道的都告诉他，他也未必会得到什么线索，因为每一次我刚想回答他的问题时，他都会打断我的话问我：“你住在这里干什么？”他丢掉了一只猎犬，却找到了一个人。

有一个说起话来枯燥无味的老猎人，每年都到瓦尔登湖来洗一回澡，他总是在湖水最温暖的时候到来，而且会顺便来看我。他告诉我，好多年前的某一个下午，他带了一支猎枪在瓦尔登森林中行走，当走在韦兰路时，他听到了一只猎犬追上来的声音，一会儿，一只狐狸跳过墙跑到了路上，接着又以闪电般的速度跳过另一堵墙离开了大路，他迅猛发射的子弹却没有打中它。在他身后跑上来了一条老猎犬和三只小猎犬，它们在自发地、全速追赶着那只狐狸，一瞬间就消失在了森林中。这天下午晚些的时候，他在瓦尔登湖南面的密林中休息时，听到远远从费尔港那个方向传来了猎犬追逐狐狸的声音。它们朝他所在的位置过来了，它们那使整片森林震动的吠叫声越来越近，一会儿在韦尔草地那边，一会儿又在贝克农场那儿。他静静地站了很久，听着猎犬们的音乐，在猎人的耳朵听来，这音乐如此甜蜜。这时，狐狸突然出现了，轻快地穿过了林间的空地，它的声音为树叶的富于同情心的飒飒声所掩盖，它敏捷又悄然无声地借着地势，把追猎者远远抛在了后面；接着它跳上林中的一块岩石，背朝着猎人，笔直地坐在那儿倾听。片刻之间，猎人起了恻隐之心，没抬起他的手臂；然而，这只是一种短暂的情绪，说时迟那时快，他的枪瞄准了，砰！狐狸从岩石上滚了下来，躺在地上死了。猎人还站在老地方，听着猎犬的吠声。它们仍然在追赶，现在，附近森林中所有的小径上全都回响着它们的号叫。最后，那老猎犬跳入眼帘，鼻子还在嗅着地，像着了魔一般朝空中狂叫，并径直朝岩石奔去。可是，看到那死去了的狐狸，它突然停止了吠叫，仿佛吃惊得叫不出声了，它绕着狐狸走了一圈又一圈，静静地走着；

它的小狗们也一只接一只地来了，也都像它们的母亲一样，清醒了过来，在这神秘的气氛中静静地一声不作了。于是，猎人走到它们中间，这个谜解开了。他剥着狐狸皮，它们静静地等着，后来，它们跟在狐狸尾巴后面走了一会儿，最后又转到林中去了。这晚上，一个韦斯顿的绅士找到康科德这位猎人的小屋，探听自己的猎犬，并且告诉说，这些猎犬是自己出来追逐的，离开韦斯顿的森林已经一个星期了。康科德的猎人就把自己知道的详情告诉了他，并把狐狸皮送给了他，后者婉言谢绝后就自行离开了。这晚上他没找到他的猎犬，但第二天他就知道了它们的去向，原来它们已过了河，在一个农舍过了一夜，在那里饱餐了一顿，然后，清早就回家了。

把这故事告诉我的猎人还能记得是一个名叫山姆·纳丁的人，他常常在费尔港的岩石山上猎熊，然后把熊皮拿回来，到康科德的村子里换朗姆酒喝，那个人甚至告诉他曾看见过一只麋鹿。纳丁有一只著名的猎狐犬，名叫布戈因——他却把它念作伯金——告诉我这段话的猎人还常常向他借用这条狗。在这个乡镇里，有一个老生意人，他既是老板，又是市镇会计和议员代表，我在他的“亏欠账簿”中看到了如下记录：1742—1743年1月18日，“约翰·梅尔文，以一只灰狐狸贷款23美分”；现在这里却没有这种事了；在赫齐卡亚·斯特拉顿的账目中，1743年2月7日，“以半张猫皮，贷款14.5美分”；这猫皮当然是野猫皮，因为在法兰西之战的时候，斯特拉顿做过中士，当然不会拿比山猫还贱的东西来贷款。当时也有以鹿皮来换取贷款的，每天都有鹿皮卖出。有一个人还保存着附近这一带杀死的最后一只鹿的鹿角，另外一个人还给我讲过他伯父参加过的一次狩猎的情形。从前这里的猎人很多，而且日子都过得很愉快。我还记得一个瘦瘦的猎人，他随手在路边抓到一片叶子，就能在上面吹奏出一段旋律来，如果我记得没错的话，这旋律比任何猎人的号角声都更原汁原味、更动听。

在有月亮的深夜，有时候我会在路上碰到许多猎犬，它们在树林中游荡，好像很害怕我，从我面前的路上躲开，一声不响地站在灌木丛中，直到我走过了为止。

松鼠和野鼠为了我储藏的坚果而争吵。在我屋子的四周有二三十棵油松，直径一英寸到四英寸，前年冬天给老鼠咬过——对它们来说那真是一个挪威式的冬天，积雪很深且长久没化，它们不得不动用松树皮来补充它们短缺的粮食。但这些树还是活了下来，在夏天里还长得很茂盛，虽然它们的树皮全都给吃掉了一圈，但许多树还是长高了一英尺，然而等到再过一个冬天，它们无一例外地全都死了。奇怪得很，小小的老鼠竟然可以把整个一棵树的树皮吃掉，它们不是上上下下地吃，而是绕着圈吃的；可是，要使这森林稀疏起来，这也许还是必要的，它们往往长得过于浓密了。

野兔（学名 Lepus Americanus）在这儿很常见，整个冬天，它的身体常活动在我的屋子下面，我们只隔一层地板，每天早晨，当我开始挪动身体，它就会急促地逃开，把我惊醒——砰，砰，砰，它在匆忙奔逃之中，脑袋撞在地板上了。它们常常在傍晚时分绕到我门口来吃我扔掉的土豆皮。它们和土地的颜色如此相似，当它们不动的时候真是很难辨别出来。有时在暮色中，我一会儿看不见它们了，一会儿又看见它们一动不动地呆坐在我的窗子下边。晚上我推开门，它们就会吱吱地叫着跳走了。它们在我身边会让我心生怜悯。有一个晚上，有一只兔子坐在我门口，离我只有两步的距离，一开始，它怕得直发抖，却没有跑开，这可怜的小东西，瘦得骨头都突出来了，破耳朵，尖鼻子，秃尾巴，细爪子。看起来，仿佛大自然实在没有别的物种了，只好保留这样的小东西。它的大眼睛显得很年幼而且不健康，似乎是得了水肿病一般。我跨前一步，瞧，它像弹簧一样跳到了雪地上，然后，它优雅地伸直了它的身子和四肢，一会儿就把森林置于我和它中间了——这野性的自由动物，又从另一方面说明了大自然的活力和尊严。它的消瘦并不是没有理由的，它天生如此。（有人觉得，兔子的拉丁文 Lepus 源自 Levipes，有“捷足”的意思。）

要没有兔子和鹧鸪，一片山野怎么能叫作山野呢？它们是动物之中最简单、最土生土长的动物；从古到今一直都有这类古老而可敬的动物，它们与大自然同一种颜色、同一种性质，它们和树叶、和土地的颜色也很接近，不管是靠翅膀飞的还是靠脚走的。看到兔子跳开、鹧鸪飞走的时候，你不会觉得它们是野生动物，而会觉得它们是大自然的一部分，仿佛听到树叶沙沙作响一样。不管发生怎样的变乱，兔子和鹧鸪一定可以像大地上长出来的东西一样永世长存。哪怕森林被砍光了，地上冒出的小树和灌木丛还可以隐藏它们，它们还会更加旺盛地繁殖呢。不能维持兔子生存的山野一定是很贫瘠的。我们的森林里到处是兔子和鹧鸪，在每一个沼泽的周围都可以看到它们在漫步，即使牧人们在它们周围布设了细枝扎的篱笆和马鬃做的陷阱。

冬天的湖

度过了一个安静的冬夜之后，我醒来时感觉有什么人在问我问题，而在睡梦中，我曾试图回答却又回答不上来，——什么——如何——何时——何处？可这会儿外面是黎明中的大自然，万物正蓬勃生长，她平静满足的面孔从我的大窗户里望进来，她的嘴唇上并没有什么难以回答的问题。我醒来看到了大自然和日光，这就是问题的答案。雪厚厚地盖着大地，上面点缀着年幼的松树，而我的木屋所在的小山坡似乎在说："前进！"大自然并不发问，也不回答我们人类的问题。似乎它早下了决心。"啊，王子，我们以钦羡的目光望着，把这宇宙奇妙而变幻的景象传到我们的灵魂之中。黑夜无疑会把这光荣的创造遮去一部分，但白昼则把这部伟大的作品向我们展示，这部伟大的作品从大地向上绵延到太空。"

接着我开始干我早上的工作。首先，我拿了一把斧头和一个桶去找水，如果这不是在做梦的话。经过了一个寒冷的、飘着雪的冬夜，要有一根魔杖才能找到水。水汪汪的颤动的湖水，对任何一点风都特别敏感，能反映每一道光和影。可是到了冬天，湖面的冰就冻结了，足有一英尺或一英尺半厚，连最笨重的马车也能承受得住，也许冰上还会积一两英尺深的雪，使你分不出它是湖还是平地。像湖周围群山中的土拨鼠那样，它要合上眼睛，冬眠三个多月。

我站在积雪的平原上，就好像站在群山中的牧场上一样，我先是拨开一英尺深的雪，然后又砸穿一英尺厚的冰，在我的脚下打开一个窗，我就跪在那里喝水，并俯视鱼儿安静的客厅，那里充满了一种柔和的光，仿佛是透过了一层磨砂玻璃再投进去的光，那细沙质的湖底还跟夏天的时候一样，在那里有一种永远风平浪静的安详，琥珀色黎明般的天空正笼罩着那儿，和水中居民的冷静与均衡气质却完全协调。天空在我头上，又在我脚下。

每天清晨，当一切都被严寒冻得松脆，人们带着钓竿和简单的午饭，用细细的钓丝穿越积雪来钓狗鱼和鲈鱼。这些有野性的人，并不像那些城里人，他们本能地采用另外的生活方式，相信另外一种权威，他们来来去去，这样就把许多城镇之间的空白地带连接在了一起，要不，城市和乡村就是分裂开的。他们穿着结实的粗呢大衣坐在湖岸上，在枯橡树叶上吃他们的饭餐，他们在自然知识方面，同城里人在那些人造事物方面一样聪明。他们从来不研读书本，他们所知道和所能说的远比他们所做的要少许多。他们所做的事据说还没有人知道。这里有一位用大鲈鱼来钓狗鱼的。你看看他的桶会大吃一惊，像看到了一个夏天的池塘一样，好像他把夏天锁在了他的家里，或者是他知道夏天躲在什么地方。你说，在仲冬，他怎么能抓到这么多鱼？啊，大地封冻了，他就从朽木之中找到当诱饵的虫子，所以他才能捕到这些鱼。他的生活本身在大自然里深入的程度要超过那些自然科学家的钻研深度，他这人就应该是自然科学家的一个研究专题。科学家寻找虫子时，是轻轻地把苔藓和树皮用刀子挑起来，而他却用斧子劈到树木中心，让苔藓和树皮飞得老远。他是靠剥树皮为生的，这样的一个人是有权捕鱼的。我很高兴看见大自然在他身上表现了出来。鲈鱼吃蛴螬，狗鱼又吃鲈鱼，而渔夫又吃了狗鱼；生物等级的所有空缺就这样被填满了。

在有雾的天气里绕着湖散步时，有时我会饶有兴味地看一些渔人所采取的原始的生活方式。也许他在冰上挖了一些与湖岸距离相等的小洞，洞口之间距离四五杆，他把桤木枝架在洞上面，再用绳子绑住枝丫以免它们被拉下水去，然后他再在冰上面一英尺多的地方把松松的钓丝挂在桤木枝上，还缚一张干枯的橡树叶当浮子，这样，叶子给拉下去的时候，就表明鱼上钩了。你绕湖边走半圈，就可以看到这些间距相等的桤木枝。

啊，瓦尔登的狗鱼！当我看见它们躺在冰上，或者是躺在渔夫们在冰上挖掘的井中——那些通到水中去的小窟窿，我常常被它们的那种稀世之美弄得大为惊叹，它们好像是神话里才有的鱼，街上是看不到的，森林中是看不到的，正如在康科德人的生活中看不到阿拉伯风情一样。它们有一种令人炫目、超凡脱俗的美，这与人们夸赞不已的灰白色的鳕鱼和黑丝鳕有着天壤之别。它们不像松树那么绿，也不像石块那么灰，更不像天空那么蓝，但在我看来，它们更有令人稀罕的色彩，像花，像宝石，像珍珠，它们是瓦尔登湖中的动物化了的“核”或晶体。它们自然是彻头彻尾的瓦尔登的化身，在动物王国里，它们自身就是一个个小瓦尔登，是瓦尔登族类。奇怪的是它们在这里被捕到，——在这深而阔的水中，远离瓦尔登路上经过的牛车、马车的辘辘声和雪橇的叮当声，这引人惊叹的金色的翠玉色的鱼在这里优游。这种鱼我从未在市场上看到过，如果那儿有，它必然会为众人所瞩目。它们只需要几下剧烈的扭动，就轻易放弃了那水中魅影，像一个凡人还没有到时候就升华为天空的精灵。

我渴望着把相传早已失去的瓦尔登湖的湖底重新找出来，所以，我在一八四六年初，在冰融化之前就小心地勘察了它，用罗盘、铰链和测水深的铅锤。关于这个湖的湖底，或者说，关于这个湖没有底的传说，已有许多，那些故事肯定是没有根据的。人们并不去探查湖底，就立刻相信它是无底之湖，这很奇怪。我在这附近的一次散步中曾跑到两个这样的无底湖边。许多人非常相信瓦尔登湖一直通到地球的另外一边。有的人曾趴在冰上看很久，通过那梦幻般的介质向下俯瞰，也许还望得眼中全是水波，而且他们害怕胸口着凉，所以就很迅速地匆匆做了结论，说他们看到了这些巨大的洞穴，如果有人真的敢下去填塞干草的话，“不知道要塞进去多少干草”，那无疑是冥河的入口，从这些入口可以通向地狱。另外，有人从村里来，驾了一匹五十六号马，装了一车绳子，然而还是没找到湖底，因为，当五十六号躺在路边休息时，他们把绳子放下水去，试图测量它神奇的不可测量，结果是徒劳无益的。可是，我可以肯定地告诉读者，瓦尔登湖有一个坚密、深得罕见但合乎常理的湖底。我用一根钩鳕鱼的钓丝测量了它，这很容易，只需在它的一头系一块重一磅半的石头，它就能很准确地告诉我这石头在什么时候到了湖底，因为在它下面不再有水的浮力，我得费很大力气再把它提起来。最大的深度是一百零二英尺；再加入后来上涨的湖水五英尺，共计一百零七英尺。湖面这样小，却有这样的深度，真是令人惊叹，但不管你的想象力如何丰富，你也不能再把它减少一英寸。如果一切的湖都很浅，那会怎样呢？难道不会影响人类的思想吗？我很感激这湖深而清澈，可以作为一个象征。当人们还相信着无限的时候，有些湖就会被认为是无底的了。一位工厂主听说了我所测出的深度之后，认为这是不真实的，因为就他对堤坝所熟悉的情况来说，细沙不能够堆成这样险峻的角度。可是，从最深的湖的深度跟它的面积的对照来看，也不像大多数人想象的那么深，如果抽干了它的水再看，留下的也并不是一个多么深的山谷。它们不是像山谷似的杯形，因为这一个湖，就它的面积而言它确实是深得出奇了，通过中心的纵切面看起来却只是一只浅盘子那样深。大多数湖如果抽干水，剩下来的就只是一片草地，并不比我们时常看到的草地低洼。威廉·吉尔平在描写自然风景方面确实很出色，而且总是很准确，他站在苏格兰法恩湖湾的尖岬上，写道："这一个盐水湾，六七十英寸深，四英里宽，约五十英里长，四面全是高山。"他还说："如果我们能在大洪水，或者无论大自然的什么偶发灾难造成它的时候，在那水流涌入之前，这是何等可怕的缺口啊！"

山峰高高耸起，
洼地深深沉陷，
河床又宽又阔——

可是，如果我们把法恩湖湾的最短一条直径，按比例与瓦尔登湖对照，后者我们已经知道，其纵切面只不过是一只浅盘形，这样来看，法恩湖就比瓦尔登湖浅了四倍。要是法恩湖湾的水一股脑儿倒出来，那缺口的可怕程度也不怎么样了。毫无疑问，许多伸展着玉米田的阳光明媚的山谷，其实都是大洪水退去以后露出的"可怕的缺口"，不过这必须要有地质学家的洞察力与远见才能使那些始料未及的居民相信这个事实。有辨别力的眼睛可以在低低的小山上发现一个原始的湖沼来，山下的平原可能没有升高来掩盖它的历史。但是像在公路上干过活的人都知道，大雨以后，看看泥水潭就可以发现哪里是洼地。这样来看，想象力稍稍放开一点，就要比大自然潜得更深、飞得更高。所以，海洋的深度和它的宽度相比，是那么微不足道。

我透过冰测量了湖的深度，那么，我据此判断的湖底形态要比测量没有冰冻的港湾后所做的判断准确得多，结果我发现它总的来说是规则的，这令我感到吃惊。在最深的部分，有数英亩地是平坦的，几乎不下于任何风吹日晒下那些被人类耕种的田野。有一次，我任意地挑了一条线，测量了三十杆的距离，可是深浅的变化不过一英尺；一般来说，在靠近湖心的地方，向任何方向，每一百英尺范围内的深度变化，我可以预先推测出来，不过是三四英寸以内。有人惯于说，即使在这样平静多沙的湖中有着深而危险的窟窿，但是，如果有这种情况，湖水也早就把湖底的不平弄平了。湖底的规则变化以及湖岸和邻近山脉的一致性是这样地完美，所以，远处的一个湖湾，从湖的对面都可以测量出来，观察一下它的对岸，已可以知道它的方向。岬角变成了沙洲和浅滩，溪谷和山峡成了深水与海峡。

当我按十杆比一英寸的比例画了湖的图样，在一百多处记下了它们的深度之后，我就更发现了这惊人的一致性。我发现那记录着最大深度的地方恰恰在地图的正中心，我用一根直尺放在最长的距离上画了一道线，又放在最宽阔的地方画了一道线，真令人吃惊，最深处正巧在两线的交点上。虽然湖的中心相当平坦，湖的轮廓却不很规则，而且最长处和最宽处是从湖的凹处测量出来的。我对自己说，谁知道这是否暗示着海洋最深处的情形也和一个湖、一个泥水坑的情形一样呢？如果把高山与山谷看作是相对的，那么，这个规律是否也适用于高山？我们知道一个山的窄的地方并不一定是它的最高处。

瓦尔登湖的五个凹湾，我测量了三个，每一个的口上有一个沙洲，里面的水很深。因此，那沙洲的目的，不仅是为了面积上扩张，也为了向深处扩张，形成一个独立的湖沼似的盆地，而两个岬角正表明了沙洲的方位。海岸上每一个海港的入口处也都有一个沙洲。正如湾口的宽度大于它的长度，那么，沙洲上的水，也就比内湾的水更深。所以把湾的长宽和周遭湖岸的情形告诉给你之后，你就几乎有充分的材料列出公式来计算了。

为了试验，我用这些经验来测量湖的最深处，就凭着观察它的平面轮廓和湖岸的特性。为了看看我测量的准确程度如何，我画出了一张白湖的平面图，白湖水面面积约四十一英亩，同这个湖一样，其中没有岛，也没有出入口；因为最宽的一道线和最窄的一道线相当接近，就在那儿，两个隔岸相望的岬角在彼此接近，而两个相对的沙洲彼此远距，我就在最狭的线上挑了一个点，却依然交叉在最长的一条线上的，作为那里是最深处。最深处果然离这一个点不到一百英尺，在我定的那个方向再过去一些的地方，比我预测的深一英尺，也就是说，六十英尺深。当然，要是有一条河流过，或者湖中要是有一个岛，问题就复杂得多。

如果我们知道大自然的一切规律，我们就只需要一个事实，或者只要对一个现象做忠实描写，就可以举一反三，得出一切详细的结论来了。现在我们只知道少数的规律，我们的结论往往是不确定的，当然，这并不是因为大自然的不规则或混乱，而是因为我们在计算之中，对于某些基本的原理还很无知的缘故。我们所知道的规则与和谐，常常局限于我们已经发现的一些事物；可是有更多数的似乎矛盾而实在却呼应着的法则，我们只是还没有找出来而已，它们所产生的和谐却是更惊人的。我们的特殊规律都出于我们的观点，就像在一个旅行家看来，每当他跨出一步，山峰的轮廓就会变动一下，虽然绝对的只有一个形态，却有着无数的侧面。即使把它裂开、钻穿，也不能了解它的全貌。

我所观察的湖的情形，在伦理上又何尝不是这样呢！这就是平均法则。这种用两条直径来测量的法则，不但能指引我们观察天体中的太阳系，还能指引我们观察人心，而且，在一个人特殊的日常行为和生活潮流组成的集合体的长度和宽度中画两条线，我们就可以发现他的小湾和入口，而那两条线的交叉点，便是他的性格的最高点或最深处了。也许只要知道他的湖岸走向和周边环境，我们便可以知道他的深度和那隐藏着的底。如果他的周围是山峦环绕，湖岸险峻，山峰高耸，反映到他的胸怀，他一定是一个有着同样的人性深度的人。可是，一个低平的湖岸，就说明这人在人性方面也是肤浅的。一个明显的突出的前额表示思想的深度。在我们每一个凹处的入口，或者说我们某些特殊的倾向，也都相应地有一个沙洲；每一个凹处，都在一定时期内，是我们的港埠，在这里我们待得特别长久，几乎永久地被束缚在那里。这些倾向往往不是古怪可笑的，它们的形式、大小、方向，都取决于沿岸的岬角，亦即由古代的地壳运动决定。当这一个沙洲给暴风雨、潮汐或水流渐渐加高，或者当水位降落下去，它冒出了水面时，起先仅是隐藏着思想的一个倾向，现在却独立起来了，成了一个湖，和大海洋分隔开了，在思想获得它自己的境界之后，也许它从咸水变成了淡水，也许成了一个淡海、死海，或者一个沼泽。而每一个人来到这世界，我们是否可以说，就是这样的一个沙洲升到了水面上？这是真的，我们是一些可怜的航海家，我们的思想大体来说都有点虚无缥缈，在一个没有港口的海岸线上，顶多和有诗意的小港汊有些往还，不然就驶入公共的大港口，驶进枯燥的科学码头，在那里它们只是被重新拆卸组装，以适应所谓的世俗，而没有一种潮流使它们同时保持其独立性。

至于瓦尔登湖水的出入口呢，除了雨雪和蒸发，我并没有发现别的，虽然用一只温度计和一条绳子就可以找到这样的地点，因为在水流入湖的地方，在夏天大约最凉而冬天大约是最暖的。一八四六年至一八四七年，有一天，到这里来挖冰块的人在工作时把一部分的冰块送上岸去，那些囤冰的商人却拒绝接受，因为这一部分比起其他的冰块要薄了许多，挖冰的工人这时发现，有一小块地区上面的冰比其余的冰都薄了两三英寸，他们想这地方一定有一个入水口。另外一个地方他们还指给我看过，他们认为那是一个"漏洞"，湖水从那里漏出去，流经一座小山到达邻近的一处草地，他们让我待在一个冰块上把我推过去看，在十英尺深的水下有一个小小的洞穴，但我敢保证，除非以后发现更大的漏洞，这个漏洞是可以不将它填补的，有人主张，如果确有这样的大"漏洞"，如果它和草地确有联系的话，只要放一些有颜色的粉末或木屑在这个漏洞口，再在草地上的那些泉源口上放一个过滤器，就一定可以找到一些被流水带过去的微粒，从而使得漏洞与草地的相连得以证明。

我测量的时候，十六英寸厚的冰层也像水一样，会在微风之下略有波动。大家都知道，水准仪是不能在冰上使用的。在冰上摆一根刻有度数的棍子，再把水准仪放在岸上，对准它来观察，那么，离岸一杆处，冰层的最大波动是四分之三英寸，尽管冰层看上去似乎跟湖岸是紧连着的。在湖中心的波动可能要大一些。谁知道呢？如果我们的仪器更精密，我们或许还可以测出地壳的波动呢。当我的水准仪的两只脚放在岸上，另一只放在冰上，那么，在第三只脚上瞄准并观察时，冰上极微小的波动就可以在湖对岸的一棵树上，反映成数英尺的区别。当我为了测量水深而开始在冰层上挖洞时，厚厚的积雪下面，冰面上有三四英寸的水，水立刻从这些洞中流下去，变成深深的溪流，一连流了两天才流完，把四周的冰都磨光了，湖面也变得干燥了，这水流即使不是湖面变干燥的主要原因，却也起了很重要的作用；因为，当水流下去的时候，它浮起冰层，让冰层升高了。这就好像是在船底下凿出一个洞，让水流出去。当这些洞冻结后，接着又下起了雨，最后又来了次新的冰冻，全湖上都覆盖着一层新鲜光滑的冰面，冰的内部就有了美丽的网络状的花纹，很像是蜘蛛网，你不妨称之为冰玫瑰花，那是从四面八方流到中心的水流所形成的。也有一些时候，当冰上布满浅浅的水坑时，我能看到我自己的两个影子，一个叠加在另一个上面，一个影子在冰上，一个在树木或者山坡上。

还在天寒地冻的一月，冰雪依然很厚很坚固的时候，一些精明的地主就已经从村中来取冰，以备夏天的冰冻饮料所需，这样的聪明真让人叫绝，甚至使人觉得有点可悲。在一月时就为七月中的炎热和口渴做准备——现在还穿着厚大衣，戴着皮手套呢！况且有那么多的事情，他都没有一点儿准备。也许他还没有在这个世界上准备足够的好东西，以便可以下辈子用来冷却夏天的饮料。他砍着、锯着坚实的冰层，把鱼的住宅的屋顶拆掉，用锁链把冰块和寒气一起像捆住木料一样地捆绑了起来，用车子载走，经过有利的寒冷的空气，运到冬天的地窖里，让它们在那里等待炎热夏季的到来。当它们被拖过村子的时候，远远看起来仿佛是固体化的蔚蓝的空气。这些挖冰的人都是快活的人，喜欢开玩笑、富有游戏精神，每当我经过的时候，他们常常请我站到下面，同他们一起用大锯来锯冰。

在一八四六年至一八四七年的冬天，有天早晨湖滨涌来了一百多个出身于北极的人，他们带来了好几车笨重的农具——雪车、犁耙、条播机、铡草机、铲子、锯子、耙，每个人还带着一柄两股叉，这种两股叉，就是《新英格兰农业杂志》或《农事杂志》上都没有描述过的。我不知道他们来这儿是不是为了播种冬天的黑麦，或是播种什么新近从冰岛引进的新种子。由于没有看到肥料，我估计他们和我一样，以为泥土很深，而且已经闲置得太久了，所以他们不预备深耕。他们告诉我，他们的雇主是一位农民绅士，他自己没有登场，他想使他的钱财加一倍。他的钱财，据我所知已经有五十万了。但是，现在为了在每一美元上再放美元，他就在这样严寒的冬天里剥去了瓦尔登湖唯一的外衣，不，是剥去了瓦尔登湖的皮。他们立刻工作了，耕着，耙着，滚着，犁着，秩序井然，似乎他们要把这里变成一个模范的农场。可是，正当我睁大了眼睛看他们要播下什么种子时，我旁边的一群人突然开始犁起那处女地来了，猛地一动，就一直犁到湖底的沙层，或者说是犁到水里，因为那是一片含水量大的土地——那儿的全部土地，然后，立刻用一辆雪橇把它载走了，当时我猜想，他们一定是在泥沼里挖泥炭吧。他们每天这样来了又去，伴随着火车发出的尖叫声，似乎他们来自北极地区，又回到北极地区，我觉得他们就像一群北极地区的雪鸟。有时候，瓦尔登这印第安女子开始复仇了，一个雇工走在队伍后面，一不留神滑入了裂缝——一条通到地狱的路，于是，刚才还勇敢无比的人物现在只剩下九分之一的生命了，几乎失去了动物的体温，能够躲入我的木屋中算是他的好运气了，他不能不承认火炉确有某种美德；或者有时候，冻土把犁头的一只钢齿折断了，或者是犁陷在沟中了，不得不把它从冰里挖出来。

如实地说吧，一百个爱尔兰人，在美国佬的带领监督下，每天从剑桥来这里挖冰。他们把冰切成一块一块，所用的方法是大家都知道的，无须我在这里描述。这些冰块被放在雪橇上运到岸边，再迅速拖到一个冰台上，在那里再用马匹拖的抓钩和滑车将它们堆到一起，就像一桶桶面粉一样堆起来，一块接一块排列着，又一排一排地叠起来，好像他们要为一个耸入云霄的方塔打下牢固的基础一样。他们告诉我，工作顺利的话，一天可以挖一千吨，那大约是每一英亩地的产量。深深的车辙和安放支架的支架洞，都留在冰上，跟在土地上一样，因为雪车在上面来回的次数走得多了，而马匹就在挖成桶形的冰块中吃燕麦。他们这样在露天叠起一堆冰块来，高三十五英尺，约六七杆见方，在外面加一层干草，以隔开空气，因为风虽然冷得厉害，但当它从冰块中间吹过，还是会吹出很大的洞来，以致这里或那里的支撑会慢慢变得细小，以致最后会全部倒翻。最初，这些堆起的冰块看上去很像一个巨大的蓝色堡垒，一个神话中接待英灵的殿堂；可是，当他们把粗糙的草皮填塞到缝里去之后，草皮上也有了白霜和冰柱，看起来像一个古色古香的生满了苔藓的灰白废墟，全部是用蓝色大理石构成的冬神的住所，像我们在历本上看到的那个老人的图片一样——他的简陋的棚屋，好像他计划同我们一起度过夏季。据运冰的人估计，这堆冰中间有25%到不了目的地，2%～3%将损失在车上。然而这一堆中，更大的一部分的命运和当初的原意不同；因为这些冰或者是不能保藏得像预想的那么好，可能会发现它里面有较多的空气，或者是由于另外的原因，这一部分冰就没能送到市场上出售。这一堆，在一八四六年至一八四七年垒起来的，估计有一万吨重，最后用干草和木板钉了起来，虽然第二年七月开了一次箱，把一部分运走了，其余的则留在那儿，暴露在太阳底下，整个夏天，它们站着度过去了，这年的冬天，也还是这样度过去了，直到一八四八年的九月，它还没有全部融化掉。最后，湖还是收回了它们中的一大部分。

像湖水一样，瓦尔登湖的冰，近看是绿的，可是从远处望去，它是那种很美的蓝色，你很容易就把瓦尔登湖的冰跟河上的白冰，或是四分之一英里外的湖上的那种微绿的冰区别开来。有时候，从挖冰人的雪橇上，有一大块冰掉落在村中街道上，躺在那里有一星期，像一块很大的翡翠，引起所有过路人的兴趣。我注意到瓦尔登湖的一个部分，它的水是绿的，而一旦冻结之后，从同一角度望去，它却呈现出蓝色。所以在湖边的许多低洼地，有时候，在冬天，充满了像湖本身一样绿色的水，可是到了第二天它们就冻成了蓝色。也许水和冰的蓝色是由它们所包含的光和空气造成的，最透明的部分，就是最蓝的部分。冰是引人深思的一个最有趣的题目。他们告诉我，他们有一些冰，放在费雷什湖的冰屋中长达五年，依然是很好的冰。为什么一桶水放久了要发臭，而结冰以后，却永葆甘美呢？人们说，这正是情感和理智之间的不同之处。

就这样一连十六天，我从我的窗口，看到一百个人像农夫一样忙忙碌碌地工作，他们成群结队，带着车马和一应俱全的农具，这样的图画跟我们常常在历书的第一页上看到的一样。每次我从窗口望出去，总会想到云雀与收割者的寓言，或者那播种者的小故事等。现在，他们都走了，三十多天之后，我又能从这同一窗口，望到纯粹的海绿色的瓦尔登湖水了，它映照出云和树木，把水汽蒸发到天空，一点也看不出曾经有那么多人站在它的上面。也许我又可以听到一只孤独的潜鸟钻入水底，整理羽毛，一边放声大笑，或许我可以看到一个孤独的渔夫驾一叶扁舟，他的形态倒映在水波上，可就在不久前，这里曾有一百个人稳稳当当地站着干活儿呢。

这么说来，似乎紧跟着，查尔斯顿、新奥尔良、马德拉斯、孟买和加尔各答的挥汗如雨的居民，也将喝我的井水。黎明，我让自己的思维沐浴在《薄伽梵歌》宏伟的宇宙哲学中，自从这一部史诗完成了之后，神的岁月也已经逝去，而和它相比，我们的现代世界以及它的文学显得那么猥琐、微不足道。我怀疑，这一种哲学是否就是从前的生存状态，因为它的崇高距离我们的观点是如此遥远啊！我放下书本，跑到我的井边去取水，瞧啊！在那里，我遇到了婆罗门教的仆人、梵天、毗湿奴和因陀罗的僧人，他仍坐在恒河上的神庙中，读着他们的《吠陀集》，或者只带着一些面包屑和一个水钵住在一盘树根上。我遇到他的仆人来给他的主人汲水，我们的桶好像在同一口井里咕嘟作响。纯净的瓦尔登湖水已经和恒河的圣水混合在一起了。凭借着柔和的风，这水流经过了亚特兰蒂斯和赫斯珀理得斯这些传说中的岛屿，流过汉诺，流过德那第岛、蒂多雷岛和波斯湾的入口，汇入印度洋的热带季风，在亚历山大大帝也只听到过其名字的港口登陆。

春天

掘冰人的大肆挖掘，常常使得一个湖沼的冰提前解冻，因为即使在寒冷的天气里，被风吹动的水波也可以消融它周围的冰块。但是那一年，瓦尔登湖并没有受到这种影响，因为它立刻结上了一层新的厚冰来替代旧的那一层。这个湖从不曾像邻近的那些湖里的冰那样化得早，因为它深得多，而且底下并没有流水经过，来把冰融化或者消耗掉。我从没有见它在冬天里化开过，一八五二年至一八五三年的冬季也不例外，那个冬季给了许多湖沼一次严峻的考验。瓦尔登湖通常是在四月一日开冻，比弗林特湖和费尔港要迟一星期或者十天，从北岸，也即先冻结起来的地方开始融化。它比附近这一带的任何水域更切合时令，表明季节的绝对进展，它很少受温度变化的影响。三月里，连续几天的严寒便可能推迟其他湖泊的解冻，但瓦尔登的温度却几乎在连续不断地增高。一八四七年三月六日，我在瓦尔登湖心放入一只温度计，测得温度为三十二华氏度，也即冰点，靠湖岸的地方，是三十三华氏度；同一天，在弗林特的湖心测得的温度是三十二点五华氏度，离岸十来杆的浅水处，在一英尺厚的冰下面，测得的温度是三十六华氏度。弗林特湖中浅水处与深水处的温度相差三点五华氏度，而事实上这个湖大部分都是浅水，这就可以说明为什么它的化冻日期要比瓦尔登湖早得多了。那时，浅水处的冰要比湖心的冰薄几英寸。在仲冬，湖心最温暖的，那儿的冰也最薄。同样，夏季里在湖岸附近，涉水而过的人都知道，岸边的水要温暖得多，尤其是只三四英寸水的地方，游泳出去远了一点，深水处的水面也比水底暖和得多。而在春天，太阳光不仅在温度逐渐增加的天空与大地上发挥它的能量，它的热量还透过了一英尺多厚的冰，在浅水处还从水底反射，也使上层的水变暖，并且使冰的下部融化，同时从上面，阳光更直接地融化了冰，使冰层变得不均匀了，有些凸起的气泡在里面上升又下降，直到后来冰层成了蜂窝一般，到最后，来一阵春雨，冰层就全都消失了。冰层好比树木一样，也有它的纹理，当一块冰层开始融化，或成蜂窝状了，不论它在什么位置，气泡和水面总是成直角地相连的。如果水面下有一块突出的岩石或木料，它们上面的冰总要薄得多，而且冰层常常被反射的热力融化；我听说，在剑桥曾有人做过这样的试验，在一个木制的浅湖中使水冻结，再使冷空气在下面流过，使得上下都可以受到冷空气的影响，但是，从水底反射上来的太阳的热量仍然可以胜过这种影响。当仲冬季节下了一阵温暖的雨，把瓦尔登湖上带雪的冰融化，只在湖心留着一块又黑又硬的冰或者透明的冰，这时就会沿湖岸出现更厚但已腐化的冰带，约有一杆多宽，这正是湖底反射的热量所形成的。还有就是我已经说起过的，冰中间的气泡像凸透镜一样从下面将冰融化。

一年四季的现象，每天都以缩小的规模在湖上演变着。一般来说，每天早晨，浅水处比深水处暖得更快，尽管最终不会很暖，而每天黄昏，它也冷得更快，直到第二天黎明时分。一天是一年的缩影。夜是冬天，早晨和傍晚是春与秋，中午是夏天。冰的爆裂声和鸣声表明温度的变化。一八五〇年二月二十四日，在某个寒冷的夜晚过去后的宜人的早晨，我跑到弗林特湖去度过这一天，惊奇地发现只用斧头劈了一下冰，那声音就像敲锣一样，响遍了好几杆远的范围，或者也可以说，好像我正在打一只绷得紧紧的鼓。太阳升起以后大约一个小时，湖感受到从山上投射下来的阳光的热量，开始发出隆隆的声响；它伸懒腰，打呵欠，像一个刚醒过来的人，渐渐变得越来越吵闹，这样持续了三四个小时。中午，它睡了片刻的午觉，快到傍晚了，太阳收回它的热量影响，湖又隆隆响起来了。在正常的天气中，每天黄昏，湖会定时发射它的晚礼炮。但在正午，冰层的裂痕太多，空气的弹性也不够，所以湖完全失去了共鸣，也许鱼和麝鼠在那时都不会因听到这震动而惊呆的。渔夫们说，“湖的雷鸣”常常吓得鱼都不敢咬钩了。湖并不是每晚都发出雷鸣的，我也不能肯定什么时候可以听到它的雷鸣，但是，虽然我不能感觉到天气的不同，湖却有它的反应。谁想得到这样大、这样冷又这样厚的东西竟然这样敏感？然而，它有自己的规律，到时候就发出雷鸣声，像草木在春天发芽一样。大地生机蓬勃，富含乳汁。对于大气的变化，最大的湖也像温度计中的水银一样敏感。

吸引我到森林中来居住的原因是我可以有很多闲暇，并有机会观察春天的来临。最后，湖中的冰层开始像蜂窝状了，我一走上去，脚跟就会陷进去。雾、雨以及温暖的太阳光渐渐地把雪融化了；你感觉到白昼越来越长，我知道我的燃料已够过冬了，现在已经根本不需要再生很大的火。我密切注意着春天的第一个信号，倾听着一些飞来的鸟雀偶然发出的鸣声，或是有条纹的松鼠的唧唧声，因为它储藏的食物大约也快吃完了吧，我也会去看土拨鼠如何从它们冬眠的地方走出来。三月十三日，我已经听到蓝鸫、歌雀和红翼鸟，而冰层还有一英尺厚。因为天气更温暖了，冰层不会给水融化掉，也不像河里的冰那样漂走，虽然沿岸半杆宽的地方都已经融化，可是，湖心的冰依然像蜂房一样，而且饱含着水，六英寸厚的时候，你还可以用脚穿过去；可是第二天晚上，也许在一阵温暖的雨和紧跟着的大雾之后，它就全部消失了，像是跟着雾一起消散，给神秘地带走了。有一年，我在湖心散步之后才五天，冰就全部消失了。一八四五年，瓦尔登湖在四月一日全部开冻；一八四六年是在三月二十五日；一八四七年是在四月八日；一八五一年是在三月二十八日；一八五二年是在四月十八日；一八五三年是在三月二十三日：一八五四年，大约是在四月七日。

对生活在这样极端气候中的我们来说，关于河、湖的解冻以及春光来临时的一切细小的迹象，都特别有意思。天气变得更暖一些的时候，那些住在河流附近的人，晚上能听到冰裂开的声响，那惊人的轰隆声像是大炮发出来的，好像那冰的锁链就此全都扯断了，不出几天时间，它就迅速地消失了。这时候，鳄鱼也从泥土中钻出来抖掉身上的泥土。有一位老年人，一直对大自然做精密的观察，关于大自然的一切变幻，他似乎都有充分的理解，好像大自然是他童年时代帮助建造并给它安上龙骨的——现在，他已经老了，即使他再活下去，活到传说中玛土撒拉那样的高龄，也不会得到更多的自然知识了。他告诉我，春季里的某一天，他带着枪坐上船，想跟那些野鸭进行比赛——听到他居然也有对大自然的变幻表示惊奇的故事，我感到诧异，因为在我看来，他跟大自然之间已经不会有任何秘密了。那时草地上还有冰，但河里的冰都消融了，他从他住的萨德伯里地方顺流而下，一路畅通无阻，到了费尔港，在那里，他意外发现那儿的大部分水面还是坚实的冰。这是一个温暖的日子，却还有这样大面积的冰残留着，这使他非常惊异。那会儿他看不到野鸭，就把船藏在湖中一个小岛的北面或者说是背后，而他自己则躲在南岸的灌木丛中等待它们。在离岸三四杆的地方，冰已经都融化成平滑而温暖的水，但水底却很泥泞，而这正是鸭子所喜爱的，所以他估计不久就会有野鸭飞来。他一动不动地躺卧在那里，大约过了一个小时，他听到了一种低沉的，似乎从很远地方传来的声音。这声音那么雄浑，那是他从不曾听到过的，它渐渐地增强，仿佛它会有一个永恒的，让人永远难忘的结尾，一种万马奔腾的怒吼声。在他听来，应当是一大群飞禽要降落到这里来了，于是，他急忙抓住枪跳了起来，非常兴奋；可是他惊奇地发现，就在他躺卧着的时候，整整一大块冰漂动起来了，它向岸边流动，而他所听到的正是它的边沿摩擦湖岸的粗犷的声音——起初还比较温和，一点一点地碎落着，到后来却变得猛烈了，撞到湖岸上，冰花飞溅，到相当的高度才又落下来恢复平静。

最后，太阳光从高处直射下来，温暖的风吹散了雾和雨，融化了湖岸上的积雪，薄雾缭绕，太阳露出来了，向着一片赤白相间的格子形的风景微笑。旅行家从一个小岛走向另一个小岛，千百道淙淙的小溪和水涧的音乐真是令人愉快，在溪涧的脉管流着冬天的血液，冬天就此被它们带走。

除了观察解冻的泥沙流下铁路线的深沟陡坡所切出的形态以外，再没有什么现象能让我更喜悦的了。我到村中去，总要经过那里，这样大规模的一种形态，不是常常能看到的景象。虽然从铁路到处兴建以来，许多新近暴露在外的铁路路基都提供了这种合适的材料。那材料是各种粗细不同、颜色各异的细沙，其中往往还含着一些泥土。春天霜冻的时候，甚至还在冬天冰雪将融未融的时候，沙子就像火山的熔岩一样流下陡坡，有时还穿透积雪流出来，泛滥到以前没有沙子的地方。无数这样的小溪流，相互地叠加、交叉，成为一种混合的产物，既遵从着流水的规律，又遵从着植物的规律。因为它流下来的时候很像多汁的树叶或者葡萄藤蔓的形状，喷射出许多达一英尺多深的软浆；你俯瞰它们的时候，觉得它们的形态像一些苔藓的裂叶，或者，你会想到珊瑚、豹掌或鸟爪，想到人脑、肺或回肠，以及其他种种分泌物。这真是一种奇异的织物，它们的形态和颜色，被模仿在青铜器上，这是一种建筑上的枝叶花簇的装饰，比古代的茛苕叶、菊苣、常春藤或其他的植物叶更古老、更典型，也许在某种情形之下，这会使得将来的地质学家大伤脑筋。这整个深沟给了我深刻的印象，好像这是一个被打开从而使得钟乳石都暴露在阳光之下的山洞。沙子的颜色丰富又悦目，包含了铁的各种不同的颜色，棕色的、灰色的、黄色的、红色的。流动的块面到了路基脚下的排水沟里，它就平摊开来而成为浅滩，各种沙流已失去了它们的半圆柱形，渐渐变得平坦、广阔，如果更湿润一点，它们就会更加快地混合到一起，直到它们形成了一片几乎完全平坦的沙地，却依然千变万化而且有各种美丽的色泽，其中你还能看出原来的植物形态；直到最后，它们在水里变成了沙岸，像一些河口上所见的沙洲那样，那时它们植物的形态就变为了粼粼的水波。

整个铁路路基有二十英尺到四十英尺高，有时被这种枝枝叶叶的装饰覆盖，或者说这是细沙的裂纹，在路基的一面或两面都有，长达四分之一英里，这便是一个春日的产物。这些泥沙枝叶的惊人之处，在于它是突然间形成的。当我在路基被太阳先照射的一面看到一个毫无生气的斜面之后，而另外的一面上，我却看到了如此华丽的枝叶，它只是一小时的创造就把我深深地感动了，仿佛在一种特别的意义上来说，我是站在这个创造了世界和我的大艺术家的画室中——他还在继续工作，他在这路基上即兴创作，以过多的精力到处画下他新颖的图案。我觉得我仿佛和这地球的内脏更加接近起来，因为流沙呈现出动物的心肺一样的叶形体。在这沙地上，你可以看到将来会出现的植物叶子的形状，因为大地已经将它预先表现出来了，这么说来，大地就是在这种预先的意念之下劳动着的。原子已经学会了这个规律，并已孕育着这个规律。高挂在树枝上的叶子在这里看到它的雏形了。无论在地球还是动物身体的内部，都有潮湿的、厚厚的“叶”。“叶”这个字特别适用于肝、肺和脂肪 [它的字源 γείβω，是 labor，lapsus 原本为流、向下滑、逝去的意思；λοβός，globus 意为叶（lobe）、球（globe）；还有 lap（叠盖），flap（扁宽之悬垂物）和许多别的字；而在外表上则是一张干燥的薄薄的 leaf（叶子），便是那 f 音，或 v 音，都是一个压缩了的干燥的 b 音。叶片 lobe 这个字的辅音是 lb，柔和的 b 音（单叶片的，b 是双叶片的）有流音 l 陪衬着，推动了它。在地球 globe 这个词的 glb 中，g 这个喉音用喉部的容量增加了字面意义]。鸟雀的羽毛是更干燥更薄的叶片。这样，你还可以从土地的动作粗笨的毛虫进一步看到活泼的、翩翩飞舞的蝴蝶。正是我们这个地球不停变化、不断地超越自己，它也就在它的轨道上展翅飞翔了。甚至结冰也是从精致的晶体叶子开始的，好像它是流进一种叶子的模型而翻印出来的，而那做模型的就是湖面上的水草的叶子。整棵树其实是一张叶子，而河流是更大的叶子，它的叶肉是河流中间的大地，乡镇和城市则是它们的叶腋上附着的昆虫卵。

当太阳下山，沙就停止了流动，但到早晨，这条沙溪却又开始流动，一个支流一个支流地分成了无数条支流。也许你可以从这里知道血管是如何形成的，如果你仔细观察就可以发现，那溶解体中起初是有一道软化的沙流，前面有一个水滴似的顶端，像手指的圆圆的突出部分，缓慢而又盲目地向下探路，直到后来因为太阳升得更高了，它也有了更多的热量和水分，那沙流的较大部分就为了服从那最呆滞的部分也服从的规律，和后者分离了，独自向前，形成了一道弯弯曲曲的渠道或血管，从中你可以看到一个银色的溪流，像闪电般地闪耀，从一段泥沙形成的枝叶跳跃到另一段，却又总是不时地给流沙吞没。那些细沙流得如此快，又把自己组织得极为完美，真叫人称奇，利用沙体提供的最好的材料来组成渠道的两边。河流的源头正是这样形成的。水中的硅沙大约就是骨骼系统，而在更精细的泥土和有机化合物上，就是肌肉纤维或纤维细胞。人是什么，还不是一团正在溶解的泥土？人的手指头脚趾头只是凝结的一滴水。手指和足趾从身体正在溶解的一团中流出，流到它们不能再流为止。在一个更富生机的环境之中，谁知道人的身体会扩张和流到如何的程度？手掌，可不也像一片张开的棕榈叶那样有叶片和叶脉吗？耳朵，不妨想象为一种地衣，学名 Umbilicaria，挂在脑袋的两侧，上面也有叶片的耳垂或者水滴。嘴唇 [labium，大约是从 labor（劳动）化出来的] 便是在口腔的上下两边伸出并悬垂着的。鼻子，很显然是一个凝聚了的水滴或钟乳石。下巴是更大的一滴了，是整个面孔的水滴在这里的汇合。面颊是一个斜坡，从眉毛上向脸颊的滑坡，由颧骨支撑着。每一片植物的叶子也是一滴浓厚的在缓缓流动的水滴，或大或小；叶片是叶的手指，有多少叶片，便说明它企图向多少方向流动，如果它有更多的热量或其他有利的影响，它就会流得更远了。

如此看来，这一个小斜坡已图解了大自然的一切活动的原则。地球的创造者只发明了一片叶子的专利。哪一位商博良（破解埃及象形文字的法国埃及学家）能够为我们解出这象形文字的意义，使我们最终能翻到新的那一叶去呢？发现这一个现象带给我的欣喜，比看到一个丰饶多产的葡萄园还多。说真的，这其中的性质是分泌物，而肝啊肺啊肠子啊，多到无穷，好像是地球给从里面翻了出来；不过这至少意味着大自然是有肠子的，而且是人类的母亲。这是从地上出来的霜，这是春天。路基边的这个现象先于万木葱茏、百花齐放的春天，正如神话先于正式的诗歌。我知道，再没有一种事物更能荡涤冬天的雾霭和一切郁积于心的东西。它使我确信，大地还在襁褓之中，在到处伸出它婴孩般的手指，从最光秃的额头上冒出了新的鬈发。世上没有什么东西是无机物。路基上的叶形的图案，仿佛是锅炉中的熔滓，说明大自然的内部在“猛烈燃烧”。大地不只是已死的历史的一个片段，地层叠地层像一本书的层层叠叠的书页，主要让地质学家和考古学家们去研究；大地是活生生的诗歌，像一株树富有生机的树叶，它先于花朵和果实。——不是一个充满化石的地球，而是一个活生生的地球，和地球的生命比较，一切动植物的生命都不过在这个伟大的生命上寄生。它的剧震可以把我们的化石从它们的坟墓中抛出来。你可以把金属熔化，把它们倒入铸模铸成的最美丽的形体中，但都不能像这大地的溶液所生成的图案那样使我兴奋。还不仅是地球，在它上面建立的任何制度，都好像是放在一个陶器工人手上的一块黏土，是具有可塑性的。

不久，不仅在这些湖岸上，在每一个山坡、平原和每一个山谷中，霜像是从冬眠中醒了过来的四足动物那样从地里出来了，它在音乐声中寻找着海洋，或者要在云中移居到另外的地方。柔和的劝诱般的融化，比用锤子的雷神还要有力量。前者是溶解，后者却是把它击成碎片。

当大地部分化雪以后，又过几个温暖的日子，它的表面被晒得干燥了一些后，这时的景象真是令人赏心悦目，这些新生婴孩的各种初生的稚嫩的现象，同那些熬过了冬天的一些苍老的植物的高尚的美形成了鲜明的对照——长生草、黄色紫苑、岩蔷薇和其他优雅的野草，往往在这时比它们在夏季里更加引人注目，更加有趣，好像它们的美非得熬过了冬天才能成熟；甚至羊胡子草、香蒲、毛蕊花、金丝桃、绒毛绣线菊、草原细草以及其他有强壮草茎的植物，这些都是早春的飞鸟拥有的取之不尽的谷仓——至少是比较像样的草妆，它们是大自然寂寞时的点缀。我特别被羊毛草那穹隆形的禾束一般的冠部所吸引，它把夏天带到我们冬日的记忆中。那种形态，也是艺术家所喜欢描绘的，而且在植物王国中，这些形状和人们心里已有形象类型的关系正如星象学与人的心智的关系一样。它是比希腊语或埃及语更古老的一种古典风格。许多冬天的现象偏偏暗示了无法形容的稚嫩、脆弱的精美。我们习惯于听人把冬天描写成一个粗鲁狂烈的暴君，其实它是用情人般轻柔的手在给夏天长发装饰着呢。

春天临近时，赤松鼠就来到了我的屋子底下，成双成对。正当我静坐阅读或是写作的时候，它们就在我脚下，不断地发出最奇怪的叽叽咕咕的叫声，各种有难度的长嘶短鸣，要是我蹬几下脚，叫声就更高，好像它们在这疯狂的恶作剧中已经超越了畏惧的境界，无视人类的禁令了。你别闹腾了——赤松鼠——赤松鼠。对于我的驳斥，它们听也不听，它们不觉得我的气愤有多可怕，反而破口大骂，弄得我毫无办法。

春天的第一只麻雀！这是新的一年的开始，往年从不曾在年初充满这样青春的希望！最初听到很微弱的银色的啁啾之声传过了部分还光秃秃的、潮湿的田野，那是蓝鸟、歌雀和红翼鸟发出来的声音，仿佛冬天的最后雪花在清脆作响地飘落！在这样的一个时候，历史、编年纪、传说，一切书面的文字和启示又算得了什么！小溪向春天唱赞美诗和四部曲。白尾鹞低低地飞翔在草地上，在寻觅那初醒的第一批还带着泥土味的生物。在所有的山谷中都能听到融雪的滴答之声，而湖面上的冰也在迅速地消融。小草像春天的火焰在山腰燃烧起来了——“et primitus oritur herba imbribus primoribus evocata.”[1]好像大地在发出内部的热力来迎接太阳的回归；那火焰的颜色，不是黄的，而是绿的——永恒的青春的象征，草

1　拉丁文，意为“春雨带来一片新绿”。

叶们像一根长长的绿色缎带，从草地上流出来，一直流向夏季。是的，它曾给霜雪阻拦过，可是它很快又会向前推进，新的生命举起了去年的干草的长茎，让它重新发芽。它像小溪从地下潺潺地冒出来一样。它与小溪几乎是一体的，因为在六月那些生长的日子，小溪已经干涸了，这些草叶就变成了溪水的水道。年复一年，牛羊从这永恒常青的溪流里饮水，然后，割草的人又把它们割去供给冬天的需要。我们人类的生命即使绝灭，那根上仍有绿色的草叶生长出来，抵达永恒。

瓦尔登湖的冰在迅速地融化。靠北，靠西有一道两杆宽的运河，流到了东边就更宽了。一大片冰从它的主体上裂开了。我听到一只歌雀在岸上灌木林中鸣唱——欧利，欧利，欧利——奇普，奇普，奇普，切喳——切维斯，维斯，维斯。它也在帮瓦尔登湖融冰，冰块边沿那巨大的曲线是何等地漂亮，跟湖岸的曲线有着一定的呼应，但是要规则得多！这时候冰块出奇地坚硬，因为最近曾有一阵短暂的严寒。冰块上还都有着波纹，真像是皇宫的地板。风只能不留痕迹地向东拂过它不透明的表面，直到吹皱那远处已经融化了的水面。看这缎带似的水在阳光底下闪烁，真是太令人愉悦了，湖的颜容上充满了快活和青春，似乎它要表明湖中的游鱼也是多么欢乐，湖岸上的细沙也是多么欢乐。这是银色的鱼鳞片上的光辉，整个湖仿佛是一条活鱼。这就是冬天和春天的对比。瓦尔登湖死而复生了。但是我在前头说过，这个春天，瓦尔登湖解冻的时候更加从容淡定。

从暴风雪和冬天转换到晴朗温和的天气，从昏暗阴沉的、懒散的时光转换到明亮的、充满生机的时光，这是万物都在宣告着的很值得纪念的转折点。最后，它似乎是突如其来的。突然，阳光注满了我的屋子，虽然那时已将近黄昏了，而且冬天的灰云还飘在天空，雨雪之后的水珠还正从檐上滴落。我从窗口望出去，瞧！昨天还结着灰色寒冰的地方，现在却横陈着一个透明的湖，湖面已经像夏日的傍晚那样平静，充满了希望，怀里映照出一个夏季的夕阳天，虽然上空还看不到这样的云彩，但它仿佛已经和一方远远的天空遥相呼应了。我听到一只知更鸟在远处叫，我想，我大概有几千年没有听到知更鸟的叫声了。就算再过几千年，我也绝不会忘记它的乐音——它仍然像往日那样甜蜜而又嘹亮。啊，黄昏的知更鸟，在新英格兰的夏日的天空下！但愿我能找到它栖息的树枝！我指的是它——那根树枝。至少这不是迁徙的画眉鸟。我的屋子周围的油松和矮橡树，枝条垂着已经很久了，突然间，它们又恢复了各自的特性，看上去更光亮、更苍翠、更挺拔、更生机蓬勃了，好像它们给春雨洗过一场就神奇地复苏了一样。我知道天不会再下雨了。只需要看森林中任何一根树枝，还有，看看你那一堆燃料，你就可以知道冬天到底过去没有。天色渐渐暗下来，我给一群低飞过森林的大雁的叫声惊动了，它们像是疲倦的旅行家，从南方的湖上飞来，到这会儿来得有点迟了，最后会大声诉苦，而且互相安慰。站在门口，我能听到它们扇动翅翼的声音；当它们朝我的屋子飞过来时，它们突然发现了我的灯火，喧嚣的鸣声立刻静下来，它们盘旋着停歇在湖上。于是，我回到屋子，关上门，在森林里度过我的第一个春宵。

在早晨，我望着薄雾中的雁群，它们在五十杆以外的湖中央游泳，它们这么多，这么混乱，瓦尔登湖仿佛成了一个供它们嬉戏的人工湖。可是，等到我站到湖岸边，那领头雁就发出一个信号，它们就都拍动翅膀，立刻飞起来，列成一个队形，在我头顶盘旋一圈，一共二十九只，然后，它们直向加拿大飞去，那领头雁每隔一定的间歇便发出一声鸣叫，好像在通知队伍到一些比较浑浊多泥的湖沼中去用早餐。一大群野鸭也同时飞了起来，随着这些吵闹的大雁向北飞去。

有一星期的时间，我听到失群的大雁在雾蒙蒙的黎明中盘旋、鸣叫，寻找着它的伙伴们，让森林也回响起一种超过它负荷的声音。四月，我又看得到鸽子了，它们一小队二小队疾飞过去，到一定的时候，我还听到小燕子在我的林中空地上叽叽喳喳，虽然我知道飞燕在城里并不是多得让我这儿也能分到一两只，但是我想，这种小燕子是古代的物种，在白人来到之前，它们就在树洞中栖息了。几乎在任何地区，乌龟和青蛙常常是这一季节的前驱者和信使，而鸟雀边飞边歌唱着，羽毛闪烁，植物蓬勃生长，百花齐放，和风也吹拂着，以纠正两极的微小振动，保持大自然的平衡。

每一个季节，在我看来都是最好的、各有其美妙之处的，因此，春天的来临就像是混沌初开，是宇宙和黄金时代的重现——

Eurus ad Auroram Nabathaeaque regna recessit,
Persidaque, et radiis juga subdita matutinis.
东风退到了奥罗拉和巴泰王国，
退到波斯，退到了黎明微光下的山冈。
人类诞生了，究竟是万物的创造者，
为创造出更好的世界，以神的种子创造了人类；
还是大地新近才与高高的天穹分开，
从而保留了天上同族的种子。

只要一场柔雨，草就会更青。我们的前景也是这样，当更好的思想注入其中，它便变得光明起来。如果我们能一直生活在“现在”，对任何发生的事情都能善加利用，就像青草承认最小的一滴露水也给了它很好的作用，而不是总在惋惜失去的机会——也就是我们说的在尽自己的责任，那么，我们人类就有福了。春天已经到了，我们还停留在冬天。在一个愉快的春天的早晨，一切人类的罪恶全部得到了宽恕。这样一个日子是罪恶消融的日子。阳光如此灿烂，最坏的人也会回头悔悟。由于我们自己恢复了清白，从而也发现了邻居是清白的。也许昨天你还把某一个邻居看作贼、酒鬼或是好色之徒，要么可怜他，要么轻视他，对这人世你也非常悲观；但太阳把春天的第一个黎明照耀得那么光亮而温暖，世界得到了重造，你看到它正在做一件心平气和的工作，看到它的疲惫而堕落的血管涨满了欢乐，祝福这一个新的日子，像婴儿一般天真地感受着春天的影响，你会忘记了它的一切过错。它周身不仅充满着善意，甚至有一种圣洁的味道，好像有了一种新的本能，也许正盲目地无结果地寻求着表现出来给你看，片刻之间，向阳的南坡上便没有任何庸俗的笑声回荡。你看到它扭曲的树皮上长出了一些纯洁的嫩芽，它要来尝试这一年的新生活，这样柔和、新鲜，有如一株幼苗。他甚至都已经品味到了上帝赐予的喜悦。为什么狱吏不把牢狱的门打开，为什么法官不撤销他手上的案件，为什么布道人不让会众们离去？这是因为这些人不服从上帝给他们的暗示，也因为他们不愿接受上帝赐给众生的赦免。

正如《孟子》所言：“牛山之木尝美矣，以其郊于大国也。斧斤伐之，可以为美乎？是其日夜之所息，雨露之所润，非无萌櫱（嫩芽新枝）之生焉。牛羊又从而牧之，是以若彼之濯濯也。人见其濯濯也，以为未尝有材焉，此岂山之性也哉？”

“虽存乎人者，岂无仁义之心哉？其所以放其良心者，亦犹斧斤之于木也。旦旦而伐之，可为美乎？其日夜之所息，平旦之气，其好恶与人相近也者几希？则其旦昼之所为，有梏亡之矣。梏之反复，则其夜气不足以存，夜气不足以存，则其违禽兽不远矣。人见其禽兽也，而以为未尝有才焉者，是岂人之情也哉？”

有如奥维德的《变形记》所言：

黄金时代初创时，本无复仇者，
不用法律，人们自主奉行忠诚和正直，
没有惩罚和恐惧，也从来没有
恐吓的文字高高铸在铜器上，
乞援的人不用害怕法官的判词，
一切都平安，没有复仇者。
高山上没有被砍伐下来的松树，
水波可以流向一个异国的世界，
人们只知道自己的停靠港而不知有其他。
永远是春天，永远是温和的风吹拂大地，
吹拂那无须播种而自然生长的花朵。

四月二十九日，我在九亩角桥附近的河岸上钓鱼，站在摇晃的草皮和柳树根上，那里潜伏着一些麝鼠。我听到了一种奇特的响声，有点像小孩子用他们的手指敲木棒所发出来的声音，我抬头一看，看到了一只很小、很漂亮的鹰，模样很像一只夜鹰。它一会儿像水花似的飞旋，一会儿又翻跟斗似的落下一两杆，如是反复表演，展示出它的翅膀内部，在阳光下闪烁如一条缎带，或者说像一个贝壳内部的珠光。这景象使我想起了放鹰狩猎的技术，还有曾经与这一项运动相关的伴随着那么崇高的情操、那些诗歌。这种鸟似乎可以称为灰背隼，我倒是不在乎它的名字。这是我所看见过的最灵活的一次飞翔。它并不像一只蝴蝶那样翩跹，也不像较大的那一些大鹰那样翱翔，它在天空中骄傲而自信地运动，发出奇怪的咯咯声，越飞越高，重复自由而优美的降落，像风筝一般连连翻身，然后又从它在高处的翻滚中恢复飞翔的姿态，似乎它的脚从来不愿降落到大地上，看来在天空之中，这灰背隼卓尔不群——它独自在那里运动，除了空气和黎明之外，它似乎也不需要任何游戏的伴侣。它并不孤寂，它倒是让下面的大地显得异常孤寂。孵化它的母亲、它的同类、它的父亲，都在天上的什么地方呢？它是空中的动物，似乎它和大地只有一个关系，就是那个孵化它的蛋，什么时候曾在岩石的裂隙中；或者说，它出生的巢穴是在云中一角，以彩虹和夕阳做边饰编成，并且用从地面浮起的一阵仲夏的薄雾来做内衬吗？它的巢现在是空中的某一朵云。

此外，我居然捕到了很难得的一堆金色银色和闪闪发光的铜色鱼，看起来很像一串珠宝。啊！我在许多个早春的黎明深入过这片草地，从一个小丘跳到另一个小丘，从一枝柳树的根跳到另一枝柳树的根，当时荒野的河谷和森林都沐浴在一种纯净、明亮的光芒中，如果死者真像人家设想过的，都不过在坟墓中睡着了觉，那他们也可能会被这种光唤醒。不需要什么有力的证据来证明永生！在这样的一道光芒下，一切事物都必须活着。啊，死亡，你锋利的刺在哪儿？啊，坟墓，你的胜利又在哪儿呢？

如果没有那些未开发的森林和草原围绕着我们的村子，我们的乡村生活将是何等阴沉啊！我们需要旷野的滋养——有时在潜伏着山鸡和鹭鸶的沼泽地区跋涉，听鹬的叫声，有时闻一闻低语着的莎草，在那草丛中只有一些更有野性更孤独的鸟筑巢，还有貂鼠在那儿爬，它的肚皮紧贴着地。在我们认真探索和学习一切事物的同时，我们又要求万物是神秘的、无法探索的，要求大陆和海洋永远保持它们的狂野，未经任何人的勘察，也无人可以测探，因为它们深不可测。我们对大自然总是不会感到厌倦。

当我们看到广大的巨神似的形象，看到海岸和岸上的破舟碎片，看到长着活树和朽木的原野，看到雷云，看到连下三个星期造成洪水的大雨，我们必须焕发出无穷的精力。我们需要看到我们突破自己的限度，需要在一些我们从未涉足过的地方有生物在自由地生活。当我们观察到使我们作呕和沮丧的腐尸给老鹰吃掉的时候，我们应当高兴，因为它们能从这里面得到健康和精力。在我的木屋前边的路上，有一个坑里面躺着一匹死马，它往往会逼得我绕道而行，特别是在晚上空气沉闷的时候，但它又使我相信大自然有强壮的胃口与不可侵犯的健康，这样想，我就得到了很好的补偿。我很高兴看到大自然充满了生物，能经受住无数生命相互残杀与牺牲，组织薄弱的，就像软浆一样平静地给压榨了——苍鹭一口就吞下了蝌蚪，乌龟和蛤蟆在路上给车轮轧死，有时候，血肉会像雨点一样落下来！既然这样容易遭遇意外啊，我们还是必须明白且不要过于介意。在一个智者的观念里，宇宙万物是无辜的。毒药反而不一定是毒的，受伤也不一定是致命的。同情是一个很不可靠的基础，它一定是稍纵即逝的。诉诸同情的方法也不能一成不变。

五月初，橡树、胡桃树、枫树和别的树木才从沿湖的松林中发芽抽叶，像阳光一样给这儿的风景增添了光辉，特别是在多云的日子里，太阳像是透过云雾而微弱地投射在这里那里的小山上。五月三日或四日，我在湖中看到了一只潜鸟。在这个月的第一个星期，我听到了夜鹰、棕鸫、画眉、小鹟、棕肋唧鹀和其他鸟儿的鸣声。我很早就听到了林中画眉的叫声。鸲鸟也曾飞到我的门窗上张望，要看看我这一座木屋能不能做它的巢，它还仔仔细细地观察，一边急促地拍着翅膀悬停在空中，爪子紧紧地抓着，好像它是抓着空气来做支撑的。油松的硫黄色的花粉不久就撒在了湖面上、圆石上，以及沿湖那些腐朽了的树木上，你甚至可以用桶来满满地装上一桶。这就是我们曾经听说过的“硫黄雨”。甚至在迦梨陀娑的剧本《沙恭达罗》中，我们就读到过“莲花的金粉把小溪染黄”。就这样，季节流转，进入夏天，你也就漫游在越长越高的青草中了。

我在林中第一年的生活就此结束了，第二年的情况和它差不多。最后，在一八四七年的九月六日，我离开了瓦尔登湖。

结束语

人要是生了病，医生就会明智地劝告他换个地方，吸吸新鲜空气。谢天谢地，世界并不只限于这个地方。新英格兰没有七叶树生长，这里也难得听到嘲鸫的鸣叫。大雁比起我们来更加国际化，它们在加拿大用早餐，在俄亥俄州吃午饭，夜间在南方的河湾边梳洗自己的羽毛。甚至野牛也相当忠实地追随着季节的脚步，它在科罗拉多的牧场上吃草，一直吃到北边的黄石公园又有了更绿更甜的草在等待它的时候为止。然而，我们人却认为，如果拆掉农场上的栏杆或篱笆，在田园周围砌上石墙，我们的生活就有了界限，我们的命运也才能安定下来。如果你被挑选作为市镇政府的文书，那你今夏就不能到火地岛去旅行了，你倒是很可能去到那地狱之火的旁边。宇宙比我们看到的要大得多。

然而，我们应该像好奇的旅行家，经常在船尾眺望四周的风景，而不要一边旅行，一边却像个只顾低头撕麻絮的愚蠢的水手。其实，地球的另一边也不过是和我们一样的人家。我们的旅行只是兜了一个大圈子，医生开的方子也只能医治人的皮肤病。有人赶到南非去追长颈鹿，但说实在的，那不应该是他追逐的动物。你说，一个人追长颈鹿会追多久呢！猎鹬鸟也是难得的娱乐活动，但我认为，枪击自己会是一项更高尚的运动——

> 把你的视线转向内心，
> 你将发现你心中有一千个处女地，
> 到这些地方去旅行，
> 让自己成为家庭宇宙学的专家。

非洲意味着什么，西方又意味着什么呢？在我们内心的地图上，难道不是一片空白吗？一旦将它发现，它是不是像海岸一样是黑的？是否要我们去发现尼罗河、尼日尔河或密西西比河的源头，或是我们这大陆的西北走廊？难道这些问题跟人类密切相关吗？富兰克林爵士是否是这世上唯一失踪了的北极探险家，因此他的太太这样焦虑地寻找他？格林奈尔先生是否知道他自己在什么地方？让你自己成为考察自己的江河海洋的芒戈·帕克、刘易斯、克拉克和弗罗比歇（上述人名均为著名探险家）；去勘探你自己的更高纬度吧——必要的话，船上装满罐头肉以维持你的生命，你还可以把空罐头瓶堆得跟天空一样高，作为航行的信号。发明罐头肉难道仅仅是为了保藏肉吗？不，你得做一个哥伦布，寻找你自己内心的新大陆和新世界。开辟海峡，并不是为了贸易，而是为了打开思想的渠道。每个人都是自己王国的君主。沙皇的帝国和你的这个王国比较，也只是一个小国，一个冰雪融化后的小丘。然而，有的人就是不知道尊重自己，却奢谈爱国，而为了少数人的利益，要大多数人成为牺牲品。他们爱上他们将来要葬身的土地，却不理会那些赋予他们躯体以鲜活生命的精神。爱国主义只是他们脑子里的空想。南海探险有什么意义呢？那样的排场、那样的耗费，仅仅是间接地承认这样一个事实：在精神生活的世界中，虽然有的是海洋和大陆，但其中每一个人只不过是一个小湾或者一个岛屿，然而，他从未曾去那儿探险；他坐在一只政府拨给他的大船上，航行几千里，经历寒冷、风暴和吃人的生番之地，带五百名水手和仆人来服侍他，这比他在自己内心的海洋——单独一个人的大西洋和太平洋——探险，要容易得多。

> Erret, et extremos alter scrutetur Iberos.
> Plus habet hic vitae, plus habet ille viae.
> 让他们去漂泊，去考察异邦的澳大利亚人。
> 我对上帝的认识得到了深化，他们只是找到了更多的路。

周游全世界，跑到桑给巴尔去数老虎的多少是不值得的。但没有更好的事情，这甚至还是值得做的事情呢，也许你能找到传说中的“西姆斯洞”，最后，你或许会从那里可以进入到你内心的深处。英国、法国、西班牙、葡萄牙、黄金海岸和奴隶海岸，都面对着你内心的海洋；可是，从那里出发，你可以直航印度，却没有哪一条船敢开出港湾，远航到看不见大陆的内心的海洋上。尽管你学会了一切方言，习惯了一切风俗，尽管你比一切旅行家走得更远，适应了一切的气候，让那执迷的斯芬克斯也给你气得直撞石头，这时候，你还是应当听从古代哲学家的一句话：“到自己的内心去探险。”这需要用眼睛和脑子。只有败军之将和逃兵才能走上这个战场，他们是懦弱的逃兵然后又应征入伍的。现在就出发去那儿探险吧，走上那最远的西方之路，这条道路不会在密西西比河或太平洋停下，也不会把你引向古老的中国或日本，这个探险一往无前，好像是治着地球的一条切线，经过冬天和夏天，昼和夜，日落，月归，直到地球消失的地方。

据说法国革命家米拉波曾到大路上试验了一次抢劫行为，以此来测验“正式违抗社会最神圣的法律到底需要多大的决心”。他后来宣称“战场上的士兵所需要的勇气不及抢劫犯的一半”，“荣誉和宗教也根本不能拦阻深思熟虑而又坚定异常的决心”。而在这个世界上，这应当算是个男子汉了；可是，这其实也很无聊，即使他并非无赖。一个神志更清醒的人将发现自己经常“正式违抗”所谓“社会最神圣的法律”，因为他在服从一些更加神圣的法律，他不故意违抗，也可以考验自己的决心。其实，人不必对社会采取这样的态度，如果他服从他自己的生命法则，从而保持原来的态度，如果他能碰到一个公正的政府，他这样做是不会让他和政府对抗的。

我离开森林，就跟我当初进入森林一样有充分的理由。也许是因为我觉得还有好几种度过生命的方式，我不必把更多时间来交给这一种方式。令人惊奇的是我们很容易糊里糊涂习惯于一种生活方式，踏出一条自己固定的轨迹。在那儿住了不到一星期，我的脚就踏出了一条小径，从门口一直通到湖滨；距今不觉五六年了，这条小径依然在那儿。是的，我想是别人也在走这条小径了，所以，它还是可以通行的。大地的表面是柔软的，人的脚在上面留下了印迹，心灵的旅行也是如此。这么说来，人世的公路一定是那么破旧、尘土飞扬，传统和习俗已经形成了多么深的车辙啊！我不愿坐在船舱里，我宁愿站在世界的桅杆前、甲板上，因为我在那里能更清楚地看到群山中的月亮。我再也不愿意下到船舱里去了。

至少我是从自己的实验中了解到这个的：一个人如果能自信地向他梦想的方向行进，努力经营他所向往的生活，他就会获得意想不到的成功。他将会越过一条看不见的界限，他将会把一些事物抛在后面；新的、更普遍的、更自由的规律将在他周围和他的内心里建立起来；或者旧有的法律得到扩大，以更自由的意义里做出对他有利的新的解释，他将会拿到许可证，在生命的更高一级的秩序中生活。他自己的生活越简单，宇宙的规律也就会显得简单，寂寞将不成其为寂寞，贫困也不成其为贫困，软弱也不成其为软弱。如果你造了空中楼阁，你的劳动不会白费，楼阁就应该造在空中，现在要做的就是在它们的下面筑好基础。

英国和美国提出了一个奇怪可笑的要求，要求你说的话必须能让他们听得懂。人和毒菌都不会这样听命来生长的。他们还以为这很重要，好像没有了他们便没有人能理解你了。好像大自然只支持这样一种理解能力，好像它无法养活四足动物又同时养活鸟雀，养活了走兽又同时养活飞禽，好像布莱特也能懂得的“嘘”和“谁”成了最好的英文。仿佛只有愚蠢能确保安全！我最担心的是我表达的还不够过火呢，我担心我的表达不能超过我自己日常经验的狭隘范围，以便证实我所信奉的真理！过火，其实取决于你被限制的程度。迁徙的水牛跑到另一个纬度去寻找新的牧场，并不比奶牛在喂奶时踢翻了铅桶、跳过了牛栏去追逐小牛来得更加过火。我希望在一些没有束缚的地方说话，像一个清醒的人跟其他一些清醒的人说话；我觉得，我还没能力过火到给真正的表达打牢基础。有谁会听到过一段音乐就害怕自己会说话说得过火呢？为了未来或为了可能的事物，我们应该生活得比较放松，表面上不要外露，轮廓可以模糊些、朦胧些，正如我们的影子意味着面对太阳的不知不觉的汗水。我们语言中的真实含义易于蒸发，这会使一些残余下来的语言变得残缺不全，它们的真意是时刻改变的，只有它的文字形式还保留着。表达我们的信心和虔诚的文字是不确定的；但这些语言对于卓越的人才是有意义的，而且如乳汁般芳香。

为什么我们总要降低我们的智力到愚笨的程度而且还赞之为常识？最普通的常识是睡着的人的意识，是他们用打鼾就可以表达出来的。有时我们把聪明绝顶的人和半知半解的人归为一类，因为我们只能领悟到他们三分之一的智慧。有人偶然起了一次早，就对早晨的红霞表示挑剔。我还听说过，“他们认为迦比尔的诗有四种不同的意义，幻觉、精神、智性和吠陀经典的通俗教义”。可是，我们这里要是有人给一个作品做了一种以上的解释，大家就要纷纷批判了。英国努力防治土豆害病腐烂时，难道就不应当努力医治脑子腐烂这种更普遍更致命的危险吗？

我并不是说我已经写得很深奥了，可是，如果从我书中找出来的致命缺点不比从这瓦尔登湖的冰面上找出来的缺点更多的话，我就感觉到很骄傲了。南方的购买冰块的人们不喜欢它的蓝色，蓝色其实是冰块纯净的证明，但在他们看来是冰块很浑浊的缘故，他们反而看中了剑桥的冰，那颜色是白的，但有一股草腥气。人们所喜欢的纯洁是包裹着大地的雾，而不是雾外面的蓝色太空。

有人嘀嘀咕咕地说，跟古人，甚至跟伊丽莎白时代的人比较起来，我们美国人及现代人都不过是智力上的矮子罢了。但说这话有什么意思？一只活着的狗总比一头死去的狮子好。难道一个人属于矮子一类便该上吊？为什么他不能做矮子中最长的一人。人人尽自己的本分，尽力保持自己的本色。

为什么我们要这样急迫地获得成功，要不管不顾地去冒险？如果一个人跟不上他的同伴，那也许是因为他听的是不同的鼓声。让他踏着他所听到的鼓点走路，不管那节奏如何，或是在多远的地方。他是否应当像一株苹果树或橡树那样快地成熟，这其实并不重要。他是否应当把他的春天转变成夏天？如果我们所要求的条件还不够成熟，那我们能用来代替的任何现实又算得了什么呢？我们不要在一个空虚的现实上撞破了船。我们是否要费力去在头顶上面建立一个蓝色玻璃的天空呢，虽然建成后我们肯定还要凝望那遥远得多的真实的天空，好像前者并不存在一样。

在库鲁城里有一个艺术家，他追求完美。有一天，他想做一根手杖。他想到时间的存在是艺术作品不能达到完美的原因，凡是完美作品都不受时间的影响，因此他自言自语，哪怕我一生中不再做任何其他的事情，也要把它做得非常完美。他立刻到森林中去找木材，他已决定不用那不合适的材料，就在他一根又一根地选择并把不中意的木材抛掉的时候，他的朋友们逐渐地离开了他，因为他们工作到老了之后都死掉了，可是他却一点也没老。他一心一意，怀着坚定和高度的虔诚，这一切使他在不知不觉中获得了永久的青春。因为他不跟时间妥协，时间就拿他没办法，只得站在一旁叹气。他还没有找到一个完全适用的材料，库鲁城却变成了古老的废墟，后来，他就坐在废墟上剥那根树枝的皮。他还没有给它造出一个形状来，桑达尔王朝就已经结束了。他用木棍的尖头在沙土上写下了那个民族最后一人的名字，然后他又继续工作。当他磨光了那根木棍时，卡尔帕已经不是北极星了；他还没有装上金环和宝石装饰的杖头，梵天都已经睡醒过好几次了。为什么我要提起这件事呢？当他最后完成手杖的时候，那手杖突然璀璨夺目，成了梵天所创造的万物中最美丽的一件作品。他在制作手杖的过程中也创造了一个新的体系，一个美妙而比例适当的世界。虽然其间古代的王朝和城市都已消失，但新的更美丽辉煌的时代和城市却已代之而起。现在，他看到堆在他脚下的刨花还很新鲜，对于他和他的作品来说，时间的流逝只是过眼幻影，时间一点也没逝去，那些流逝的时间就像梵天脑中的思想火花点燃凡人脑中的火种一样，只是一瞬间。材料是纯洁的，他的艺术是纯洁的，结果怎能不奇妙呢？

我们所能给予的事物的外表没有一个能像真理这样于我们有益。只有真理能经得起时间的考验，永不凋零。大体来说，我们并不存在于这个地方，而是处在一个虚拟的位置上。由于我们天性脆弱，我们假定了一种情况，并把自己放了进去，这就同时有了两种情况，我们要从中摆脱出来就更加困难了。清醒的时候，我们只看到事实，只注意实际的情况。说你必须要说的话，别说你应该说的话。任何真理都比虚伪强。补锅匠汤姆·海德站在断头台上，问他有什么话要说。他说："告诉裁缝们，在缝第一针之前，别忘了要在线尾打一个结。"他的伴侣的祈祷被忘记了。

不论你的生命如何卑贱，你要面对它，活下去。不要躲避生活，更别恶言咒骂生活。它不像你那样坏。你最富的时候，生活倒是最穷的。爱挑毛病的人就是到天堂里也找得出毛病。尽管贫困，你要爱你的生活。甚至在一个济贫院里，你也会有愉快、刺激、光荣的时光。夕阳反射在济贫院的窗上，像照射在富人家窗户上一样地光亮，门前的积雪也一样会在早春融化。我觉得，一个安心的人在济贫院也会像在皇宫中一样生活得心满意足而富有愉快的思想。城里的穷人在我看来往往过着最独立自由的生活。也许是因为他们胸怀宽博，宽博到可以当之无愧地接受施舍。大多数人以为他们是超然的，可以不靠城里人来支援他们，但事实上他们往往用不正当的手段来维持生活，他们不但不超脱，而且更不体面。把贫穷看作园中的花草、看作圣人一样地去培植它吧！不要自寻烦恼去找新花样，无论是新朋友或新衣服。翻出你的旧东西，回到旧事物去吧。万物不变，是我们自己在变。你的衣服可以卖掉，但要保留你的思想。上帝将保证你不需要社会。如果我得像一只蜘蛛一样整天躲在阁楼的一角，只要我还有思想，世界于我就还是一样大的。哲学家说："三军可夺帅也，匹夫不可夺志也。"不要急迫地谋求发展，不要屈服于许多外在的影响而捉弄自己，这些全都是胡闹。谦卑像黑暗一样闪耀着极美的光。贫穷与卑贱的阴影围住了我们，"但是，看啊！我们的视野扩大了"。我们常常听到这样的提醒：即使给我们国王的财富，我们的目标也应当一成不变，我们的方法将依然故我。况且，你如果受尽了贫穷的限制，如果你没钱买书和报纸，那也只是意味着你被限制在最有意义、最为重要的经验之内了：你不得不跟那些可以产生最多的糖和最多淀粉的物质打交道。最接近骨头的生命就是最美好的生命。你不会去做无聊的事了。位居上层的人宽宏大度并不会使位居下层的人有任何损失。过剩的财富只能够买过剩的东西，人的灵魂所需要的东西是花钱买不到的。

我住在一个铅墙的角落，那里已倒入了一点制造钟的铜合金。在正午休息的时候，常常有一种混乱的叮叮之声从外面传到我的耳鼓中。这是我同时代人的噪声。我的邻居在告诉我他们同那些著名的绅士淑女的奇遇，他们在宴席桌上遇见了哪些贵族，但是，正如我对《每日时报》上的消息，我对这些事情同样不感兴趣。他们的趣味和谈话资料总是关于服装和礼貌，可是笨鹅总归是笨鹅，随便你怎么装扮它。他们告诉我加利福尼亚和得克萨斯，英国和印度，佐治亚州或马萨诸塞州的某某大人，全都是短暂的、瞬息即逝的现象，我听不下去，几乎要像那亡命的马穆鲁克老爷一样从他们的庭院中逃走。我喜欢无拘无束，不喜欢涂脂抹粉，招摇过市以吸引别人的注意，哪怕是跟这个宇宙的创造者携手同行，我也不愿意。——我不想生活在这个不安的、神经质的、热闹而无聊的十九世纪，我只愿若有所思地站着或坐着，任凭这时代过去。人们在庆祝些什么呢？他们都参加了某个事业的筹备委员会，随时准备听人家演说。上帝只是当天的主席，韦伯斯特是他的演说家。我喜欢衡量那些强烈地、合理地吸引我的事物的分量，看准它们，把自己的重心转向它们——而绝不会拉住磅秤的横杆来减少重量；不假定某一种情况，而是按照这个情况的实际来办事；走我能够走的唯一的路，在那里没有一种力量可以阻挡我。我不会在奠定坚实的基础以前先建个凯旋的拱门来自我满足。我们不要玩如履薄冰的冒险的把戏，干什么都得有个结实的基础。我们读到过这样的故事：一个旅行家问一个孩子，他面前的这个沼泽有没有一个硬实的底。孩子说有。可是，旅行家的马立刻就陷了下去，泥水淹到肚带了，他对孩子说："我听你说的是这个沼泽有一个硬实的底。"后者回答："是有啊，只是你还没有到达泥水的一半深呢。"社会的泥沼和流沙也如此。不过，知道这一点的人，却已是个老小孩了。也只有在那些很难得的巧合中，所想的、所说的或者所做的才是好的。我不愿做那种把铁钉钉在只有板条和灰浆的墙上的人，如果我这样做了，那到半夜里我都会睡不着觉。给我一个锤子，让我来摸一摸钉板条，而不要靠自己所看到的表面上涂着的灰浆。锤入一只钉子，让它牢牢地钉紧，这样，我半夜里醒来，想一想就很满意呢——这样的工作，便是你喊了缪斯来看，我也是毫无愧色的。这样做上帝才会帮你的忙，也只有这样做他才可能帮你的忙。每一个锤入的钉子应该作为宇宙这台大机器的一部分，这样你才能继续这一个工作。

不要给我爱，不要给我钱，不要给我名誉，给我真理吧。我坐在一张放满了美酒佳肴的餐桌前，受到隆重的招待，可是那里没有真实和诚意。我从这冷淡的桌上归来，饥饿难当。这种款待冷得像冰。我想不必再用冰来冰冻它们了，他们告诉我酒的年代和这酒的美名，但我想到了一种更古又更新、更纯粹又更享有美名的饮料，但他们没有，哪儿也买不到。那宴会的气派，那房子，那个场所和“娱乐”，在我看来，一样都没多大意义。我去拜访一个国王，他吩咐我在客厅里等着，他这样的行为像个不会待客的人。我邻居中有一个人住在树洞里，他的行为才是真有王者风度。我要是去拜访他，得到的招待一定会好很多。

我们还要坐在门廊上多久以修炼这些无聊的、与一切工作都不相关的陈规陋习呢？好像一个人，每天一早就要苦修，还雇了一个人来给他种土豆，到下午，他带着预先想好的善心去实行基督教徒的温柔与爱心！这一代人庆幸自己是一个显赫世家的最后一代；而在波士顿、伦敦、巴黎、罗马，想想它们那么悠久的历史，他们还在骄傲于他们的文学、艺术和科学多么进步。有哲学学会的记录，有对于伟人公开的赞颂文章！好像亚当在夸耀他自己的美德了，“是的，我们干了伟大的事业，唱出了神圣的歌，这些是永恒不朽的”——这是说，只要我们能记住它们，它们就是不朽的。可是，古代亚述[1]的有学问的团体和他们的伟大人物——请问他们现在在哪儿？我们是何等年轻的哲学家和实验者啊！我的读者之中，还没有一个人经历了整个人生。这些也许只是在人类生活的春天。即便我们曾有过七年之痒，我们也没有看见康科德遭受过的十七年的蝗灾。我们只熟悉我们所生活的地球上薄薄的表层。大多数人没有深入过这表层的六英尺之下，也不能跳到高出这表层六英尺之上的位置。我们不知道自己在哪里。而且，我们生命中有差不多一半的时间在睡眠中度过。可是我们却自以为聪明，自以为在地球上建立了秩序。真的，我们是深刻的思想家，而且我们是有雄心壮志的人！当我在森林中看着地面上的松针里爬行着一只昆虫，看到它努力避开我的视线把自己藏起来，我就问自己为什么它

1　亚述：古代西亚奴隶制国家。

有这样卑微的思想，要藏起它的头避开我，而我，也许可以帮助它，可以给它的族类许多可喜的消息。这时，我不禁想起我们更伟大的施恩者和智者，他可能也正在俯视着我们人类这一种“昆虫”。

新奇的事物正在不断注入这个世界，而我们却忍受着不可思议的愚蠢。我们只要看看在这个最开明的国家里，我们还在听怎样的说教就够了。快乐、悲哀，这种字眼都只是用鼻音唱出的赞美诗的叠句，事实上我们的信仰是那么平庸而卑下。我们认为自己只要换换衣服就行了。据说大英帝国很大，很可敬，而美国是一等强国。我们看不到每个人的背后都有潮起潮落，如果我们有看清事物的胸怀和眼光，就能看到那浪潮可以把大英帝国像一块木片一样浮起。谁知道下一次发生蝗灾是怎样的情形？我所生活的这个世界的政府，并不像英国政府那样是在宴席之后的喝酒聊天中建立起来的。

我们体内的生命像河流里的水，它可能在今年涨到空前的高度，淹过枯焦的高地；甚至这样的年份就可能是多事之年，把我们所有的麝鼠都淹死。我们不会总是在干燥的土地上生活。我看到远在内陆的某些河岸，在科学记录河水的泛滥历史之前，它们就曾受过洪水的冲刷。大家都听过在新英格兰流传的这个故事：一只强壮而美丽的爬虫，它从一张古老的苹果树木做的桌子的旧桌板中爬了出来，那桌子放在一个农夫的厨房里已经六十年了，先是在康涅狄格州，后来搬到了马萨诸塞州，那虫卵在苹果树里面的时间则要比做桌子的年份更早几年，这是可以根据木板上的年轮判断的。有好几个星期，桌板里一直传出虫咬的声音，大概是一只茶壶的热气将虫卵孵化的。听到这个故事，谁不会增强对复活和不朽的信心呢？谁知道还会有包裹着何等美丽、有翅膀的生命的虫卵，长久地埋藏在一圈圈围住它的木头中间，放置在干枯的社会生活中，起先是产在青青的有生命的白木质中，后来，这树却渐渐成了一所风干得很好的坟墓了——也许，好几年来它一直在咬，使那坐在这餐桌边欢宴的一家人听了感到奇怪，然后，它突然从社会上最不值钱的、随意送人的家具里爬出来，终于能享受它完美的生命之夏了！

我并不是说随便哪个约翰或者乔纳森可以认识到这一切，但是，那尽管流逝、黎明却始终不来的明天具备了这样的特性。刺伤我们视觉功能的光，对我们来说就是黑暗。只有到我们醒悟过来的那一天，天才会真正破晓。破晓的日子还有很多，太阳也只不过是一颗辰星。